KB272791

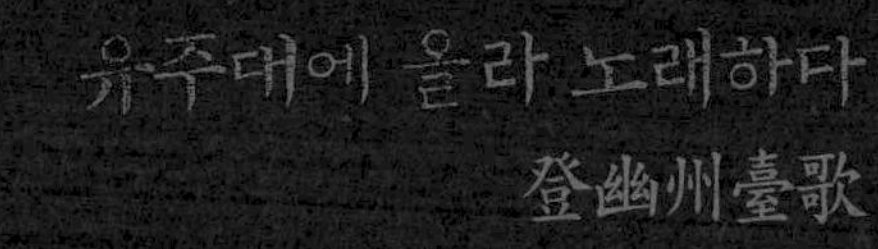

유주대에 올라 노래하다
登幽州臺歌

앞으로는 옛사람을 만날 수 없고
뒤로는 올 사람을 만날 수 없네
천지의 무궁함을 생각하다가
홀로 슬퍼하나 눈물이 흘러버린다

前不見古人 後不見來者.
念天地之悠悠 獨愴然而涕下.

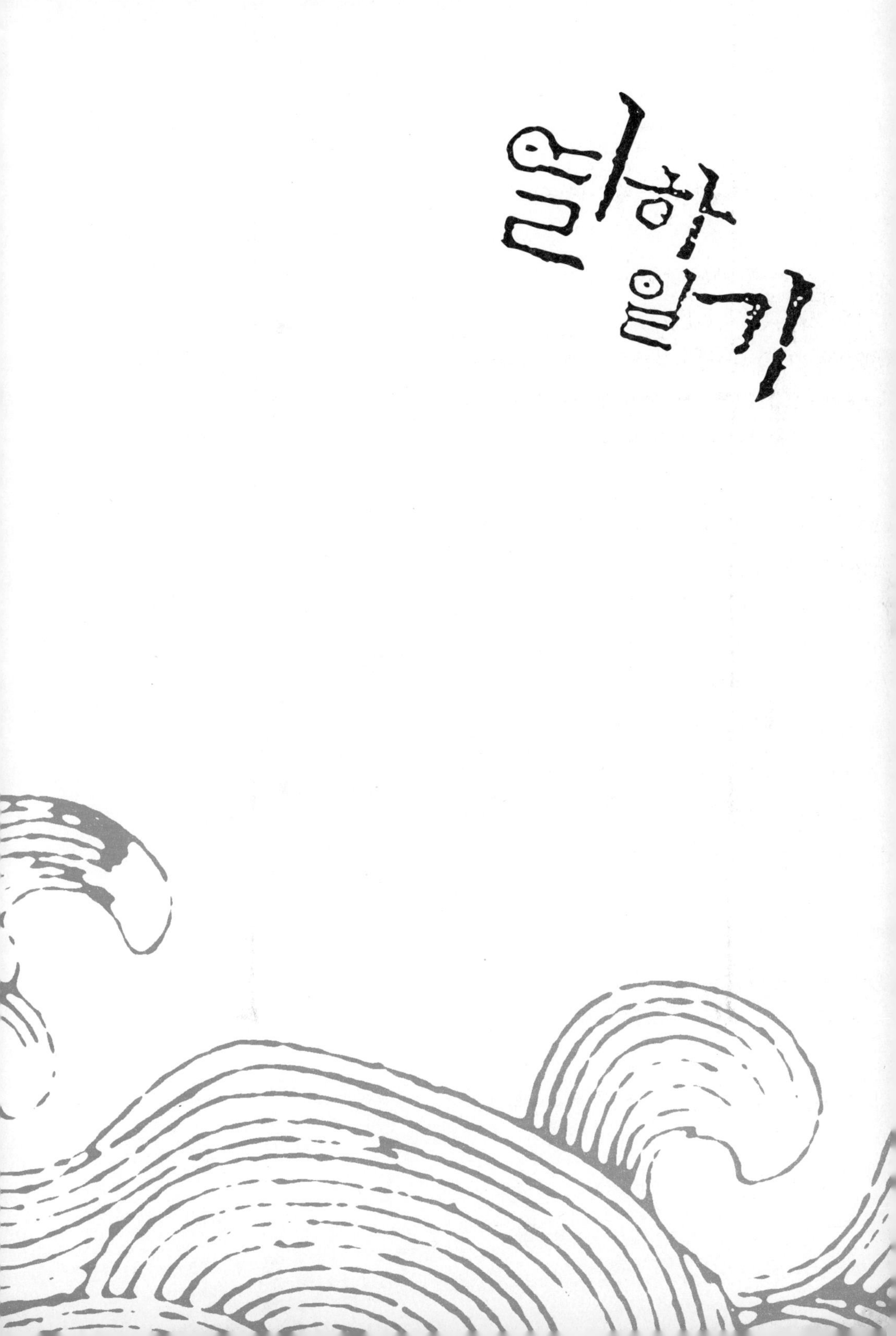
라하일기

열하일기 6
손승윤 新무협 판타지 소설

초판 1쇄 찍은 날 § 2004년 12월 6일
초판 1쇄 펴낸 날 § 2004년 12월 16일

지은이 § 손승윤
펴낸이 § 서경석

편집장 § 문혜영
편집 § 장상수 · 서지현 · 한지윤
마케팅 § 정필 · 강양원 · 이선구 · 김규진 · 홍현경

펴낸곳 § 도서출판 청어람
등록번호 § 제1081-1-89호
등록일자 § 1999. 5. 31
어람번호 § 제2-0475호

주소 § 경기도 부천시 원미구 심곡1동 350-1 남성B/D 3F (우) 420-011
전화 § 032-656-4452 팩스 § 032-656-4453
http://www.chungeoram.com
E-mail § eoram99@chollian.net

ⓒ 손승윤, 2004

ISBN 89-5831-328-5 04810
ISBN 89-5831-150-9 (SET)

열하일기
熱河日記
6
완결
오월천산설(五月天山雪)
FANTASTIC ORIENTAL HEROES
손승윤 新무협 판타지 소설
도서출판
청어람

목
차

제6권 오월천산설(五月天山雪 : 천산은 오월에도 흰 눈이 덮인다)

제1화 공산(空山)
산에 기척 끊어지다

당신.

움직이지 않아요. 움직이지 않을래요. 당신이 돌아와서 절 찾지
못하니까요.

요산장 주인 왕문갑(王文甲)은 훤칠한 체격의 수다스러운 사람이었
다. 그는 황도에서 벼슬살이하던 시절을 잊지 못하고 있었다.

그는 한창 나이의 자신이 왜, 어떻게 해서 이 한적한 변방으로 내려
와 늙은이처럼 장원이나 지키며 소일해야 하는지를 전혀 이해할 수가
없다고 했다.

가슴이 의와 충으로 불타올라 견딜 수 없는데, 이런 볼품없는 무관
처사(無冠處士) 생활을… 이라고 말할 때는 목까지 메었다.

"어험."

박린은 왕문갑의 신세 타령을 흘려들으며 방 안을 살폈다.

화려해야 할 것들은 지극히 화려하고, 담백해야 할 것들은 지극히
담백해서 방 안은 균형이 전혀 안 맞아 보였다.

지극히 화려한 것들은 벽에 걸린 갑옷과 유엽도, 소탁 위에 놓여진

문필 도구, 문갑 같은 소품들이었다. 지극히 담백한 것들은 침상, 소탁, 의자와 같은 가구들이었다.

그 화려한 소품들은 왕문갑이 지닌 과거이고, 담백한 가구들은 현재일 것이다.

왕문갑은 이 과거의 화려함과 현재의 담백함 사이에 끼어서 원숭이처럼 버둥거리고 있었다.

"…그 냄새나는 환관 놈들이 설치는 이유는 무능하고도 패악한 신료들 때문이라오. 혹자들은 그게 다 황상이 황음하시어 그렇다지만, 나 왕문갑은 그리 믿지 않소이다. 나 왕문갑은 그분을 향한 의와 충으로만 뭉쳐진 사람이오. 황상께옵서는 천자이시오. 천자가 뭐요? 팔황사해를 성덕으로 다스리시는 하늘의 아들이시오. 한없이 고귀하고 깨끗하신 분이시다, 이런 말씀이외다!"

"어험."

박린도 그랬지만, 일행들도 왕문갑이 말하는 그만의 의와 충을 신뢰하지 않았다. 벼슬살이의 화려함을 그리워하는 천박함이 어떻게 의와 충이 될 수 있으랴. 의와 충이란 화려함과는 거리가 먼 토양을 지닌, 전혀 다른 개념이었다.

어쨌든 왕문갑이 열변을 토하고 있는 사이에 건장한 하인 둘이 들어와서 상들을 펴기 시작했다.

"으음."

"어흠."

일행들은 자신들 앞에 놓여진 독상을 바라보았다.

방금 숯을 넣어 보글보글 끓는 화과(火鍋:중국식 신선로)가 상 위에 놓여졌다.

왕문갑은 '자, 어떠냐, 이 촌놈들아?' 라는 표정을 숨기지도 않고 말했다.

"차린 건 없지만 즐겁게들 드시오."

"음?"

"잉?"

일행들이 멍해졌다.

차린 건 없지만 즐겁게 들라고?

그렇다면 이 화과 주위에 놓여진 금 접시들은 다 무엇이며, 그 접시에 가득 든 꿩 고기와 오리 고기, 잉어와 새우는 다 뭐란 말인가.

왕문갑은 벼슬살이에서 떨려난 무관처사를 자처했지만 그렇다고 무전처사(無錢處士)는 아닌 모양이었다.

"어험."

아무려면 어떠랴.

박린은 소매를 걷고 꿩 고기 한 토막을 화과에 넣어 데쳤다.

연연을 바라보니 연연도 저금을 물고 이쪽을 바라보다가 얼른 고개를 돌린다.

귀여운 부인 같으니라고, 흠흠.

박린은 닭고기를 입으로 가져가다 말고 눈살을 찌푸렸다.

왕문갑 때문이었다.

"저어, 도사 어르신."

"으? 왜 그러나?"

화노는 지금 먹는 데 정신이 팔려 있는 상태라서 건성으로 되물었다. 왕문갑은 한참이나 손을 비비고 수염을 매만지는 등의 이상한 동작을 취하더니만, 갑자기 벌떡 일어났다가 넓죽 엎드렸다.

누구도 예상치 못했던 행동이었다.

왕문갑은 쿵쿵! 소리나게 머리를 찧으면서 부르짖었다.

"아까는 이 왕 모가 도사님을 몰라 뵙고 큰 실수를 저질렀나이다! 하니 너그러이 용서해 주시고 제발이지 어젯밤에 우리 장원으로 떨어졌다는 별 이야기를 소상히 들려주시옵소서!"

박린은 왕문갑의 상을 바라보았다.

에잉, 주인 상이라 그런지 싱싱한 호자어도 두 마리씩이나 올려져 있고, 술병도 금으로 만든 걸 올려놓아서 손님들 상과는 확실히 달랐다. 박린은 염치 불구하고 얼른 왕문갑의 상과 자신의 상을 바꿔치기 했다.

"당신 지금 뭐 하는 거야?"

왕문갑이 고리눈을 뜨고 물었다.

"쉿!"

"……?"

"부정 타외다. 도사님께서 말씀하시려는 순간이 아니오?"

"으? 으음."

박린을 따라 왕문갑이 화노를 바라보았다.

박린은 색을 연구하는 도사에서 한 걸음 더 나아가 색도의 창시자이며 열렬한 전도사, 마침내 천기까지 읽어버리는 가짜 도사로까지 발전한 화노가 왕문갑에게 어떠한 반응을 보일지가 매우 궁금했다. 일행들역시 호기심에 가득 찬 시선으로 화노를 바라보았다.

"케헴!"

화노는 일단 큰기침부터 한 다음 화과에서 꿩 고기를 한 점 꺼내 입에 집어넣고 앞니로만 씹었다. 오물거리는 그 표정이 얼마나 심각해 보이던지 박린은 하마터면 웃음을 터뜨릴 뻔했다.

"어험."

"자네 말이야……."

꿩 고기를 삼킨 화노가 박린을 빤히 바라보았다.

"인간이 그럼 못쓰는 게야."

"……?!"

"명색이 선비라는 작자가 어찌 그리 먹을 걸 밝히누? 주인 상과 바꿔치기를 해?"

"험험."

선비와 먹을 걸 밝히는 게 대관절 무슨 상관인가. 기왕이면 맛있어 보이는 걸 차지하고 싶은 게 인지상정이지.

박린에게 면박을 준 화노가 왕문갑을 불렀다.

"장주."

왕문갑이 대답했다.

"아, 네네."

"자네 말이야, 색도(色道)를 아나?"

"예?"

어리둥절해진 사람은 왕문갑만이 아니었다.

색도라니? 어젯밤 이 장원에 떨어졌다는 붉은 별 이야기는 어디에 두고, 무슨 귀신 씻나락 까먹는 소리란 말인가.

일행들도 서로를 바라보았다.

화노가 이야기를 계속했다.

"에, 색도란 건 말이지. 이 도사님께서 무려 오십 년이란 긴 세월 동안 연구한 이론을 집대성해서 며칠 전에 새로 창안해 낸 가르침이지.

한마디로 일상생활을 하면서 쉽게 수행할 수 있는 색마론(色魔論)이다,
이 말씀이야."

"……?"

"원래 선구자란 당대에선 환영받지 못하는 존재라네. 그 긴긴 세월
반백 년 동안 색마론을 완성하기 위해서 이 미남 도사님께서 겪었던
각종 수모와 핍박, 오해 등을 생각하면 지금도 이가 갈려 버리지. 좌우
단간 그 이야기는 다음에 기회가 있으면 하기로 하고, 헴헴. 이 색마론
이 말일세. 어젯밤에 이 미남 도사님께 보여졌던 붉은 별과 상당히 밀
접한 관련이 있네."

"무슨… 말씀이신지요?"

더욱 어리둥절해진 왕문갑이 물었다. 왕문갑은 박린 일행이 지닌 의
문을 대표해서 질문하는 것 같은 표정이었다.

"케헴."

화노는 다시 꿩 고기 한 점을 화과에 넣어 데치면서 엄숙한 눈으로
왕문갑을 쓸어 내렸다. 그러자 기대에 불타오른 나머지 수염까지 부들
거리던 왕문갑이 흠칫! 머리를 수그렸다.

"자네, 색(色)이 무슨 빛깔이라고 생각하는가?"

"그, 그야……."

"붉은 빛깔이라고 생각하지?"

"그, 글쎄요?"

오물오물.

꿩 고기를 씹어 삼킨 화노가 술까지 한 잔 들이켰다.

"크아! 바로 그거야, 이 사람아."

"예?"

"어젯밤에 이 미남 도사님께 보여진 붉은 별의 정체가 바로 그 징조란 말이지."

"무슨?"

"색도가 자네에게 임했다는 징조일세."

왕문갑이 점점 더 알 수 없다는 표정이 된 건 당연했다.

일행들도 여기까지 말이 나오자 '에이, 그럼 그렇지!' 하는 표정으로 음식에만 집중했다.

"기뻐하게. 자넨 소명을 받은 게야. 이 외지고 험한 변방에서 널리 색도를 전파하라는 소명을 받은 거라고. 이 어찌 감격할 일이 아닌가?"

"예?"

화과에 고기를 데쳐 먹는 순서가 끝나자 하인들이 들어와서 화과를 빼내고 향기로운 홍소어(紅燒魚), 닭고기 요리인 홍민계괴(紅燜鷄壞), 양고기와 마늘을 센 불에 볶아낸 총폭양육(葱爆羊肉), 얇게 저민 고기와 두부로 만든 육편건두부(肉片乾豆腐), 백채로 담근 냉채인 초류백채(醋溜白菜) 등을 올려놓았다.

"어험."

박린은 다시 왕문갑 앞에 놓여진 상을 바라보았다.

주인 상엔 금으로 만든 화과까지 새 걸로 올려놓았다.

그 화과에서 무엇이 끓는지는 잘 모르겠지만 좌우간 기막힌 냄새가 솔솔 풍긴다. 요리도 손님들 상보다 몇 가지가 더 올려져 있다. 이런 식으로 사람을 차별하면 도리가 아니지.

"어험."

박린은 왕문갑을 불렀다.

"이보오, 주인장."

"왜요?"

"소생과 상을 바꾸셔야 되겠소."

"예?"

"그 상은 원래 소생 것이었소."

"으? 으음."

왕문갑이 화노 눈치를 보다가 마지못한 표정으로 상을 바꿨다. 태연하게 상을 바꾸는 박린을 보며 화노가 인상을 찌푸렸다.

"저 인간 정말 치사하네."

"어험."

겨울이 유난히 길고 춥다는 관외(關外)여서일까.

음식은 매우면서도 담백했고, 술은 머리가 띵— 할 만큼 독했다.

그렇지만 둘 다 깊은 맛을 지니고 있었다.

박린은 묵묵히 술을 들이키고 음식을 먹었다.

'쩝쩝쩝… 먹을 만하구먼.'

박린을 밖에서 지켜보는 사람이 있었다.

그는 바로 박린의 요리와 술에 독을 풀어 넣은 숙수 철륵이었다. 철륵은 박린이 독만 피해서 옮겨 다니자 이를 갈았다.

"저 여우 같은 자식! 혹시 독을 눈치채고 저렇게 옮겨 다니는 건 아니겠지?"

그가 옆의 식솔에게 지시했다.

"야! 지금 당장 장주님 앞에 놓여져 있는 상을 빼. 엄한 초상나겠다! 그리고 차(茶)를 들여보내라."

"예."

식솔이 들어와 왕문갑 앞에 놓여진 상을 뺐다.

왕문갑은 화노의 횡설수설에 멍해서 요리를 한 점도 안 뜬 상태였
다. 그런데도 자기 상만 달랑 빼가자 그게 매우 섭섭했다.

"이 녀석아, 왜 벌써 상을 빼는 것이냐?"

"수, 숙수께서 빼라고 하셨는데유?"

"그래? 음음."

상이 나가고 바로 김이 모락모락 오르는 차가 들어왔다.

박린은 이번에도 왕문갑의 차를 중간에서 가로챘다.

"후룩——"

왕문갑의 인상이 아주 험악해졌다.

"이봐."

"예?"

"사람이 염치가 있어야 할 거 아냐?"

"무슨 말씀이시오?"

"자네가 지금 들고 마시는 차는 내 차라고, 알았어?"

"아, 그, 그렇소?"

둘이 옥신각신하는 모습을 일행들이 참 한심스럽다는 시선으로 쳐
다봤다.

"저놈이 나 철륵을 약올리고 있구나!"

철륵은 주방으로 달려갔다.

시퍼런 육도를 움켜쥐고 막 주방을 뛰어나온 그의 앞을 긴 그림자가
막아섰다.

"박린이란 자가 여기 있나?"

철륵을 막아선 자는 미공자라고나 불러야 될 만큼 잘생긴 사내였다.

왜 그랬을까.

철륵은 사내를 본 순간 화요라는 계집을 떠올렸다. 확실히 사내의 아름다운 미소는 화요라는 계집의 미소와 무척이나 닮아 있었다.

철륵의 생각은 더 이상 이어지지 못했다.

"…꺽!"

고색창연한 검을 거두며 사내가 중얼거렸다.

"보지 말아야 할 것을 본 죄, 욕심 내지 말아야 할 것을 욕심 낸 죄, 올라가지 못할 나무를 감히 쳐다본 죄다!"

사내의 새하얀 검신엔 피가 한 방울도 묻어 있지 않고, 가을의 마지막을 불사르는 햇빛만이 눈부셨다.

품에서 소도를 꺼낸 사내는 입술을 질끈 깨물고 철륵의 시체를 네 등분해서 정원의 후미진 나무 아래로 던져 버렸다.

사내의 이름은 우향이었다.

2

천화살군(天花殺君) 우향(愚香).

오백 년을 이어 내려온 살수 최고 가문 천화밀(天花密)의 대제자. 그는 애검 마룡(魔龍)을 품고 기둥에 몸을 기댔다. 반듯하게 기댄 게 확실한데도 그의 그림자는 비스듬히 기울어져 있었다.

'화요……'

그는 뜨락 이곳저곳을 맴도는 그녀의 내음을 맡았다.

그녀는 항상 이런 식이었다.

그녀는 그에게 먼저 제안을 하고 먼저 나서서 그가 나아갈 길을 닦았다. 그녀의 이런 행동이 상냥함에서 우러나온 것인지, 아니면 그의 실력을 신뢰하지 못함에서 우러나온 것인지는 분명하지 않았다.

그는 상냥함에서 우러나온 마음이라고 믿고 싶었다.

살수인 이상, 살수로서 살아가는 동안에는 가정을 가지면 절대 안 된다는 문규를 어겨가며 그는 화요를 곁에 두었다.

화요와 사는 이상 천화밀로부터의 파문은 기정사실이었다.

그는 개의치 않았다.

어차피 인생이란 한번 타오르고 마는 것이었다.

숱한 죽음을 양산하며 살아온 그에겐 삶과 죽음의 엄중한 경계마저도 별 의미가 없었다. 그는 화요를 처음 본 그 순간에 느낄 수 있었다. 화요는 사막과도 같이 황량한 자신을, 처음이자 마지막으로 타오를 수 있게 해줄 수 있는 여인이라는 걸.

그가 화요를 만난 건 지금으로부터 오 년 전이었다.

그때는 무림이 소주혈사의 끔찍한 참화를 딛고 일어나서 황궁의 주도면밀한 계획 아래 각기 제자리를 찾아가느라 몰두하던 때였다.

산발적이고도 소규모적인 대결과 암투는 가끔 있었지만, 소주혈사 당시의 악몽에 비한다면 아주 평화로웠던, 하지만 그와 같은 고급 살수가 환영을 받던 시절이었다.

살수는 평화 시에나 환영을 받는 부류였다.

평화가 깨어지고 전쟁이 발발하면 적의 배후로 은밀히 다가가서 목을 훔쳐 가는 살수 따위가 필요한 게 아니라, 적의 전방에서 목숨 걸고 장창을 휘둘러 대는 전사가 더 필요했다.

그때 그는 황궁의 의뢰를 받고 혈사교의 장로인 우공을 베어야 했다. 소주혈사 승리의 주역인 우공을 왜 베어야 하는지, 의뢰자가 황궁의 누구인지는 살수에게 그리 중요하지 않았다. 솔직하게 말하면 그런 걸 알려한다는 자체가 우습기 짝이 없는 일이었다.

결국 그는 우공을 베지 못했다. 대신 그의 제자 화요를 만났고, 자신이 파문당하는 쪽으로 입장을 선회했다.

"살인멸구(殺人滅口)는 또 다른 살인멸구를 낳는 법이죠."

이렇게 말하면서 화요는 까르륵— 웃었다.

'눈부셨어, 그 웃음이. 왠지 눈물겹기도 했지.'

그는 생각을 정리했다. 그가 기둥에 기댔던 몸을 일으켜 세웠다. 그의 모습이 꺼지듯 지워졌다.

사락—

잠시 후, 그의 모습이 나타난 곳은 박린 일행이 식사를 마치고 이야기를 나누는 중인 장주의 거처, 요수전(樂水殿) 지붕 위였다.

그는 마치 자기 집인 양 서둘지 않고 천천히 요수전의 기와 세 장을 뜯어냈다. 그 기와 밑에 깔려 있던 흙을 걷어냈고 흙 밑에 있던 나무 판자까지 뜯어냈다.

그러자 천장과 지붕 사이의 텅 빈 공간이 드러났다.

그는 고양이처럼 날렵하게 그 공간 속으로 스며들어 갔다.

아래에서 두런두런 들리는 말소리, 가볍게 터지는 웃음소리를 들으며 그는 애검인 마룡을 품고 벽에 머리를 기댔다.

이제 적당한 때를 기다리는 일만이 남았다.

'박린……'

대답처럼 마룡이 낮게 울었다.

찌잉—

동경 속 여인의 얼굴은 섬세했다.

백옥보다도 더 새하얀 이마, 활처럼 둥근 눈썹, 눈동자는 깊게 가라앉아 있었고 아담하게 솟아올라 온 코와 그 밑에 자리잡은 입술 선이 선명했다.

화요.

그녀를 알고 있는 사람들은 많지 않았다.

그녀는 매우 조심스럽게 사람을 사귀었고, 그렇게 사귄 사람들마저 오래 사귀지 않았다. 그녀는 사람들과 정이 들 만하면 조용히 사라져버리는 방법으로 사람들이 자신을 기억하지 않기를 원했다.

하지만 사람들은 그녀를 결코 잊어버리지 않았다.

차갑게 가라앉아 있다가도 말을 하기 시작하면 호기심과 열정에 들떠서 보석처럼 빛을 내는 그녀의 눈과 촉촉해지는 목소리, 그리고 붉게 상기되는 볼을 사람들은 확실히 각인하고 있었다.

더불어 꺄르륵, 하고 웃을 때면 보여지는 쪽 고른 이와 웃음소리, 함께 뿜어진 향기를 영원히 잊지 못했다.

겨우 그 정도에 불과했다.

사람들이 그녀에 대해 기억하는 것들은.

사람들은 그녀가 보여준 그러한 편린들을 모아서 그녀의 형체를 만들었지만, 정작 그녀의 전체적인 얼굴 생김이 어떠했었는지는 기억하지 못했다.

뿐만 아니라 그녀의 성격이 어떠했는지, 출신은 어디인지, 몇 살이나 됐는지, 무엇을 좋아하고 싫어하는지, 와 같은 아주 기본적인 물음에 대한 대답마저도 지니고 있지 못했다.

어떤 사람들은 그녀가 정말 자신들과 아는 사이였는지, 아니면 꿈에 잠깐 스쳤던 여인이었는지를 분명히 구분하지 못했다.

그녀는 그런 여인이었다.

딸깍—

화요는 동경을 접으며 지금 요산장 어딘가에 숨어서 박린이란 사내를 지켜보고 있을 우향을 생각했다.

우향은 착한 사내였다. 손에 피를 묻혀야만 삶이 살아지는 살수 사내를 착하다고 평한다면 누구라도 이해할 수 없을 것이다.

하지만 우향은 착한 사내였다.

세상에서 가장 유능한 살수이면서도, 이 세상의 살수들 중 가장 많은 약점을 지닌 사내가 바로 우향이었다.

그녀는 우향의 그런 유능함과 약점들을 좋아했다.

전혀 안 어울릴 것 같이 이질적인 두 요소를 지녀서일까.

우향의 행로는 언제나 위태위태했다. 그러나 우향은 그렇게 흔들릴지라도 시선만큼은 항상 그녀에게 고정돼 있었다.

그녀를 바라보는 우향의 시선은 너무도 굳건해서 그녀는 종종 그의 시선을 따라가면 영원의 지평을 볼 수 있을지도 모른다고 생각하곤 했다.

그녀는 자신도 모르게 중얼거렸다.

"우향… 오늘 당신은 강적을 만났네요."

우향의 노고를 생각해 독이라는 안배를 베풀어놓긴 했지만, 그녀는 마음이 진정되지 않았다. 우향이 오늘 베어야 할 상대는 보통이 아니었다. 그 사내는 외문 무공의 제일인자인 사부 우공도 어쩌지 못하고 이곳 성경까지 뒤를 따라올 수밖에 없었던 사내였다.

그 사내는 십 년 전 소주에서 관병과 무림인을 포함 무려 이십만 명
이라는 대군을 동원했어도 스스로 잡혀주기 전까진 잡을 수가 없었던
괴물, 천변귀수의 제자였다.

그녀는 일어섰다.

그 사내, 박린이 독에 당하지 않았다면 기습으로 선기를 잡는다 해
도 우향이 승리할 확률은 반반이었다. 살수는 확률이 반반인 일에 절
대로 목숨을 걸지 않는다. 그건 우향도 알고 있을 것이었다. 하지만 우
향은 그녀를 위해 기꺼이 집을 나섰다. 만약 우향이 잘못된다면 그건
어디까지나 그녀의 책임이었다.

"내게 일을 맡기신 이상, 사부님이 나서서 우향을 도와주실 리는 없
어. 사부님께선 우향을 죽이지 못해서 한이셨으니까."

그녀는 무심결에 여기까지 중얼거려 놓고는 소스라쳤다.

사부 우공은 그녀를 통해 우향의 칼을 빌려 박린을 죽이려는 게 아
니라 박린을 통해 우향을 죽이려는 것인지도 모른다는 생각이 들었기
때문이다.

"안 돼!"

그녀는 방문을 열었다.

밖엔 어느 사이 저녁이었다.

휘장처럼 뜨락에 드려졌던 햇빛이 뒤로 멀찌감치 물러가고, 저쪽 그
늘진 부분부터 어둠이 땅바닥에 몸을 눕히고 있었다.

집을 나온 그녀가 왼발을 축으로 몸을 한 바퀴 돌렸다.

파라락—

그녀가 지워졌다.

"…에, 그러니까 말이지. 색마의 색사가 그럼 색도냐? 이런 문제가
남는 게지. 또 색향을 운영하는 화녀들이 색골이냐? 하는 문제도 자연
히 대두되는 게야, 헴헴."

요산장주 왕문갑이 허풍만 심한 가짜 도사에게 당했다는 생각을 한
것은 어둑어둑해진 방을 밝히고자 하인이 불을 달렸을 때였다. 오래된
등피를 촉촉이 적시며 불이 살아 오르자 왕문갑은 그만 참지 못하고
이맛살을 찌푸렸다.

"그러니까 도사님, 별이 이 왕 모의 장원으로 떨어진 겁니까? 아니
면 그냥 지나갔다는 겁니까?"

마음이 변하면 말투부터 달라지는 모양이었다.

왕문갑은 정작 자신이 듣고 싶어한 별의 이야기는 어디론가 실종되
어 버리고 방이 온통 색향(色鄕), 색도(色道), 색사(色事), 색골(色骨), 색
마(色魔)와 같이 붉은 빛깔로 넘쳐 나는 광경을 도저히 견딜 수가 없었
다.

"그게 뭔 귀신 씻나락 까먹는 소린가?"

"아, 별을 보셨다고 하지 않았습니까? 이 왕 모는 그 말씀을 듣기 위
해 도사님을 안으로 모시고 극진히 대접한 것입니다. 엉뚱하게도 색…
흠흠. 아무튼 그런 뭐시기한 말씀을 들으려고 했던 게 아니라, 이 말씀
입니다."

"그래서?"

"그래서라뇨? 내 원 참 기가 막혀서."

"으?"

"대접을 받았으면 그만한 대가를 치러야 도리가 아닙니까? 도대체
그 별이 무엇을 상징하는 별이며, 왜 우리 장원에 떨어졌고, 앞으로 이

왕 모에게 어떤 일이 벌어질 것인지를 소상하게 말씀해 주셔야 되지 않습니까?"

"잉?"

왕문갑은 단도직입적으로 치고 나갔다.

"별이 어찌 되었습니까?"

"어찌 되긴? 그냥 하늘에 달려 있었지."

화노가 힘도 안 들이고 대답하자 왕문갑이 따졌다.

"그러면 왜 이 왕 모의 장원에 별이 떨어졌다고 하신 겁니까?"

"이 미남 도사님께선 그렇게 말하지 않았어. 자네가 뭔가를 오해해서 들었구먼?"

"예?"

"본디 말이란 전해지는 과정에서 조금씩 보태지는 법이지."

"……?"

"예를 들면 이런 경우야. 건너편에 사는 갑(甲)이란 자가 색사를 하루 저녁에 네 번씩 한다고 하세. 그 소리를 들은 을(乙)이란 자는 '에이, 씨블! 내가 더 많이 할 게야' 하고 색사를 하루에 여섯 번씩 꼭 열흘을 한 다음에 그만 기력이 달려서 죽어버렸다 치세."

"끄음."

"그 둘의 소문을 전해 들은 병(丙)이란 자는 정(丁)이란 자에게 이렇게 소문을 전했다네. '갑이란 놈, 알고 봤더니 상당히 나쁜 놈이야' 그럼 정이란 자는 당연히 묻겠지? '왜?' 그럼 병이 대답하는 게야. 물론 억측과 과장을 잔뜩 보태서 말이지. '아, 글쎄 갑이란 놈이 을이란 놈의 마누라를 탐낸 나머지 을에게 엄청난 암수를 펼쳤다지 뭔가? 헴헴!'

"쿠어어!"

왕문갑이 짐승 같은 소리를 지르며 벌떡 일어섰다.

그러자 사람들의 모든 시선이 왕문갑의 다음 행동에 달라붙었다. 왕문갑은 극심한 충격을 받은 나머지 술 취한 사람처럼 비틀거리며 무언가를 열심히 찾았다. 아마 몽둥이나 흉기 같은 걸 찾는 모양이었다.

'내가 저렇게 될 줄 알았지.'

박린은 왕문갑의 행동에 따라 화노의 표정이 시시각각으로 변해가는 걸 지켜보며 빙그레 웃었다. 노인네가 사기를 치려면 끝까지 들통나지 않게 칠 것이지, 좌우단간 성격을 알 수 없는 노인네라니까.

마침내 왕문갑이 움켜쥔 것은 목침이었다.

"이 가짜! 이 사기꾼!"

왕문갑은 정말 흥분한 상태였다.

그도 설마 황상께서 사백사십칠 명이나 되는 금군별장 중 한 명이었던 자신을 기억해 주셔서 복직을 명하는 황명을 내리실 리가 없다는 것을 알고 있었다.

하지만 사람의 마음이란 가능한 일보다도 불가능한 일에 더 집착을 하는 모양이었다. 그는 문지기에게 붉은 별이 자신의 장원에 떨어졌다는 말을 듣는 순간, 복직을 윤허한다는 황명을 지닌 파발이 황성의 오문을 박차고 나오는 환상을 보았던 것이다.

왕문갑은 목침을 바닥에 팽개쳤다.

쾅!

바닥을 차고 튕겨진 목침이 화노에게 뒹굴어갔다.

화노는 힐끔한 시선으로 목침과 왕문갑을 번갈아 쳐다보다가 마침내 수염을 부들거렸다.

“이런 괘씸한 놈 같으니!”

“괘씸한 건 노인장 당신이오!”

“뭐라?”

벌떡 일어난 화노가 왕문갑의 목에 달라붙었다. 얼마나 세게, 얼마나 갑작스럽게 달라붙었는지, 왕문갑은 양팔을 허우적거리며 뒤로 물러섰다.

“네 욕심에 겨워 네 하인 놈의 말을 이상하게 알아듣고는 감히 이 미남 도사님을 핍박해? 너 어디 맛 좀 봐라!”

화노가 어깨를 왕문갑의 가슴에 밀어 넣고 힘을 한번 썼다.

“어, 어어…….”

콰당탕!

두 다리를 쳐든 상태로 왕문갑이 방바닥에 내리 꽂혔다.

화노가 그의 배를 타고 앉아 마구 주먹을 휘두르기 시작했다.

퍽, 퍽, 퍽!

“요놈, 요 나쁜 놈!”

퍽, 퍽, 퍽!

“저게 뭐 어린애 같은 싸움인가?”

박린은 내심 웃었다.

진청자를 비롯한 일행들도 어이가 없다는 표정이었다.

“에잇, 나쁜 놈!”

퍽, 퍽, 퍽, 퍽!

어쨌든 한바탕의 소란이 지나간 뒤, 일행들은 화노 앞에 공손히 무릎을 꿇고 납작 엎드린 왕문갑을 볼 수 있었다.

왕문갑은 정말 볼 만했다. 봉두난발로 변해 버린 머리, 퉁퉁 부어오른 눈두덩, 삐뚤어진 코에서 줄줄 흘러내려 온 피가 터진 입술로 스며든다. 뿐만 아니라 앞니 한 개도 어디론가 사라지고 없었고, 수염도 잡아 뜯겨서 몇 가닥 남아 있지 않았다.

왕문갑은 반쯤 정신 나간 표정으로 사죄했다.

"죄, 죄송하옵니다, 도사님. 소, 소인이 죽을죄를……."

"케헴!"

화노가 우쭐해서 일행을 둘러보았다.

"다들 보셨겠지? 도사님을 의심하면 안 되는 게야. 이렇게 천벌을 받는 거라고."

지금 화노의 눈엔 진청자와 광불도 보이지 않는 모양이었다.

진청자가 머리를 흔들었다. 광불도 멍한 시선으로 화노만 바라보고 있었다. 곽파가 인상을 찡그렸다.

"에구, 저 철딱서니없는 인간 말종."

인도는 뭐가 그렇게 좋은지 연신 웃었다.

"우헤헤헷! 우리보다 한술을 더 뜨는구먼, 저 인간이?"

"조용히 해, 이 사람아!"

우공이 인도에게 눈을 부라렸다.

우공은 잔뜩 긴장한 모습이었다.

그도 그럴 것이 천장에서 질 좋은 금속이 우는 소리를 들었기 때문이다. 우공은 성경에 도착한 이후, 공력을 끌어올려 사방을 가늠하고 있었다. 그래서 그의 사방 십 장 안에서 일어나는 일들은, 그게 설사 쥐가 귀를 쫑긋거리는 움직임이라고 해도 그냥 지나치지 않았다.

"지금 천장에 누가 있네."

우공의 전음이 인도에게로 건너갔다.

“으?”

인도가 눈을 키웠다.

“으음.”

우공은 아무 소리 하지 않고 눈을 감았다.

눈까풀의 안쪽에서 천장에 있는 자의 형체가 잡혔다.

마음과 교감해서 울 수 있는 검을 가진 자. 제자 화요의 정인(情人) 우향이란 애송이가 틀림없었다. 지금도 찌잉, 찌잉, 우는 저 검은 그 녀석의 애검인 마룡일 것이다.

마룡은 마병 서열 제오위인 마검으로, 소문에 의하면 월왕(越王) 구천(句踐)의 무덤에서 파낸 검이라고 했다. 그 검은 사람의 혼을 빨아들이는 기이한 능력이 있어서 아무나 주인이 될 수 없고, 현재 박린이 가진 요광은정도와 비교해도 손색없는 검이라고도 했다.

인도가 전음으로 물어왔다.

“드디어… 자네의 제자 화요가 온 건가?”

“그렇다네.”

“어쩌려고?”

“죽여야지!”

“끄음.”

인도가 신음 소리를 밖으로 흘렸다.

우공은 인도의 신음 소리를 개의치 않았다.

그의 눈빛이 복잡해졌다.

3

“그럼 잘들 쉬시옵소서.”

왕문갑이 봉두난발로 변해 버린 머리를 흔들며 비척비척 나간 뒤, 삼십여 명이 죽 둘러앉아 있는 넓은 방에 썰렁하고도 어색한 침묵이 맴돌았다.

잠을 자야 하는데, 워낙 많은 종류의 사람들이 뒤섞여 있어서 자리를 정하기가 쉽지 않았던 덕분이었다. 한동안의 침묵이 더 흐른 후에 곽파는 우선 남녀를 가렸다.

“웅녀와 장향은 앞으로 나와라.”

웅녀와 장향이 다가오자 곽파가 모두에게 엄숙히 선언했다.

“우리 아가씨와 노니, 그리고 이 두 아이들은 장주의 침상을 사용할게야. 웅녀의 무게에 침상이 견딜까 싶은 생각도 들지만, 어쩌겠어? 여인네들이니까 편안한 데서 자야지.”

“노언니, 아무려면 소녀가…….”

웅녀가 얼굴을 붉히며 말꼬리를 흐렸다.

“사내와 여인네들이 뭐 다른 줄 아냐?”

광불이 구시렁거렸지만 곽파는 신경도 안 쓰고 사람들을 또 노청(老靑)으로 갈랐다.

“진 노괴, 땡초, 추잡한 색마 도사, 도둑 늙은이, 거기 왕대가리, 그리고 가짜 선생은 침상 아래에서 자도록 해.”

“추잡한 색마 도사가 다 뭐외까?”

화노가 항의하자 장작빈도 가만히 있지 않았다.

“파파, 기왕이면 천하제일 신투라고 불러주슈. 본인도 한때는 철면 신투라는 그럴듯한 별호가 있었소이다? 험험.”

왕란자두도 꽤나 서운한 모양이었다.

“왕대가리가 다 뭐외까?”

“나도 가짜 선생은 아니외다. 만령하에선 본인의 높은 식견과 경륜을 따라가는 자가 없었소. 카함!”

다들 불만스럽게 입을 놀리자 곽파가 벌컥 소리 질렀다.

“그래서? 불만있으면 밖에 나가서 자! 다 늙어빠진 주제들이 주둥이만 살아서 원.”

“끄음.”

“으흠.”

“어, 어험.”

기세등등한 곽파의 태도에 화노와 장작빈, 그리고 왕란자두와 불뇌가 아무 소리 못하고 침상 아래로 다가왔다.

곽파가 이번엔 인도와 우공을 보았다.

인도는 곽파와 눈이 마주치자 신경질부터 부렸다.

“이보쇼, 파파!”

“음?”

“우린 늙은이로 보이지도 않소?”

곽파가 대답했다.

“늙은이도 늙은이 나름이지. 아무튼 자네들은 무척이나 수상쩍고 위험한 종자들이니까 문과 가장 가까운 곳에서 자도록 하게. 보초를 서면서 자란 말이야. 노니는 자네들을 당최 믿을 수가 없어.”

“으?”

“뭐?”

인도와 우공이 서로를 보았다.

곽파가 부연했다.

"소주혈사 때 자네들이 저지른 악행을 노니도 다 알고 있네. 자네들도 알다시피 자네들은 대마두들이야. 언제 헤까닥 돌아서 엄청난 일을 저지를지 아무도 모른다고. 그러니 쓸데없는 고집 부리지 말고 문 옆에서 자."

"이런 씨불!"

인도가 당장에라도 화염장을 쏟아낼 것처럼 분노를 표시했다.

우공이 나서서 그를 말렸다.

"크크… 이봐, 인도."

"왜?"

"저 노파 말이 아주 틀려먹은 말은 아니야. 죄를 지었으면 그만한 대접을 받는 게 당연하지. 그러니 저 노파 말대로 우린 보초나 서면서 자도록 하세."

"그게 어디 우리가 지은 죄이던가? 그건 다 유근이란 놈의 농간에 말려들어서……."

"조용히 해!"

곽파가 인도의 말을 중간에서 끊었다.

"자네들이 유근의 꼭두각시놀음으로 그랬건, 자의로 그랬건, 그게 지금 중요한 게 아니야. 어쨌든 그 일로 인해서 자네들은 확실히 대마두가 되었고 그게 이 노니한테는 무척이나 부담이 되는 게야. 알았어?"

"끄음."

"크크, 우린 대마두야."

우공이 진청자와 광불 눈치를 보며 고개를 끄덕였다.

세 부류가 자리를 잡고 나자 가운데는 자연히 젊은이들 차지였다. 박린은 갓을 벗어서 벽에 세워놓은 요광수신리성금에 걸었다.

갓을 쓰고 벗을 때마다 늘 하는 생각이지만, 왜, 도대체, 어떻게 해서, 이 갓처럼 아무 보탬도 안 되는 물건을 쓰고 다녀야 하는 것인지를 이해하기 힘들었다. 그렇게 생각하면 도포도 마찬가지였다. 쓸데없이 소매가 넓고 기장이 길어 보탬은커녕 도리어 방해만 되는 것이었다.

참 알 수 없는 일이란 말이야.

"어이, 박 서방?"

침상 모퉁이에 누운 곽파가 박린을 불렀다.

"예?"

"볼일 다 봤으면 불 꺼!"

"예, 할머니."

후욱—

불이 꺼지자 문과 창문으로 새파란 달빛이 몰려들어 왔다.

곽파가 모두에게 으르렁거렸다.

"코들 골지 마. 잠꼬대도 하지 마. 고이 자고 싶거든, 알겠지?"

"에이, 제길!"

"팔자에 없는 잔소리를 다 듣는구먼?"

왕특 형제들과 개구사치가 구시렁거렸다.

그들의 구시렁거림을 끝으로 모두 조용해졌다.

한 시진 후.

박린은 천천히 상체를 일으켰다.

잿빛 수막에 갇혀 있는 무엇을 확인하기 위해서였다.

수막을 거미줄이라고 가정한다면 그것은 거미줄에 걸린 나방처럼 파닥거리며 신경을 살살 건드렸다. 그것은 가끔 울기도 했다. 그것의 울음소리는 현금 위를 지나가는 바람 소리처럼 날카롭기 그지없었다.

찌잉, 찌잉—

그것이 또 울었다.

미리 펼쳐 놓은 수막이 아니었더라면 듣지도 못했을 미세한 소리였다. 그 소리에 감응한 요광은정도가 바르륵— 도신을 떨었다. 도파 안에서만 떠는 것이어서 아무도 눈치채지 못했다.

박린은 요광은정도를 들고 달빛이 환하게 지펴진 문을 향해 다가갔다.

—어딜 가세요?

연녹빛 세상으로 연연이 물어왔다.

목소리가 뾰족한 걸 보면 연연은 자다 깬 것이 아니라 아직 안 자고 있었던 모양이다. 박린은 인상을 찌푸렸다. 대답할 말이 마땅하지 않았다. 그렇다고 선비 체면에 '측간'을 둘러댈 수도 없는 일이었다.

환상이 깨어지게 말이지. 험험.

박린은 조금 생각하다가 나름대로 운치있다고 생각한 대꾸를 연연과 죽 이어진 연녹빛 끈 위에 올려놓았다.

—답답해서 한바탕 신명나게 춤을 추러간다오.

바로 되물음이 굴러왔다.

—춤이요? 이 밤에요?

—달빛이 너무나 좋지 않소?

—가인(歌人)이기도 하셨나요?

—어험. 선비는 원래 다재다능해서…….

잠시 사이를 두었다가 연연이 또 물어왔다.

—선비님의 춤을 보고 싶네요, 같이 가도 돼요?

—어험.

그제야 박린은 자신의 대꾸가 얼마나 무한한 환상을 연연에게 일으켰으며, 또 그것이 얼마나 잘못되었는지를 깨달을 수 있었다.

연연이 설사자를 안고 살그머니 일어나서 침상을 내려왔다.

"어딜 가시옵니까?"

곽파도 안 자고 있었던 모양이다.

연연이 황급히 대답했다.

"측, 측간에요."

에잉, 환상 깨어지게 저 무슨 핑계람?

"측간이요?"

상체만 일으킨 곽파가 이쪽을 노려보았다.

박린은 얼른 천장을 올려다보는 척했다.

"어험."

곽파가 어쩔 수 없다는 듯 고개를 흔들었다.

"아가씨."

"예? 예, 파파."

"저 녀석과 함께 가시옵니까?"

"아, 아녀요."

"어쨌든 금방 오셔야 합니다."

"예, 파파."

"끄음."

곽파가 도로 누웠다.

사람들 사이를 건너오는 연연의 발걸음이 민첩했다.

박린은 문고리에 손을 댔다.

아직 자지 않고 있는 사람은 곽파 말고도 있었다.

“어딜 가는 겐가?”

우공이었다.

우공은 보초를 서기로 작심한 사람처럼 목소리가 맑았다.

박린이 우물쭈물하자 우공은 험상궂은 얼굴에 근원을 알지 못할 미소를 피워 올렸다. 짓궂게도 보이고, 또 어떻게 보면 슬프게도 보이는 미소였다.

우공이 밑도 끝도 없는 말을 던졌다.

“착한 아이들일세.”

“······.”

“노부는 여태 잘못 살았어.”

“······.”

“그 아이에게 문제가 생기면 정면으로 문제를 파고들어 가지 못하고 외부만을 잘라냈지. 그건 그 아이를 위해서라기보다는 노부 자신이 아파서 견딜 수가 없었기 때문에 그렇게 한 게야. 그 아이는 그게 매우 서운했을 게야. 저와 친한 사람들을 노부가 모두 베어버렸으니. 노부가 그렇게 대처해 나갈수록 그 아이는 점점 더 삐뚤어졌어. 그 녀석은 그렇게 부초처럼 세상을 떠돌았네. 그러다가 임자를 만났어.”

“······.”

“자네는 오늘 그 녀석을 만날 게야. 그 아이 화요의 마음을 온통 사로잡은 그 녀석을.”

우공의 목소리가 침침해졌다.

“노부는 그 녀석의 생김이 영 마음에 들지 않네. 노부가 눈이 많이 어두워졌는지도 모르지. 그러니 자네가 그 녀석을 시험해 보게나. 그 녀석이 노부 대신 화요를 평생 동안 지켜줄 재목이라면 살려주고, 그렇지 못할 재목이라면 베어버리란 말일세!"

"……."

박린과 연연이 나간 뒤에 인도가 우공을 바라보았다.

"자네도 나와 똑같은 생각을 가졌구먼?"

"……."

"저 녀석을 꽤나 믿는 눈치일세. 자네가 그런 부탁까지 하는 걸 보면 말이야."

"……."

우공은 고개를 숙인 채 말이 없었다.

인도가 그의 어깨를 잡았다.

"난 자네가 화요를 주워다가 어떻게 키웠는지를 아네."

"끄음."

"자네에게 화요는 친딸 이상의 의미였어. 하나 이젠 제 갈 길을 가야지. 안 그래? 다 큰 처자가 언제까지나 자네 뒤만 졸졸 따라다니면서 생활할 수는 없어. 자네 역시 화요가 그러는 걸 바라지 않잖아? 그게 이치일진대 섭섭해도 어쩔 수 없는 일이지."

인도는 몇 마디가 더 남은 모양이었다. 우공이 그의 손을 뿌리치며 벌컥 소리를 질렀다.

"잠이나 자빠져 자, 이 사람아!"

"뭐?"

"애도 안 키워본 작자가 뭘 안다고 그딴 소리야?"

"아, 아니 난 그저……."

"끄음."

침상에서는 곽파가 웅녀를 달래고 있었다.

"노언니, 에르텐께서 또… 아이, 어쩌면 좋아요?"

"설마 무슨 일이야 있겠느냐?"

"노하평에서 한 짓거리를 보시고도 그런 말씀을 하세요?"

"끄음. 우리 아가씨께 또다시 그런 수작을 부린다면 노니가 그 녀석의 다리몽둥이를 분질러 주마!"

"예?"

"그러니 염려하지 말고 자거라."

뜨락을 내려서자 발끝에 걸린 달빛이 푸르게 일렁였다.

"어험."

박린은 연연을 앞세우고 휘적휘적 달빛을 헤치며 걸었다.

"어딜 가시는 거죠?"

"음침한 곳을 찾아가오이다."

"예?"

어슬렁어슬렁.

가산 뒤편에 자리잡은 연못은 넓지는 않았지만, 수령이 오래된 버드나무와 전나무가 빼곡이 들어차 있고 정자도 한 채 지어놓아서 꽤나 운치있었다.

연연의 물음 또한 이루 말할 수 없이 운치있었다.

"여, 여기서… 또 입술 진맥을 하실 건가요?"

"글쎄요, 어험."

"소녀는 여기도 괜찮다고 생각해요."

"으?"

"이 야심한 시각에 누가 여길 훔쳐보겠어요?"

“어험험, 어험.”

박린은 정자의 이름이 쓰여진 현판을 올려다보았다.

“흠흠, 공산정(空山亭)? 기척이 끊어진 산에 세워진 정자라… 매우 괜찮은 이름이구려.”

박린은 연연을 데리고 공산정으로 올라갔다.

공산정의 천장은 물에 반사된 달빛이 어른거리고 있었다.

멀리 보이는 산 너머, 그리고 산 그림자가 서로 교차하는 어디쯤에서 서리 내리는 소리가 들려왔다.

기대로 부풀어 오른 연연의 눈이 별처럼 빛났다.

박린은 조용히 눈을 들어 연연을 주시했다.

“낭자.”

“또 근사한 목소리를 내시네요?”

“으?”

“소녀에게 뭔가 엉큼한 짓을 하시려는 게죠?”

“험험, 그게 아니라 저길 바라보오.”

박린이 가리킨 곳은 방금 자신들이 나온 장주의 거처, 요수전의 지붕 위였다.

“……..”

“어험.”

연연이 물었다.

“저, 저 사람은… 누구죠?”

요수전 지붕 위에는 한 사람이 서서 이쪽을 바라보고 있었다.

둥그렇게 걸린 달을 배경으로 서 있는 그 사람의 훤칠한 키, 길게 날리는 머리카락, 창백한 얼굴… 사내인지 여인네인지 구분할 수도 없을 만큼 섬세하게 생긴 그자의 왼손에 들린 물건은 장검이었다. 달빛을 잔뜩 빨아들인 그 장검이 마치 얼음으로 만든 송곳처럼 푸르고 차가운 빛으로 번득였다.

박린이 빙그레 웃었다.

"저자가 누군지 낭자가 알아맞혀 보오."

"어떻게요?"

"낭자의 연녹빛 세상으로 말이오."

연연이 다시 그자를 바라보았다. 순간 박린은 수막을 펼쳤고, 연연의 이마에서 생겨난 연녹빛 실이 수초를 헤치는 물뱀처럼 빠르게 그자에게로 전진해 가는 걸 볼 수 있었다.

그자도 그걸 볼 수 있는 모양이었다.

그자는 자신에게 연녹빛 실이 닿기 직전에 왼손을 조금 움직였다. 정확히 말하면 장검을 들어 연녹빛 실의 전진을 가로막은 것이다. 그자의 장검과 연녹빛 실이 부딪친 자리에서 현란한 빛 무리와 함께 얇은 박판이 울리는 듯한 소리가 났다.

차릉—

깜짝 놀란 연연이 얼른 연녹빛 실을 거둬들였다.

그녀는 하얗게 질려서 숨까지 헐떡이고 있었다.

"아, 안 돼요!"

"그렇구려."

"다시 한 번 해볼까요?"

빙그레—

박린이 웃었다.

"소용없는 일이오."

“예?”

“낭자보다 능력이 훨씬 높은 경지에 이른 자요.”

“……”

“어험, 소생의 생각으론 낭자와 소생의 첫날밤을 밝혀주려고 오신 월하노인이 아닐까 싶소이다. 하나… 칼을 든 걸 보면 월하노인이 아니라 훼방꾼 같구려.”

“예?”

“그렇다고 저자가 가만히 있는데 먼저 시비를 걸어서 쫓아버릴 수도 없는 노릇이고… 좌우단간 신경 쓰지 말고 가을밤의 정취나 실컷 즐깁시다.”

“……”

연연은 자신도 모르게 입을 벌렸다.

장검을 든 자가 이쪽을 지켜보고 있는 상황이 아니냐. 이때까지 경험한 걸로 보면 저자는 분명히 적! 저자가 언제 이리로 날아올지도 모르는 상황에서 아무리 실력이 좋아도 그렇지, 어떻게 이런 한가한 소리가 나오니?

“선비님.”

“기왕이면 낭군님이라고 불러주오.”

“참내, 기가 막혀서.”

“으?”

“정신 차리세요, 선비님. 언제 저자가 칼을 날릴지 몰라요.”

“걱정하지 마오.”

“예?”

“아무려면 소생이 부인을 다치게 하리까? 괜한 걱정은 운치를 깨는 법이라오. 그러니 불안을 떨쳐 버리고 소생처럼 이 황홀한 달빛에 몸을 기대보구려. 옷자락에서 바삭바삭 하는 소리가 다 들리는 것 같소이다.”

박린은 정자 난간에 몸을 기대고 ‘제발 이리 안겨다오!’ 하는 표정을 지으며 연연을 향해 양팔을 벌렸다.

정말… 박린은 태평해도 보통 태평한 인간이 아니었고, 뻔뻔스럽기도 말할 수 없이 뻔뻔스러운 인간이었다. 그렇게 생각하면서도 자꾸 안기고 싶어지는 이 마음은 뭘까. 음음.

‘흥! 그렇다고 덥석 안길 수야 없지.’

연연은 박린이 벌린 팔을 피해서 박린 옆에 자리잡았다.

달빛이 옷에 닿자 정말 바삭바삭 하는 소리가 들리는 것 같았다.

연못 가장자리를 꽉 메운 나무들, 조용히 떠다니는 연잎들, 수면 가까이에 누워 있는 잉어들이 뒤척일 때마다 수면 위에 떠 있는 달빛이 부서졌고, 그렇게 부서지는 달빛 사이에서 뽀얀 물안개가 피어올랐다.

4

침묵이 쌓였다.

왈왈!

연연에게 안겨 있는 설사자가 침묵을 몇 번 건들이다가 제풀에 지쳐서 스르륵, 눈을 감았다.

영원히 이어질 것만 같았던 침묵을 먼저 헐어낸 사람은 연연이었다.

“선비님.”

“왜요?”

연연은 뒤에서 자신들을 지켜보고 있는 사람을 이젠 개의치 않기로 작정한 모양이었다.

"소녀가 부담스럽지 않으세요?"

"무슨 말이오?"

잠시 사이를 두었던 연연이 막연하게 말을 이었다.

"목숨을 걸어야 하는 일이잖아요?"

"……."

"아시잖아요. 모르세요? 소녀를 제자리로 돌려놓으려고 가는 이 길이 어떤 길인지를 잘 아시잖아요?"

"어험."

"대명의 서슬 시퍼런 조정을 상대해야 하는 일이에요. 그들이 부리는 백만 대군을 상대해야 하는 일이에요. 대명에 산재한 전 무림인들을 상대해야 하는 일이에요."

"낭자."

박린은 연연의 어깨를 안았다.

연연은 가만히 있었다.

"선비는 한 번만 죽는 게요!"

"그래서 드린 말씀이네요."

"……."

"소녀는 한낱 어리석은 계집애에 지나지 않아요. 어리석은 계집애 하나 때문에 목숨을 아까워하지 않으신다면 바보란 말씀이네요. 목숨은 두 개가 아니에요."

박린이 대꾸했다.

"살아 있다고 해서 다 살아 있는 게 아니오. 살아 있는 상태라 해서 그게 전부 목숨은 아니란 말이오."

무슨 말씀이시래?

정면에 서 있는 사람의 눈을 바라보는 일은 그리 용기를 필요로 하지 않는다. 그저 바라만 보면 되니까. 그러나 자신의 어깨를 안고 옆에 서 있는 사람의 눈을 바라보는 일은 많은 용기를 필요로 하는 일이었다.

연연은 박린을 바라보았다.

"낭자."

박린의 그림처럼 아름답게 휘어진 눈매와 선한 눈망울이 연연의 눈에 가득 들어찼다.

"목숨은 하나밖에 없기 때문에 더욱 소중한 거라오. 그래서 더욱 자신이 믿는 바를 향해서 나아가야 한다는 거요. 마음을 따라 살지 못하고 정반대로 산다거나, 남의 눈치나 보면서 뒤만 졸졸 따라다닌다면 산 목숨이 아닌 거요. 즉, 비열한 삶은 삶이 아니며, 치졸한 목숨 역시 목숨이 아니란 말이오."

"……."

박린은 수면을 바라보았다.

"선비는 두 번 죽지 않소. 아울러 목적한 바를 이루기 전에는 죽고 싶어도 죽을 수가 없는 목숨을 가지고 있소."

연연도 수면을 응시했다.

다시 침묵이 쌓여갔다.

이번에도 침묵을 허문 사람은 연연이었다.

"선비님께 묻고 싶은 게 있어요."

"물어보오."

“신분 따위가 무엇을 보장해 줄 수 있나요?”

“무슨 말이오?”

“물론 지금 생활보다 쾌적한 환경은 보장해 줄 수 있겠지요. 말 한 마디로 생사를 가를 수 있는 시녀들, 세상에서 제일 진귀한 보석들, 맛 있는 음식, 최상품 비단옷… 음음, 이런 것들에 둘러싸여서 평생 살 수 는 있겠네요.”

“어험.”

“소녀도 사람인 이상, 여인네인 이상 그렇게 살기를 원해요. 구질구 질하게 사는 것보다는 기왕이면 화려하게, 예쁘게 사는 걸 더 원한다는 말이네요. 하지만 생각해 보세요. 그게 다 무슨 소용이 있어요? 소녀는 그런 것들이 부질없게만 생각돼요.”

“왜요?”

“……”

연연은 대답 대신 입술을 깨물었다.

연경에서 일이 성사되면 선비님께선 떠나실 거잖아요? 저한테 아무 런 미련이 없잖아요? 사람들도 우리가 같이 있는 걸 원하지 않을 거잖 아요? 라는 물음이 봇물 터진 것처럼 솟아 올라왔기 때문이다.

연연은 겨우 말했다.

“…소봉님이 있잖아요, 선비님께는.”

연연은 말을 하고 나서 괜히 했다고 후회했다.

박린에게 소봉이 있는 것과 자신이 무슨 상관인가.

따지고 보면 박린의 동행 이유 역시 오로지 연연 자신만을 위한 것 이 아니었다. 연연 자신이 유근을 밀어내기 위해 연경엘 간다면, 박린 은 스승인 천변귀수 대신 유근에게 받아내야 할 혈채가 있기 때문에 연경엘 간다.

따라서 전대부터 스승 천변귀수에게 이어진 용환이란 인연 고리가 아니었다면 그는 연연 자신이야 어찌 되든 말든 독자 행동을 했을 수도 있었다.

"거… 무슨 소리요?"

연연은 서둘러 대답했다.

"아, 아무것도 아니에요. 말이 잘못 나왔어요."

"소봉에 대한 이야기를 들었구려."

"……."

"에잉, 여인네들이 모이면 그 수다스러움에 접시가 깨어진다더니… 장향 낭자가 그런 소리를 합디까?"

연연이 잡아뗐다.

"자, 장 언니는 아무 상관도 없어요."

"허면?"

"선비님을 염려하는 그 언니의 마음을 보았을 뿐이네요."

"어험."

박린은 더 이상 말을 하지 않았다.

마땅히 해줄 말이 없었다.

모래 바람만 쓸려 다니는 땅, 영하에서 모친과 단둘이 염소를 키우며 살아와서 일까. 연연은 순수하고 섬세한 성격이었다.

아무것도 모른 채, 영하에서 영원히 그렇게 살아갔더라면 그녀는 차라리 더 좋았을 것이다.

그러나 그녀는 모친이 돌아가시자마자 환관들의 위세에 혼미를 거듭하는 대명제국의 중심으로 급부상했다.

환관들이 그녀를 어떻게든 말살하려고 획책한다는 것은, 그녀에게 기대를 거는 사람들이 많다는 반증이었다.

그런 것들로 인해서 그러잖아도 많이 두려워하고 혼란해하는 그녀에게 무슨 말을 해야 할까.

소봉에겐 신경 쓰지 않아도 된다고, 내가 그대 곁에 영원히 있어주겠다고 이야기를 해줄까?

"소봉은 소생의 누이동생이라오."

"남남지간이잖아요?"

"남매지간이오."

"괜찮아요, 선비님."

"어험."

"욕심 부리지 않을게요. 곁에 계신 걸로만 만족할게요. 곁에 없으시면 잊어버리면 되죠."

"……."

"소녀는 보기보다 바보라서 금방 잊어버린답니다. 아아, 답답해. 우리 이런 무거운 이야기 말고 다른 이야기를 해요."

"그럽시다. 이번엔 떡장수 이야기를 해주겠소."

"호호―"

'역시 독에 당하지 않은 거야!'

화요는 정자 아래 드려진 그늘 속에서 둘이 나누는 이야기를 엿들었다. 도란도란 들리는 이야기와 은연중에 풍겨지는 기운을 세세히 가늠해 보아도 그녀는 박린이란 사내가 독에 당한 조짐을 발견할 수 없었다. 그렇다면 저 박린이란 사내는 억세게 운이 좋거나, 상상하지 못할 만큼의 무공 수위를 가지고 있거나… 둘 중의 하나가 틀림없었다.

"…그 떡장수 아주머니는 글쎄 기운도 좋지. 열두 남매를 두었다지 뭐요? 문제는 이 열두 남매가 얼굴이 다 비슷비슷하다는 것이었소. 어떨 땐 이 녀석이 저 녀석 같고 또 저 녀석이 이 녀석 같아서 당최 헷갈려서 못살겠더라는……."

"호호— 그럼 이마에 표시를 하면 되잖아요?"

위에서는 이야기가 한창이었다.

화요는 저절로 지어지는 미소를 어쩔 수 없었다.

연인들이 나누는 이야기는 다 거기서 거기인 모양이었다.

엿듣는 사람들의 입장에서는 한없이 유치하고 재미가 없는 이야기일지라도 당자들에겐 무한히 새롭고도 재미가 있는 이야기.

화요는 자신도 모르게 지붕을 올려다보았다.

우향은 용마루에 앉아서 이쪽을 내려다보고 있었다.

그녀는 우향이 박린이란 사내를 빤히 바라보면서 왜 공격을 늦추었는지를, 또 무엇을 기다리고 있는지를 짐작했다.

'저 바보… 우향.'

이런 경우에만 우향은 살수로서 부적격자였다.

우향은 언젠가 살수행을 실패하고 터덜터덜 돌아온 적이 있었다. 화요는 며칠 동안 단 한 마디도 안 하던 그가 마침내 입을 열어서 쏟아놓은 말을 떠올렸다.

"…그 녀석 곁에 있던 여인네의 눈이 너처럼 맑더라… 무척이나 행복한 모습이었어. 난 그 녀석을 죽이면 그녀도 같이 죽여야 한다는 결론을 견딜 수가 없었어. 그 녀석만 죽이고 그녀를 살려준다고 해도 견딜 수 없기는 마찬가지라고 생각했단다. 그녀는 자신의 눈앞에서 무참히 죽어버린 그 녀석을 평생토록 잊지 못할 거야. 이해할 수 있겠니?"

우향은 분명히 기다리고 있을 것이다, 지금 박린이란 사내의 곁에 서서 눈부신 이를 보이며 꺄르륵 웃는 여인이 어서 들어가 주기를. 그 래서 그녀가 은애하는 사내 박린이 베어지는 끔찍한 모습을 그녀가 기 억하는 일이 일어나지 않기를 바라고 있을 것이다.

하지만 화요는 우향의 그런 기대가 매우 순진한 기대에 지나지 않으 며, 또한 그 순진한 기대 속에 든 뜻이 사실은… 박린이란 사내의 연인 을 위한 것이 아니라 바로 화요 자신을 위한 것이라는 것을 알고 있었 다.

겨우 그만한 이유로 살수행을 포기했다는 말을 들었을 때, 그녀는 불같이 따졌다. 그때 우향이 이렇게 대답했던 것이다.

"그들을 죽이면… 네가 불행해질 것 같았어. 왜 그런 느낌을 가지게 됐는 지는 잘 모르겠다. 하지만 그런 느낌이 들었단다. 그 여인네의 맑은 눈을 보 는 순간, 그 여인네와 입장이 바뀌어진 너를 생각했다."

화요는 우향에게서 시선을 돌렸다.

우향은 어차피 그런 사내였다. 박린이란 사내와 여인의 이야기를 들 어보면 우향에게서 오늘 밤 좋은 소식을 기대한다는 것은 물 건너간 것이나 다름없었다.

그걸 알면서도 우향은 기다리는 것일까. 언제까지 기다릴 생각일까. 그것도 모습을 훤히 드러낸 채로 말이다. 저렇게 모습을 드러내고 있으면 무공을 익히지 않은 사람이라도 눈치를 채게 마련인데 하물며 무공을 익힌 사람임에야. 그렇다면 우향은 왜 모습을 드러내고 기다리는 것일까. 박린이란 사내가 자신을 알아챈 것을 알고 아예 모습을 드러내기로 작정한 것일까.

'설마……'

확인이 필요했다.

화요는 정자 그늘에서 기어 나와서 나무 사이를 건너뛰었다.

흔적없이 한 걸음에 일 장이나 전진해 나갈 수 있는 우공의 신법 비천사결(飛天蛇訣)이 그녀의 발밑에서 펼쳐졌다.

요수전 밑에 다다른 그녀는 지붕으로 도약하기 직전에 정자를 바라보았다. 그리고 딱딱하게 굳었다.

"얼쑤! 이러면 돼요?"

여인의 서투른 추임새에 맞추어 박린이란 사내가 덩실덩실 칼춤을 추기 시작했다.

스윽.

푸르스름한 빛을 내는 칼날이 바람을 베어 올리면서 넓게 퍼졌다. 달빛이 잘려져 나갔다. 도막난 그 달빛을 얹고 칼날이 뒤집혔다. 칼날보다 먼저 뒤집힌 어깨를 따라서 허리가 비틀어졌다.

"얼쑤!"

덩실덩실.

왼발이 도포 자락을 밀고 올라가서 몸을 한 바퀴 휘돌아온 칼날과 교차했다. 칼끝이 그려내는 무수한 동심원과 동심원 속에 세상은 존재하지 않는 것 같았다. 칼끝이 그려내는 점(點)이 모여 선(線)이 되고, 선은 흐트러져서 다시 점이 되었다.

“좋다!”

덩실덩실.

칼끝이 만든 점과 선만으로 이루어진 세상이 섬세한 은빛으로 떨렸다. 이어지고 떨어지며, 다시 이어지는 칼날은 사계절의 장엄한 형세가 들어 있는 것처럼 완만하고도 힘차게 퍼덕거렸다. 칼날은 때로 격하게 일어섰고, 완만하게 내려앉으며 끝도 없이 이어졌다.

“얼쑤!”

덩실덩실.

칼날에서 풍겨지는 향기일까. 아니면 베어져 나가는 달빛이 내는 향기일까.

화요는 칼춤에서 뿜어져 나온 향기에 전율했다.

‘이해할 수가 없어……’

지붕 위의 우향도 매우 혼란해하고 있었다.

그가 이해할 수 없었던 것은 칼춤만이 아니었다. 그는 지금 박린 곁에 서서 칼춤에 추임새를 넣는 소저가 쏘아 보냈던 연녹빛 실을 이해할 수 없었다. 그것을 쳐내는 순간 생겨났던 빛과 소리도 이해할 수 없었다. 무형의 기운이라면 그처럼 빛과 소리를 내지는 않았을 것이다. 그러나 그것은 빛과 소리를 지니고 있었다. 그렇다면 무형의 기운이 아니라는 반증이었다.

그것의 정체는 과연 무엇인가.

‘무공인가?’

우향은 생각을 정리하지 못하고 칼춤을 바라보았다.

“얼쑤!”

덩실덩실.

손의 진행 방향과 나란히 나아가다 돌연 정반대로 꺾어져 발끝으로 떨어져 내리는 칼끝, 그 칼끝을 가볍게 차올리는 발, 발의 끝점이 이미가 있는 칼끝에서 반딧불이처럼 현란하게 피어오르는 빛 무리들……

'저자는 저 칼춤으로 내게 무엇을 말하고자 하는 것일까?'

발의 끝점과 칼의 끝점은 동일했다. 그 동일한 끝점은 다른 어느 쪽도 아니고 우향 자신을 향하고 있다. 박린의 모든 춤동작은 오직 끝점만을 위해서만 움직였다. 하늘과 달빛과 공기를 휘돌아온 춤동작은 끝점에서 완료되고 다시 시작되었다.

덩실덩실.

휘휘 날아온 손, 그 손끝에 걸린 칼이 또 하나의 달을 만들어낼 때마다 구부러졌다가 펴지는 어깨, 끊임없이 돌아가는 몸, 높이 치솟아서 별들을 안고 내려오는 발의 처음과 끝에는 박린이 우향에게 보내는 영롱한 언어가 들어 있었다.

우향은 박린의 언어를 읽어보려고 노력했다.

언어는 쉽게 읽혀지지 않았다.

그러나 의미만은 알 수 있을 것 같았다.

"나를 부르고 있군."

우향은 일어섰다.

일어서는 데 얼마나 힘을 주었는지 발밑에서 기왓장 깨지는 소리가 났다.

찌잉—

애검 마룡이 울었다.

화요는 박쥐처럼 양팔을 크게 벌려서 비월(飛月)의 신법으로 떨어져 내린 우향을 막아섰다.

"안 돼요, 가가. 가지 말아요!"

"왜지?"

우향은 화요를 바라보았다.

"난 저자를 죽이겠다고 네게 약속을 했다. 그런데 왜 안 된다는 건가?"

"그, 그건 사, 사실이 아니에요."

"저자에게 아직 미련이 남았나?"

화요가 우향 앞에 엎드렸다.

그녀는 사부 우공의 명령을 수행하기 위해서 우향에게 박린을 처음 청부할 때, 자신이 아무렇게나 둘러댔던 말들을 사과했다.

말을 다 듣고 난 우향이 웃었다.

"하하!"

화요가 말을 덧붙였다.

"저자는 가가의 능력을 훨씬 넘어서는 상대예요. 저자의 손에 가가께서 돌아가시는 걸… 소녀는 볼 수 없어요."

"그렇다면 네 사부님께선 저자를 죽이려는 게 아니라 나를 죽이려는 거구나."

화요가 고개를 끄덕였다.

"그럴 수도 있어요. 사부님께서도 처음엔 저자를 죽이려고 명령을 내리셨겠지요. 저자의 진정한 실력을 모르고 계셨을 게 분명하니까요. 하지만 저자의 실력을 아신 다음에도 명령을 철회하지 않으신 것은 뭔가 다른 목적이 있다고 봐야 해요."

"네 사부께선 왜 나를 그렇게 미워하는 것이냐?"

“…….”

화요는 대답을 하지 못했다.

그녀는 우공이 왜 우향을 미워하는 것인지 알고 있었다.

우공이 미워하는 건 우향만이 아니었다. 우공은 그녀의 주변 모두를 미워했다. 그게 우공이 제자이자 수양딸인 그녀를 위하는 방식이었다.

우공을 그렇게 만든 사람은 그녀 자신이었다.

그녀는 우공에게 깊은 상처를 안겨줬다. 물론 작심하고 안겨준 상처는 아니었다. 문제의 발단은 성격이 활달해서 한두 살 위의 사내아이들과 어울려 놀기를 좋아했던 그녀의 성격이었다.

그녀가 열세 살 나던 해 봄날.

무려 일곱 명의 사내아이들에게 난행을 당한 상태로 그녀가 발견되었을 때 우공은 신열로 몸이 불덩어리가 된 그녀를 눕혀놓고 말없이 집을 나가서 그 사내아이들과 그 아이들의 부모들, 그들이 기르던 강아지까지 모두 죽여 버렸다. 그리고 돌아와서 피가 철철 흐르는 손으로 그녀의 이마를 쓰다듬어 주며 이렇게 말했다.

“마음 상해하지 마라. 너에게 아무 일도 일어나지 않았단다. 너에게 아픔을 주었던 종자들은 이제 세상에 존재하지 않는단다. 그러므로 넌 순결하다. 내가 네 순결을 영원히 보장해 주마.”

당시 그녀는 우공의 피 묻은 손을 잡고 참았던 울음을 터뜨렸다. 그녀는 우공이 고마웠다. 하지만 시간이 지나자 우공이 과연 무슨 의미로 그런 말을 했는지를 확실히 깨달았다.

우공은 철저하게 그녀를 보호했다. 스쳐 지나가며 그녀를 바라보았던 사내들이 그 자리에서 죽임을 당했다. 그녀와 물건을 흥정하며 이야기를 나누었던 장사꾼들 역시 죽임을 당했다. 그녀가 또래 계집아이를 친구로 사귀면 그 계집아이의 오라비와 아비가 죽임을 당했다.

화요는 그런 것들이 싫었다. 그렇게 하지 말아달라고 울면서 사정을 해도 우공은 막무가내였다.

"이 아비는 오직 너만을 생각한단다."

그런 식으로 몇 년이 지나자 화요의 곁엔 아무도 남아 있지 않았다. 그것은 불행과 죽음을 몰고 다니는 마녀로 단정되어 버린 이상, 곁에 오는 사람이 없었기 때문이며 그녀 또한 사람들을 피해서 혼자 생활했기 때문이다. 그런 상태로 다시 몇 년이 지나자 그녀는 우공에게 반항을 하기 시작했다. 아무 사내에게나 몸을 주기 시작한 것이다.

다시 끊임없는 살육이 시작되었다.

우공도, 그녀도 고집을 꺾지 않았다. 그러다가 만난 사람이 우향이었다. 그녀는 우향을 데리고 성경으로 도망쳤다. 그리고 우공에게 편지를 보내 우향과 예를 올렸으니 우공이 우향을 죽이면 자신도 함께 죽어버리겠다고 위협했다.

그런 위협에 굴할 우공이 아니었다.

만약 인도와 함께 박린을 쫓아야 하는 일이 아니었다면, 우공은 어떻게든 우향을 죽였을 것이다.

그녀가 벽산구에서 장보란 건달에게 몸을 주었던 것도 우공이 얼만큼이나 변했는지를 떠보기 위한 방편이었다. 우공은 변한 게 없었다. 그녀가 사랑하는 흑서공을 시켜 장보를 죽임으로써 우공은 그녀에게 자신의 마음이 한 치도 변하지 않았음을 확인시켜 주었다.

이런 사정을 어떻게 우향에게 말하랴.

우향이 발을 뗴었다.

화요가 그를 끌어안았다.

"가지 말아요, 가가."

"가야 한다."

"가지 말아요. 가면 다신 돌아올 수 없어요. 다신 소녀를 볼 수 없어요."

아이처럼 화요가 엉엉 울었다.

달빛이 두 사람의 머리카락을 적셨다.

박린도 칼춤을 멈추었다.

연연은 추임새가 힘들었던 모양으로 볼이 빨갛게 물들어 있었다.

"날씨가 차가우니 이만 들어갑시다."

"예, 선비님."

박린과 연연은 우향과 화요를 향해 다가갔다.

우향과 화요는 움직이지 않았다.

"잘사시구려."

우향을 지나치면서 박린이 웃어주었다.

연연도 말했다.

"행복하게 사세요, 언니."

아침이 왔다.

장주 왕문갑의 전송을 받으며 문을 나서자 인도와 함께 우공이 다가왔다. 뜬눈으로 밤을 새웠는지 우공은 퀭한 눈이었다.

"그 녀석 말이야. 자네가 보기엔 어, 어떤가? 쓸 만해? 화요를 울리지는 않을까?"

5

성경은 장방형으로 형성된 큰 도시여서 복잡한 시내를 빠져나오니 중화 때였다. 적당한 객잔에 들러 늦은 중화를 먹고 내성을 빠져나와서 외성에 도착을 하니 해가 기울기 시작했다.

외성의 경비는 생각보다 허술했다.

몽고 상단 꼬리에 붙어 외성을 빠져나온 일행은 북진(北鎭)으로 향하는 관도를 찾아서 걸음을 재촉했다.

북진에서 서남쪽으로 내려가면 만리장성의 시작점이자 천혜의 요새인 산해관(山海關)에 닿고, 이 산해관에서 곧바로 서진하면 옥전(玉田), 옥전에서 서진하면 연경의 턱밑인 계주(溪州)였다.

끝없이 펼쳐진 황토빛 평원, 지평에서 타오르기 시작하는 노을, 추수 끝난 수수 밭과 옥수수 밭이 길게 이어졌다. 친한 사람들과 삼삼오오 짝을 이룬 사람들은 조용히 관도를 걸었다.

노을이 지자마자 밤이 찾아왔다.

수숫대와 옥수숫대들이 자신들의 마른 잎새를 음울히 날리는 그늘 위로 보랏빛 어스름이 내려앉았다.

간혹 북진 쪽에서 오는 사람들과 마주쳤다.

사람들은 까맣게 그을린 이마를 드러내고 하얗게 웃었다.

먼 길을 따나온 그들의 눈빛이 별을 닮아 있었다.

달이 떠올랐다.

사방이 푸르게 반짝였다.

박린은 달빛의 바다 속을 유영하는 기분이었다. 숨을 들이쉴 때마다 달빛이 빨려 들어와 코끝이 싸— 했다.

"천변귀수… 그 친구의 상태는 어떠한가?"

진청자였다. 오래도록 망설이다가 물은 것처럼 목소리가 깊었고 떨려 나왔다. 그를 바라보니 눈매가 달을 향해 있었다.

"어험."

박린은 대답을 잠시 망설였다.

진청자와 광불, 곽파와 스승의 관계가 잘 정리되지 않았다.

스승님께선 이분들을 친구로 여기고 계실까.

답이 잘 찾아지지 않았다. 친구가 바로 원수라고 말씀을 하실 때의 그 단호한 입매와는 달리 스승님의 눈빛은 무언가를 그리워하고 계셨다. 지금 물음을 던진 진청자의 눈빛도 그때 스승님의 눈빛과 다르지 않아 보였다. 광불도 마찬가지였다. 그의 손안에서 염주가 달그락거리는 소리를 냈다.

"잘 계시옵니다."

"나무관세음보살."

"대답 한번 듣기 어렵구나."

진청자가 쓰게 웃었다.

불쑥 물어놓고 진청자는 말이 없었다.

광불이 앞으로 나왔다.

"벽력선자는 지금 어디 있느냐?"

"연경에 계실 것이옵니다."

"연경?"

“예.”

“아아, 나무관세음보살.”

박린은 광불의 눈을 가득 채운 빛의 정체가 과연 무엇인지를 굳이 알려고 하지 않았다.

세월이란 얼마나 많은 이야기들을 그리움으로 채색하는가.

하늘처럼 높았을 꿈과 이상, 젊은 날들을 온통 불살랐던 이념, 연인과 만들었을 추억, 당시에 속삭였던 수많은 밀어들…….

잡목이 우거진 구릉 네 개와 물살이 급한 개울 세 개를 건넜을 때, 진청자가 침묵을 풀었다.

“…알고 있느냐?”

진청자의 물음은 말꼬리가 아래로 내려가 있어서 스스로에게 자문하는 것처럼 들렸다. 박린이 되묻기도 전에 진청자가 낮고도 음울한 어조로 말을 이었다.

“무엇이 네 사부와 우리를… 그토록 멀리 갈라놓게 했는지, 서로 다른 방향을 바라보게 만들었는지 그 이유를… 알고 있느냐?”

“…….”

박린은 대답을 하지 않았다.

다시 몇 개의 구릉과 개울을 지나서 활처럼 휘어져 돌아간 구릉을 의지해 야숙을 결정하고 모닥불을 피웠다.

타닥타닥.

모닥불이 불티를 날리며 사방으로 흩어졌다. 서리가 내리는 느낌이었다. 모닥불가에 비스듬히 누워 모닥불을 바라보면서 진청자가 다시 입을 열었다.

“지나고 나서 생각해 보면 아무것도 아닌 일도… 당시엔 왜 그렇게 절실하게 다가왔는지 모른단다. 피가 젊었던 탓이겠지. 순수했던 탓이 겠지. 하지만 지금에 와서 그걸 탓해야 무엇 하랴. 엎질러진 물은 주워 담을 수 없고, 낙과(落果) 역시 다시 붙일 수 없는 것을. 변명하고 싶지 는 않구나.”

마른풀만 씹고 있던 광불도 고개를 끄덕였다.

“험험, 우리 세 늙은이는… 움직여 줘야 할 때 움직여 주지 못한 젊 은 날의 죄를 이렇게 늙어서야 받고 있는 거란다. 부처의 법은 참 공평 하다. 네 사부를 그 꼴로 만든 우리가 이렇게 죄를 받고 있으니 말이 다.”

“……”

곽파는 모로 얼굴을 돌리고 불티가 날려가는 지평을 바라보고 있었 다. 어둠을 밝히며 날려간 불티가 제 스스로의 빛을 잃고 어둠과 동화 되어 흩어져 버리는 것처럼, 나이를 먹는다는 것은 젊은 날의 찬란했던 빛을 잃고 세상과 동화되어 흩어져 버리는 것인지도 몰랐다.

아니, 그러할 것이다.

날카로운 감정만을 앞세워서 안달하며 잡으려고 했던 모든 것들은 세상과 뒤섞이는 순간에 점점 제 빛을 잃어버리고 멀어진다.

그렇게 멀어지는 방식이 이상해 보이지 않고 오히려 당연해 보일 때, 사람들은 자신이 살아온 햇수를 먼저 떠올려 보게 된다.

생각이 둥글어진다는 것은, 감정이 날선 모퉁이를 버리고 부드러워 진다는 것은… 결국 나이를 먹지 않으면 불가능한 일이다.

세월이 약이라는 말은 여기에서 나왔을 것이다.

곽파는 진청자와 광불, 그리고 자신이 건너온 세월이 결코 서로 다 른 것이 아님을 알고 있었다.

"백발이 다 돼서야 철이 드는 게야."

고개를 돌리니 말없이 모닥불만 바라보고 있는 박린이 보인다.

불빛이 달라붙어서일까. 박린은 전과 다르게 보였다. 한없이 눈매가 진지했고, 눈망울은 보이지 않는 것과 가늠되지 않는 것에 대한 몰두로 불타고 있었다.

'저 아이는 무엇을 하고자 온 것일까?

복수만을 위해 왔다면 거침없이 연경으로 달려가지 않고 왜?

어째서 무겁기 한량이 없는 요광수신리성금을 지고, 망령들이 가득한 요광은정도를 들고 오래도록 요동을 떠돌았을까.

곽파는 여기저기 흩어져서 누워 있는 사람들을 보았다.

'이런 조직을 꾸미기 위해서였을까? 용봉쌍환이 안배한 조직은 결국 저들인가?

의문이 꼬리를 물었지만, 곽파는 더 이상 생각을 할 수 없었다. 인간 말종은 잠도 없는 모양이었다.

벌떡 일어난 화노가 사람들을 일으켰다.

"야, 야! 일어나 봐. 모두 기상해 보란 말이야!"

"에이, 참 뭔 일이우?"

불만스럽게 구시렁거리며 사람들이 일어섰다.

그중에서도 왕특의 불만은 정말 대단했다.

"씨블, 노인네가 참 정정하기도 하지. 하루 종일 걸었으면 어지간한 노인네는 삭신이 쑤셔서 운신도 못하는 법인데… 힝! 잉어처럼 팔팔하시구랴?"

이런 핀잔을 듣고 가만히 있을 화노가 아니었다.

"너 이 자식, 너 왕특이란 녀석이지?"

“그렇수다!”

“너 이 자식아! 너 내가 팔팔해서 불만이냐? 팔팔한데 뭐 보태준 거 있어? 너 한번 죽어볼래?”

왕특의 눈이 힐끔해졌다.

“관둡시다! 노인네 때렸다는 소린 듣고 싶지 않으니까 말요.”

“뭐야?”

화노가 어이없다는 듯 허허 웃었다.

그때 왕특 뒤에서 요양휘가 머리를 내밀었다.

“도사 어른.”

“뭐냐?”

“왜 기상을 시키셨는지를 말씀하셔야……”

“헴헴, 그, 그렇지. 이보게들.”

화노가 갑자기 심각해졌다.

그의 손가락이 박린을 가리켰다.

“우리가 저 인간 뒤를 쫓아다니면서 얼마나 당했나?”

“으?”

“음?”

“잉?”

모든 사람들이 박린을 바라보았다.

박린은 못 들은 척 화노의 말과 사람들의 반응에 귀를 기울였다.

뭐, 분위길 봐서 좋은 소리가 나올 리 없고, 반응 또한 그것과 다르지 않을 테지만… 그렇다고 대놓고 말을 막는다는 것 역시 그리 보기 좋은 모습은 아니지 않겠어? 선비답게 처신해야지. 험험.

이렇게 생각하는 것을 아는지 모르는지 화노가 격하게 침방울을 팅졌다.

"케헴. 이 미남 도사님의 이야기인즉슨 이렇다네. 우리가 계속해서 저 인간을 따라간다면 앞으로 어떤 일이 더 생길지 모른다는 게야. 목숨이 왔다 갔다 하는 경우를 수십 번도 더 만날 수 있다는 이야기라고. 그걸 잘 알면서도 왜 계속 우리가 저 인간을 따라가야 하나?"

"으음."

"끄음."

사람들이 고개를 끄덕이며 반응을 보이자 화노는 신이 나서 더 크게 떠들었다.

"이 미남 도사님만큼 저 인간을 잘 아는 사람도 없을 게야. 저 인간은 한마디로 정체 불명이라고. 제 말로는 자신이 선비라지만 사기성이 아주 농후해. 자네들, 사기 치는 선비를 봤나? 뿐만 아니라 무공이 말도 못하게 강해요. 즉, 폭력을 즐긴다는 말이지. 더구나 건달기도 있어. 걸음걸이를 좀 보라고."

화노는 보탬이 안 되려고 작심한 것 같았다.

연연의 눈이 건너와서 박린의 이마를 문질렀다.

박린은 얼굴이 뜨거워졌지만, 표시를 내지 않았다.

"어험."

화노는 이제 침방울까지 튕기며 열변을 토하고 있었다.

사건까지 곁들여진 화노의 열변은 상상을 불허할 만큼 아주 구체적이었고 적나라했다. 그래서 명색이 선비란 자가 돈을 벌기 위해선 수단과 방법을 가리지 않는다는 대목에 이르러서는 요양휘가 주먹을 움켜쥐었다.

외상값을 갚기 싫어서 엉터리 내기를 했다는 대목에 이르러서는 불뇌와 왕씨 형제들이 이를 바각거렸다.

돈이 아까워 빈털터리인 의형님을 버리고 혼자 도주를 했다는 대목에 이르러서는 웅녀가 입술을 깨물었다.

남의 물건 알기를 제 것처럼 안다는 대목에 이르러서는 장작빈이 수염을 잡아뜯었다. 마지막으로 그런 인간을 따라다니며 온갖 고초를 겪었다는 대목이 나오자 인도과 우공, 십호를 비롯한 살수들의 눈빛이 광기로 물들었다.

거의 반 시진 동안 장광설을 푼 화노가 제기한 의문은 매우 싱거웠다.

"우리가 저 인간과 이렇게 계속 뭉쳐 다니면 제명을 다하지 못하고 비명횡사할 게 틀림이 없네. 그렇다면 어찌해야 할까?"

"으음."

"끄음."

화노가 제기한 의문은 사실 모두가 가지고 있던 의문이었다.

엮인 순서대로 보자면 왕씨 형제와 요양휘, 인도과 우공을 비롯한 혈사교 살수들, 장작빈, 야소, 왕란자두 일행, 가장 나중에 합류한 웅녀와 불뇌선생에 이르기까지 박린에게 받아내야 할 것이 있었다. 그렇게 따진다면 진청자 일행도 마찬가지였다.

성질 급한 왕특이 가장 먼저 입을 씰룩거렸다.

"그럼 우린 이제 어떻게 해야 되겠수?"

화노의 대답은 간단했다.

"그걸 왜 이 미남 도사님한테 묻냐?"

"으?"

"저 인간한테 물어봐야지."

“에익!”

왕특은 새삼스레 짜증이 솟았다. 그의 짜증은 박린으로 인해 생긴 것이 아니었다. 박린을 핑계로 요동을 벗어나서 지금 막 더 넓고 큰 세계로 발을 들여놓으려고 하는 중인데 화노가 쓸데없는 말을 해서 동생들의 마음을 흔들어놨기 때문이다.

왕특이 이를 갈며 별 반응을 보이지 않자 왕오가 나서서 박린을 바라보았다.

“어이, 가짜 선비?”

“어험.”

“네가 가져간 우리 돈 내놔. 그리고 우리 형제들에게 입힌 정신적, 시간적인 손해를 다 변상해라. 그럼 널 용서해 주고 뒤를 쫓지 않을게.”

요양휘도 말했다.

“마차를 부순 건 용서해 주겠다. 그러니 어서 전통과 전문을 내놔라. 그리고 나 또한 정신적, 시간적인 손해를 다 변상해 줘야 되겠다.”

“어험.”

장작빈은 아예 발초곤까지 휘두르며 위협을 가했다.

“야! 노부를 잘 봐. 네가 노부에게서 훔쳐 간 말똥을 내놔라! 그건 도둑놈들과 가짜 관원, 너희들도 마찬가지야. 이 치사한 놈들! 어디 훔쳐 갈 게 없어서 도둑놈 물건을 다 훔쳐 가냐?”

모닥불 주위가 장터처럼 소란해졌다.

박린 말고도 서로에게 받아내야 할 것들이 있었기 때문이다.

시끌벅적했던 소란을 일거에 잠재운 사람은 광불이었다.

“갈!”

벌떡 일어난 광불은 해골 염주를 바드득바드득, 굴리며 눈알을 부라렸다.

"이런 한심한 중생들 같으니! 세상의 물건이란 애초부터 임자가 없는 것이거늘… 고작 말똥 몇 개, 의복 몇 벌, 금전 몇 푼에 이때까지 목숨을 걸었단 말이냐?"

"끄음."

"으음."

"어떻게 늙은 것이나 젊은것이나 똑같단 말이냐? 그보다 더 지고하고 광명정대한 가치가 얼마나 많은데, 고작 그딴 것들을 위해서 예까지 흘러왔단 말이냐? 에잉, 한심한 것들 같으니라고! 이 부처님이 요런 한심한 녀석들과 함께 길을 가고 있다니… 도무지 성질이 나서 견딜 수 없구나. 모두 다 쳐죽이고야 말리라!"

광불이 정말 다 쳐죽일 듯 양손을 크게 벌렸다.

순간 그의 양손이 은은한 금광에 휩싸이면서 지평의 어느 곳에서 우렛소리가 들렸다. 천근의 힘을 천 년 동안 퍼 써도 마르지 않는다는 대반야신공(大般若神功)이 움직이는 소리였다.

우르릉…….

"대, 대사 어르신!"

만약 화노가 얼른 사과하지 않았다면 광불은 대반야신공에 담긴 엄청난 무공으로 사람들을 다 열반시켰을 수도 있었다. 사과를 받고 나서도 좀처럼 제어되지 않은 호흡이 그걸 증명했다.

간신히 호흡을 가라앉힌 광불이 모두에게 말했다.

"한 번만 더 이런 못난 꼴을 보인다면… 각오하거라! 모두 한 배를 탄 이상 분란은 용서치 않을 것이다!"

“아, 예예.”

화노는 ‘한 배’라는 의미가 무엇을 말하는지 알아차렸지만, 다른 사람들은 알아채지 못했다. 그들을 대표해서 요양휘가 나섰다.

“대사 어르신, 질문이 있사옵니다만?”

“뭐냐?”

“한 배라는 말씀이 상당히 거슬리옵니다.”

“뭐라?”

“우리가 어째서 저 가짜 선비 녀석과 한 배라는 말씀이신지요? 우린 어디까지나 저 녀석에게 원한이 있어서 쫓는 것일 뿐이옵니다. 그러니 저 녀석이 무슨 목적으로 연경엘 가는지 모르겠지만, 한 배라는 말씀은 감당키 어렵사옵니다. 험험.”

“허!”

광불은 ‘너 참 한심하다’라는 표정이 되었다.

“정말 모르느냐?”

“모르니까 이런 말씀을 드리는…….”

“갈!”

요양휘는 흠칫! 놀라서 뒤로 물러섰다.

광불이 더욱 한심하다는 표정을 지었다.

“화산 개파 이래 최고 기재라고 소문이 자자했던 녀석이라서, 또한 군문에서 적잖이 녹을 먹은 녀석이라서 생각이 남들과 다르구나, 여겼다. 그런데 네 이놈! 네 사부 화산신검(華山神劍) 막일우(漠一宇)가 그렇게 가르쳤더냐? 그까짓 전통과 전문에 목이 매여 개처럼 들판을 쏘다니며 마구 칼을 휘두르라고 가르쳤느냔 말이다!”

“끄음.”

지금은 유근과 그가 키운 집단인 강북상련의 위세에 짓눌려서 서로 내왕조차도 어려운 형편이지만, 소주혈사가 일어나기 전까지만 해도 소림과 화산은 친분이 돈독한 사이였다. 광불은 당시의 인연으로 요양휘를 꾸짖었다.

"네 사부가 뭐라고 가르쳤더냐? 사내가 검을 수양하는 목적이 무엇이라고 하더냐? 시시껄렁한 은원을 쫓아 피를 보는 것이라고 하더냐? 그리하면 검을 수행한 자와 시정의 잡배가 과연 무슨 차이가 있느냐?"

요양휘라고 할 말이 없는 건 아니었다. 광불이 비록 자신의 사부와는 비교도 할 수 없는 대고인이지만 할 말은 해야 직성이 풀리는 성격이었다.

"시비를 가리지 않는 것 또한 검을 수행한 자의 도리는 아닐 것이옵니다."

"어떤 시비를 말하는 게냐?"

요양휘는 박린을 가리켰다.

"저 녀석이 저의 마차를 아무런 이유 없이 부수고 그 안에 들어 있던 전대와 전통을 가져갔나이다."

"증거가 있느냐?"

"즈, 증거는 없지만, 모, 목격자가 있었나이다."

"이런, 어리석은 녀석!"

"예?"

"검을 수행했다는 녀석이 사람의 눈을 믿느냐?"

"끄음."

요양휘가 얼굴을 붉혔다.

노기를 가라앉히며 광불이 또 물었다.

"그래, 전통은 누가 누구에게 보낸 것이었느냐?"

"대도독부에서 봉성장군 장약기 공께……."

"흠, 그러하냐? 유근의 위세에 눌려 유명무실해진 대도독부에서 홀대받는 장약기에게 보낸 전문이라?"

잠시 사이를 두었던 광불이 말을 이었다.

"짐작할 만하구나, 그게 무슨 내용일지는."

"예?"

광불이 거침없이 말을 이었다.

"그 전문에 담긴 대도독부의 의도는 이미 이루어졌느니라. 그래 우리가 장약기의 봉성을 벗어나서 연경으로 가고 있는 게야. 바로 우리들이 대도독부로 보내는 장약기의 답신이니라. 따라서 넌 우리와 같이 동행하는 게 옳다!"

"예?"

광불은 더 이상 말하지 않았다.

젊은 그가 내밀하게 돌아가는 조정 사정을 알 수는 없었다.

요양휘가 물러나자 얼른 그 자리를 대신한 사람은 화노였다.

"대사님."

"왜 그러나? 철딱서니 없는 인간."

"으? 헴헴."

"불렀으면 말을 해야 할 게 아닌가?"

"아, 예예."

박린의 눈치를 한번 본 화노가 말을 꺼냈다.

"조, 좀 전에도 말했지만… 헴헴. 이대로 계속 뭉쳐 다닐 수는 없지

않사옵니까? 왜, 왜냐하면 적들의 표적이 되기 쉽다, 뭐 이런 말씀이옵
니다.”

“그래서?”

“일행을 셋으로 나누었으면 싶사옵니다. 우리도 머리를 쓰자, 이런
말씀입지요.”

“머리?”

사람들의 시선이 모두 화노에게 달라붙었다.

“에, 그러니까……”

화노가 침방울을 튕기기 시작했다.

박린은 빙그레 웃었다.

거대한 나무는 잔바람에 흔들리지 않는 법!

입이 근질근질하지만, 괜히 끼어들어서 중언부언하는 우를 범하느
니 침묵하고야 말리라. 하지만 할 말은 해야겠지.

“어험. 형님.”

“으?”

“덕 있는 나무는 새를 쫓지 않는 게요. 군자 역시 곤궁한 지경에 처
해도 무리를 나누지 않는 거라고 들었소이다. 어리석은 원숭이처럼 조
삼모사(朝三暮四)하자는 말씀은 삼가주셨으면 하오이다?”

“뭐, 뭐야? 워, 원숭이?”

“선비를 버리면 죄받는 게요. 험험.”

“너 말 다 했냐?”

“다 했소만?”

“에잇!”

화노가 날아왔다.

팡팡!

쫓고 쫓기는 두 사람을 보면서 진청자가 빙그레 웃었다.

"허허……."

제2화 서진(西進)
서쪽을 향해 가다

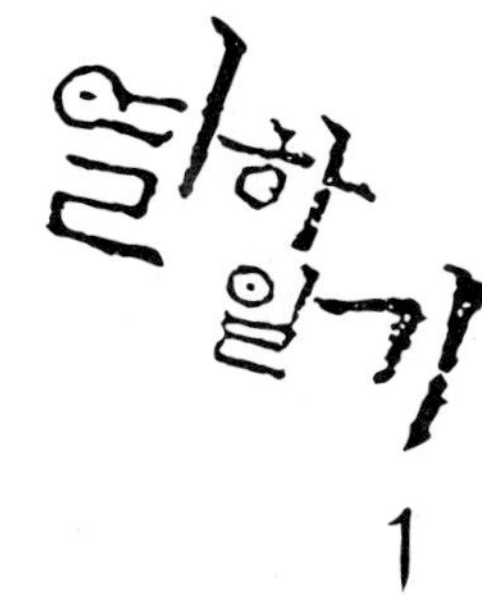

　북진(北鎭)은 성경과 산해를 잇는 중간 지점에 위치한 중소도시다. 이곳은 예로부터 유목하는 야인들과 중앙에서 쫓겨난 범죄자들이 승냥이들처럼 배회하는 고장이었다.

　그러나 원대(元代)를 거치면서 크게 발전했다. 원 조정이 인근의 야인들, 그리고 고려와의 교역을 위해서 매년 가을마다 대규모 마시(馬市)와 차시(茶市)를 열었기 때문이다. 그 전통은 지금까지 이어져서 이 고장에선 가을 내내 마시와 차시가 열린다.

　박린 일행이 이 고장에 들어선 것은 성경을 떠난 지 꼭 나흘째 되는 날 저녁 무렵이었다.

　공교롭게도 이날은 가을의 초입에 시작된 마시와 차시의 열기가 최고조로 달아올랐고, 달도 가득 차서 이곳 사람들이 훈툰(葷芚:hu’ntu’n)이라고 부르며 잔치를 벌이는 날이었다.

탁탁탁—

좌우로 점방이 죽 깔린 거리는 폭죽 터지는 소리로 요란했다.

객잔마다 장사꾼들이 들끓었다. 마시가 열리는 광장엔 야인들과 장사꾼들의 게르가 끝도 없이 이어졌고, 그들의 모닥불 위에선 양 고기가 익고 있었다. 고기 익는 냄새 속에서 술과 노래와 춤이 흥겹게 뒤엉켜서 돌아갔다.

청산은 아스라하여 보이지 않고
북풍은 지평을 따라 달려온다.
달빛은 언제나 지나온 길만 비추니
돌아갈 날은 서리로 덮여 있다.
쓸쓸하여라.
북진에서 말 우는 소리.

이쪽 모닥불에서 시작된 노래를 저쪽 모닥불에서 받고, 저쪽 모닥불에서 한껏 고조된 노래를 던지면 다시 이쪽 모닥불에서 받았다. 그렇게 퍼진 노래가 합창이 되어서 지평을 꽉 메웠다.

그 사이로 술잔이 부딪치는 소리와 호탕한 웃음소리가 간간이 끼어들어서 휘영청 떠오른 달을 노랗게 그을렸다.

가을이란 중원에서나 조선에서나 인심 좋고 풍성한 계절이었다. 너그러워지는 계절이었으며 술을 권하는 계절이었다.

"한잔하고 가시오."

모닥불을 지날 때마다 시큼한 마유주를 한 잔씩 얻어 마시며 박린 일행은 게르들의 중심까지 흘러갔다. 그곳엔 야인들의 수장들과 장사꾼들의 수장들이 모여 있었다.

관복을 입은 자들도 몇 명 있었는데, 그들이 북진을 다스리는 벼슬아치들이었다. 뿐만 아니라 조선인들과 왜인들도 몇 명 있었다. 이들이 바로 북진의 마시와 차시를 주무르는 중추인 모양이었다. 그들은 모닥불을 중심으로 빙 둘러쳐진 원탁에 앉아서 풍성한 음식과 술을 즐기며 야인 처녀들의 춤을 구경하고 있다.

찡찡 짜라랑 찡찡 짜라랑—

호금(胡琴)과 마두금(馬頭琴), 피리 소리를 따라 야인 처녀들의 몸이 빠르게 휘돌아갔다.

찡찡 짜라랑 찡찡 짜라랑—

그녀들의 맨발에 걸려 있는 발찌가 기이했다.

박린 일행은 원탁의 맨 말석에 앉아서 촌닭들처럼 술을 홀짝거리며, 맞은편에 앉아 있는 북진의 권력자들을 흘끔거렸다.

북진의 권력자들은 박린 일행을 봤으면서도 못 본 체하는 기색이 완연했다.

하긴 어디서 왔는지도 모르는 남루한 자들에게 신경 쓸 일이 없었다. 따지고 보면 박린 일행이 이렇게나마 말석에 앉게 된 것도 손님을 박대하지 않는 기간인 훈툰 덕분이었다.

이곳 사람들은 참 특이한 훈툰 전통을 지니고 있다.

여행자들 중 가장 남루해 보이는 사람들을 상석에 앉히고 친절을 베풀어줘야 천신께서 마시와 차시를 축복해 준다고 믿었다.

이런 맥락으로 보면 박린 일행은 차림이 너무 남루한 덕분에 행운을 잡은 꼴이었다.

특히 경망한 행동이라면 일단 저질러 놓고 보는 성격의 화노와 장작빈에겐 훈툰의 이러저러한 풍습이 생일날이나 다름없었다.

닥치는 대로 술과 음식을 먹은 나머지, 과장을 조금 보탠다면 수염까지 불쾌해진 두 사람은 불룩한 배를 쓸어 내리면서 매우 행복한 표정을 지었다.

"케헴. 고생 끝에 낙이 온다더니… 우리가 이런 과분한 대접을 받을 줄 누가 짐작이나 했겠나?"

"으헤헷! 그러믄입쇼, 형님. 이래서 세상은 오래 살고 봐야 한다는 말이 생겼나 봅니다. 간만에 실컷 먹고 마셨사옵니다."

"거봐, 이 사람아. 가시덤불에 살면서 말똥에나 신경을 쓰면 이런 대접을 받을 수 있었겠나? 그래서 모름지기 사내란 늙으나 젊으나 줄을 잘 서야 한다는 게야."

"예? 줄이라니요?"

장작빈이 의아한 표정이 되었다.

화노는 '너 참 한심하다' 라는 눈빛을 노골적으로 내보였다.

"이봐, 작빈이."

"예, 형님."

"감사하게, 이 사람아."

"뭘요?"

"허어, 나잇살깨나 처바른 자가 이렇게 아둔해서야 원."

"으?"

"자네가 이 형님께서 주창하신 색도의 광신도가 되지 않았더라면 어떻게 이런 행복과 희열을 맛볼 수 있었겠나? 안 그런가?"

"끄음."

망할 늙은이 같으니라고.

　장작빈은 분통이 터졌다.

　이곳까지 오는 나흘 내내 화노는 자신이 타야 정상인 야소의 나귀를 빼앗아 타고 그야말로 할랑하게 여행을 했던 것이다.

　졸지에 화노가 탄 나귀를 모는 마부 신세가 된 장작빈은 속으로 화노를 저주했다. 그러면서도 입으로는 연신 화노가 주절거리는 색도를 맞장구쳐 줘야 했다. 그렇게 나흘을 왔으니 그동안에 꾹꾹 눌러 참은 울화가 이만저만이 아니었다.

　더구나 맞장구를 쳐주지 않으면 대번 얼굴이 험하게 변해 버리는 화노가 겁나서 아무 생각 없이 해댄 맞장구가 결국 ‘광신도’ 라는 오명으로 돌아온 것이다.

　장작빈은 코에서 불이 다 확확 나오는 것 같았다.

　“에헴.”

　“자네 어디 가나?”

　“측, 측간에 갑니다요.”

　장작빈이 당도한 곳은 측간이 아니었다.

　작은 개울이 휘어져 흘러가는 언덕 위, 장사꾼의 수장들이 쳐놓은 게르 중 제일 규모가 큰 게르였다.

　장작빈은 번을 서는 칼잡이들을 피해서 게르의 안을 엿보았다.

　이건 어디까지나 게르가 너무 휘황찬란한 외피로 싸여져 있어서 본능과 호기심을 어쩌지 못한 탓이지 무슨 딴생각으로 그런 행동을 취한 건 아니었다.

　“으?”

　안으로 밀어 넣었던 머리를 뺀 장작빈은 눈알을 굴렸다.

　장사꾼의 게르라면 당연히 마구(馬具)와 차, 그리고 그에 소용되는 여러 가지 잡다한 물건들이 쌓여 있어야 정상이었다. 물론 그런 것들이 있기는 했다. 그러나 그를 놀라게 만든 것은 절대 그런 것들이 아니었다.

설레설레.

장작빈은 머리를 몇 번 턴 다음에 만리경을 꺼내서 눈에 댔다.

보다 완벽하고도 분명한 확인이 필요한 물건을 보았기 때문이다. 그는 우선 만리경을 길게 늘였다가 천천히 접으면서 초점을 맞췄다.

"흡!"

장작빈은 뛰는 가슴을 누르며 하늘을 보았다.

하늘엔 호금과 마두금 소리를 안고 커진 달이 둥그렇고, 피리 소리 속을 떠다니는 별이 꽃잎처럼 지천이었다.

밤하늘 아름다운 거야 어제오늘 이야기가 아니니 그렇다 치고, 지금 중요한 것은 밤하늘이 아니었다.

"저게 도대체 뭐에 쓰는 물건이란 말이냐?"

용도를 알지 못한다면 호기심이 생기는 게 당연하다.

호기심을 풀기 위해서는 물건을 손에 넣은 다음 철저히 분해해서 용도를 밝혀내야 한다. 뭐, 분해는 하지 않더라도 항상 가지고 다니면서 연구를 게을리 하지 말아야 정상이다.

…훔치는 게 아니란 말이지, 라고 장작빈은 생각했다.

장작빈은 게르를 들추고 안으로 진입했다.

살금살금.

게르의 안에는 천축산(天竺産) 양탄자가 깔려 있는데… 조용했다. 그렇다고 비어 있는 게 아니었다. 오리알만큼이나 굵은 황초불 아래 각종 귀한 향료와 비단, 먹과 벼루, 정체를 알 수 없는 서양 물건들, 처음 보는 과일들, 휘황찬란한 옷가지들로 꽉 차 있었다.

덥석!

장작빈은 우선 노란 바탕에 갈고리처럼 생긴 과일을 집었다.

오랜만에 고기를 먹어서인지 입 안이 이루 말할 수 없이 텁텁했던 것이다. 하긴 초원에 살기 전에는 음식을 먹은 다음엔 꼭 천도복숭아 같은 과일로 입 안을 싱그럽게 만들지 않으면 직성이 풀리지 않았었다. 역시 사람에겐 환경이 제일 중요한 게야, 라고 장작빈은 생각했다. 이 귀하디귀한 몸이 덤불에 살면서 말똥구리가 다 됐지 뭔가?

'으?

무슨 과일 맛이 이러냐?

과일은 나무껍질처럼 딱딱하면서도 밀가루처럼 부드러웠다.

그리고 떫으면서도 달콤했다. 향기는 말할 수 없이 좋은데 말이지. 꼭 꼬부라진 양물처럼 생겨서 말이야.

장작빈은 그 과일이 바나나이고, 그걸 자신이 껍질째 한입 베어먹었다는 것을 알 리 없었다.

어쨌든 그는 그 꼬부라진 양물처럼 생긴 과일을 입에 문 채, 자신이 목적했던 물건 앞에 섰다.

'흠!

물건은 허리쯤 되는 높이의 화려한 좌대 위에 올라앉아 있는데, 형상을 봐선 분명히 나무였다. 그것도 수백 년을 살아온 것처럼 보이는 고목(古木)이었다. 동구마다 으레 한 그루씩은 있는, 그런 느티나무가 분명했다. 하지만 왜 이렇게 키가 작단 말이냐?

높이가 겨우 두 자(60㎝)밖에 안 된다. 뿐만 아니라 나무 위를 은근히 떠도는 이 황금빛 광채는 뭔가?

‘어라?’

슬쩍 손을 대니 마치 피하는 것처럼 나무가 움직였다. 그래서 일까. 모세혈관처럼 엉킨 나뭇가지들 사이에서 생성된 금분(金粉)이 흩날려서 나무 전체를 덮었다. 실로 상서로운 변화가 아닐 수 없었다. 그리고 나무의 어디쯤에서 아주 청량한 소리가 한차례 흘러나왔다.

싸라랑—

"오호!"

장작빈은 자신도 모르게 탄성을 뱉어내고는 누가 들었을까 하는 조바심으로 얼른 입을 가렸다.

"에헴!"

조용한 걸 보면 다행히 누가 듣진 않은 모양이었다.

장작빈은 자꾸만 떨려오는 무릎을 어쩌지 못했다.

이 나무는 보나마나 희대의 보물이었다. 두리번거리며 나무를 담을 자루를 찾던 그가 문득 얼굴을 굳혔다.

‘혹시?’

이게 백의교(白衣敎) 놈들이 신목(神木)이라고 부른다는 그 나무인가? 세상에 단 한 그루밖에 없다는 금성목(金星木)!

‘인간처럼 감정이 있고, 지혜가 있다는 바로 그 나무!’

백의교는 불을 숭상하는 천리교(天理敎), 그리고 뱀을 숭상하는 혈사교(血蛇敎)와 함께 당금 무림에서 삼교(三敎)라고 불리는 종파다. 기원은 송(宋)나라 때까지 거슬러 올라가는데, 이 종파의 기원 역시 여타 다른 종파와 마찬가지로 신비해서 어디까지가 진실이고 어디까지가 거짓인지 분간할 수 없었다.

장작빈도 이 종파의 기원에 대해서는 훤했다.

"으음, 청주(淸州) 땅에 살던 방사헌(方史憲)이란 자가 한 동혈에서 천서(天書)를 얻었다고 했지."

방사헌은 그 천서에 쓰여진 대로 수행하며 자그마치 일백팔 년 동안 도를 닦았는데, 인근의 백성들이 그를 신인(神人)으로 여기고 구름처럼 몰려들어서 가르침받기를 청하였다 한다.

과연 방사헌은 신인으로 추앙을 받고도 남을 만한 능력을 일신에 지니고 있었다. 병자들에겐 신의(神醫)였고, 상인들에겐 재신(財神)이었다. 뿐만 아니라 미래를 정확히 예언하였으며 무공도 측량할 수 없을 만큼 깊어서 한 칼에 산을 가르고 맨발로 물 위를 걸었다.

당시는 세상이 어지러웠다.

혼란기를 이용하여 돈을 벌어보려는 거상(巨商)들과 일신의 재주로 영달을 꿈꾸는 장사(壯士)들, 자신만의 경륜과 철학으로 세상의 변혁을 꿈꾸는 문사(文士)들이 그를 중심으로 모여든 것은 당연했다.

그는 그들과 거병을 준비하다가 갑자기 들이닥친 관병들에 의해 최후를 맞았다. 미래를 예측할 수 있는 능력을 지녔던 신인치고는 너무나도 허망한 최후였다. 구심점을 잃어버린 사람들은 즉각 토벌되었고 뿔뿔이 흩어졌다.

그래도 최후까지 살아남은 사람들은 저잣거리에 효수된 그의 머리를 밤중에 몰래 수습해서 그가 도를 닦았던 동혈에 고이 모셨다. 그걸로 그는 잊혀지는 듯했다. 그러나 아니었다.

몇 년이 지나자 다시 청주 땅에 그가 나타났다. 정확히 말하면 나타난 것은 그가 아니라 금성목(金星木)이라는 신비한 나무였다.

그의 머리가 고이 모셔진 자리에서 어느 날 갑자기 생겨난 나무이기에 사람들은 그 나무를 그의 현신으로 여겼던 것이다.

그 나무를 중심으로 그의 가르침을 숭상하는 무리가 생겨났다.

그 무리가 바로 백의교였다. 백의교의 교세는 눈덩이처럼 불어났다. 조정에서 보았을 때, 백의교는 혹세무민(惑世誣民)으로 반란을 모의하는 무리에 지나지 않았다.

백의교는 조정의 토벌을 피해서 지하로 숨어들었다.

백의교가 다시 세상에 출현한 것은 송나라가 망하고 그 뒤를 이은 원나라도 말기적 증상을 드러내고 있었던 혼란기 때였다.

지하에서 갖은 핍박을 받아서일까?

다시 세상에 출현한 백의교는 예전의 그 백의교가 아니었다.

백의교는 각종 사이한 술법과 칼을 앞세워서 당시 요원의 불길처럼 번지던 민란의 한 귀퉁이를 담당했다.

그리고 또 지하로 숨어들었다.

원나라를 타도하는 데 성공한 주원장의 토벌이 가해졌던 것이다. 또다시 백의교가 모습을 드러낸 것은 십 년 전이었다.

백의교는 어떻게 된 일인지 황궁의 비호를 받고 있었다.

그랬던 것은 비슷한 시기에 출현한 천리교와 혈사교도 마찬가지라서 사람들은 별 관심을 기울이지 않았다.

아무튼 장작빈은 그러한 백의교의 신물(神物)일지도 모르는 기이한 나무를 훔치려 하고 있었다.

스윽—

다시 장작빈이 나무에 손을 댔을 때, 또다시 나무가 울었다.

싸라랑—

소리와 동시에 나무의 좌우로 시커먼 그림자가 일렁였다.

"헉!"

장작빈은 까무러칠 듯이 놀라서 하마터면 엉덩방아를 찧을 뻔했다.
소리없이 나타난 그림자들은 거친 마의에 나무로 만든 귀신 탈을 쓰고
있었다. 뿐만 아니라 검신에 기이한 고문자가 새겨진 목검을 들고 있
었다.

“누, 누구냐?”

장작빈은 자신도 모르게 이런 물음이 튀어나왔다.

대답은 금방 건너왔다.

“클클… 우린 신목의 호위자들이다. 도둑놈이 주제도 모르고 별걸
다 묻는구나.”

“뭐라?”

장작빈이 무영투와 발초곤을 막 펼치려는 순간,

추릿!

두 자루의 목검이 날아왔다.

장작빈이 도무지 이해할 수 없는 빠르기였다.

“…껙!”

장작빈은 온몸의 힘이 빠져나갔다.

그의 목에 목검을 대놓은 신목의 호위자들이 서로를 보았다.

“이제 박린이란 놈을 끌어낼 일만 남았군!”

“놈이 혼자 빠져나와 줄까?”

신목의 호위자들이 장작빈에게 눈을 돌렸다.

“철면신투!”

“으으.”

“박린이란 놈이 널 위해서 과연 사지로 뛰어들까?”

장작빈이 대답했다.

"그, 그럴 일은 없을 것이오!"

"왜냐?"

"놈은 머리가 비상한 놈인데다가… 본인과 별로 친하지 않소. 즉,
본인과는 아무 상관도 없는 놈이란 말이오."

"그런데 넌 왜 그놈을 따라다니는 거냐?"

잠시 사이를 두었던 장작빈이 고개를 떨구었다.

"그건… 나도 잘 모르……."

"뭐라?"

다시 고개를 든 장작빈이 분명하게 대꾸했다.

"뭐, 어찌 되었거나 거친 변방에서 말똥구리로 늙어 죽는 것보다야
낫지 않겠소?"

"……?"

"……?"

잠시 동안의 시간이 지난 뒤에 신목의 호위자 중 하나가 가면 사이
로 말을 흘렸다.

"무슨 말인지 통 모르겠구나."

다른 자가 그의 말을 이었다.

"아무튼 넌 박린이란 자가 어찌 행동하느냐에 따라서 생사가 결정될
것이다. 너희 삼십여 명 중에는 고수도 여럿이고 어중이떠중이도 여럿
이라 당최 전력이 파악되지 않는다. 그렇다면 여러 놈을 상대해서 힘
을 빼는 것보다 한 놈을 상대하는 게 이로울 터!"

"결국 그 말은?"

장작빈이 묻자 그가 대꾸했다.

"널 인질로 박린이란 녀석을 북진평원으로 끌어내겠다. 물론 북진평

원엔 우리 백의교가 쳐놓은 천라지망이 있지!"

"누, 누가 너희들을 사주했느냐?"

"어차피 죽을 놈이니까 말해 주겠다. 우리를 사주한 곳은 황궁이다. 더 정확히 말하면 유근 태감이시지."

"유, 유근?"

장작빈은 분노했다. 유근이라면 겨우 보물 몇 점 훔쳤다고 자신을 말똥구리로 전락시킨 장본인이 아니냐?

"그분께선 천리교의 빌어먹을 자식들에게까지 선을 넣으셨다. 하지만 박린이란 녀석은 우리 백의교가 잡을 것이다. 그래야지만 우리 백의교가 음습한 지하를 버리고 광명 세상을 차지할 수가 있다!"

그들은 장작빈의 혈을 제압해서 꽁꽁 묶은 다음에 그를 들쳐 메고 밖으로 나왔다. 밖엔 장작빈을 실을 마차가 준비되어 있었고, 마차의 주변에 나무 가면을 쓴 무리들이 조용히 대기하고 있었다.

그들에게 신목의 호위자 중의 하나가 물었다.

"교주님께서는?"

그들 중의 하나가 대답했다.

"기다리고 계십니다!"

"그래?"

"예."

"오래 기다리시게 해선 안 된다. 어서 가자!"

"명."

덜거덕덜거덕—

장작빈을 태운 마차가 먼 지평을 향해서 출발했다.

동시에 삼백여 명에 달하는 백의교 무리도 일제히 몸을 위로 뽑아 올려서 사방으로 흩어졌다.

스스슥—

2

새벽녘.

어슬렁어슬렁—

박린은, 자신을 구하러 오지 않을 거라던 장작빈의 예상을 깨고 북진평원에 모습을 드러냈다. 하지만 혼자가 아니었다. 연연과 장향, 웅녀를 데리고 마치 소풍을 나온 한량처럼 건들거리면서 유유자적 나타난 것이다.

적어도 백의교 외당(外堂) 소속 왕문(王文)의 눈엔 그렇게 보였다.

"저, 저놈!"

녀석에게서나, 녀석이 거느린 계집들에게서는 털끝만큼도 긴장이 보이지 않는다. 녀석은 정실과 첩들에게 둘러싸인 졸부처럼 우쭐거리기에만 정신이 없는 듯한 모습이었고, 계집들 또한 뭐가 그렇게 재미있는지는 몰라도 하하! 호호! 웃는 데에만 열심이었다. 왕문은 맥이 쭉 빠졌다.

"으음, 겨우 저런 놈 하나를 잡자고… 어제 낮부터 이 새벽까지… 고생을 했다는 말인가?"

맥이 빠진 건 빠진 것이고 연락을 해야 했다. 왕문은 노련한 손놀림으로 후방과 이어진 은사를 흔들었다.

퉁퉁퉁!

진동이 달려가는 은사의 끝점엔 방울이 달려 있고, 진동은 방울로

녹아들어 가서 아주 청량한 소리를 낼 것이다. 그 소리를 시작으로 북진평원을 바둑판처럼 누벼놓은 은사들이 일제히 흔들린다. 동시에 백의교가 어제 낮부터 이 새벽까지 쳐놓은 천라지망이 발동된다. 왕문의 귀에 천라지망이 발동되는 소리가 미세하게 들려왔다.

'되었다!'

왕문은 흐뭇한 미소를 머금고 녀석과 계집들을 바라보았다.

녀석과 계집들은 여전히 한심스런 작태를 보여주고 있다. 그들이 함부로 튕겨 올린 웃음소리가 북진평원의 고요함을 산산이 깨뜨리고 있었다.

"하하하!"

"호호호!"

웃음소리는 이랬지만 박린도, 연연도, 장향도, 웅녀도… 눈은 웃고 있지 않았다.

박린에게 백의교가 보낸 사자가 도착한 것은 한 시진 전이었다.

그때는 이미 모닥불 앞의 술자리가 다 파하고 사람들이 흩어졌을 때였다.

그대의 일행 중 장작빈이란 자가 본 교의 신목을 훔치다가 들켰다. 이에 본 교주님께서는 그대를 초청하여 이자의 처리에 대한 의견을 듣고 싶어하시는 바, 북진평원으로 나와주기 바란다.

백의교 외당주.

"유근의 사주를 받은 게야."

화노는 그렇게 말하곤 인상을 찌푸렸다.

곧바로 장작빈을 구출하기 위한 여러 의견들이 나누어졌지만, 별 뾰족한 수가 없었다. 결론은 모두 달려가서 장작빈을 구출해야 한다는 쪽으로 모여졌다. 하지만 여기에도 문제는 있었다. 상대가 유근의 사주를 받은 백의교인 이상 북진평원에 함정을 안 쳐놓았을 리가 없었다. 그리고 북진평원을 잘 아는 사람도 없었다.

결국 박린이 나서서 장작빈을 구하러 갈 사람들을 선정했다.

웅녀.

초원을 잘 알고 있고 엄청난 무력을 가졌기에 아무도 이의를 달지 않았다.

장향.

화노가 약간 불만인 것 같은 표정을 지었지만, 본인도 가겠다고 했기에 별 이견이 없었다.

마지막으로 연연.

모두가 나서서 반대했다. 특히 곽파는 사두괴장으로 땅을 두드리면서까지 분노를 표시했다. 일행들도 왜 하필이면 여인네들만으로 일행을 꾸리냐고 의구심을 표시했다.

"소녀, 이래 뵈도 강하답니다."

연연이 이렇게 말했지만 반대 의견은 수그러들지 않았다.

연연은 연녹빛 세상을 펼쳐서 왕씨 육 형제와 왕란자두 일행, 그리고 혈사교 살수들과 야소를 침묵시켰다. 뿐만 아니라 곽파에게 사정을 했다.

"파파, 언제까지 아기처럼 보살핌만 받을 수는 없는 노릇입니다. 겪은 만큼 잘 보이는 것이 바로 세상 아닌지요? 그리고 제가 아니면 앞에 펼쳐진 천라지망을 어떻게 보겠는지요?"

"저 녀석에겐 팔황봉미향라결의 수막이 있사옵니다."

곽파가 대답했지만 연연은 막무가내였다.

"일행을 위하여 저도 뭔가 하겠습니다!"

"으음!"

곽파는 아무 소리 못하고 신음 소리만 내뱉을 뿐이었다.

북진평원에 도착한 네 사람은 지금 어디선가 자신들을 지켜보고 있을 적의 상식을 깨뜨리는 행동으로 일단 적의 마음을 풀어놓은 다음에 다음 행동을 취하기로 약조한 것이다.

제일 먼저 행동을 취한 사람은 연연이었다.

쏴아아―

바람에 머리를 풀어버리는 갈대와 추수를 끝낸 빈 수숫대가 끝 간 데 없이 펼쳐진 평원.

연연의 연녹빛 세상 속에 잡힌 사람은 오 장(15m) 밖의 낮은 구릉에 엎드려서 은사를 세 번이나 두드려 댄 나무가면이었다.

연연의 연녹빛 눈망울이 잠깐 흔들렸다.

사라락―

'……!'

백의교 외당 소속 왕문은 계집들 중 하나에게서 치달려 온 빛이 자신의 동공에 달라붙었다고 생각했다.

'음?'

눈을 끔벅거리자 그 끔벅거린 횟수만큼 앞이 멀어진다. 아니, 멀어지는 것이 아니라 마치 푸른 나뭇잎에라도 가려진 것처럼 모든 풍경들이 제 빛을 잃고 푸른 빛깔로 채색된다.

참 기이한 일이었다.

보통 이런 경우를 당하면 눈을 끔벅이지 말아야 한다. 하지만 또 이런 경우 사람의 본능이란 언제나 이성을 배반하고 먼저 움직이는 모양이었다.

끔벅끔벅.

마침내 왕문에게 보여지는 모든 풍경들이 한여름의 구릉처럼 푸른 빛깔로 물들었다.

'뭔가, 이게? 지금 무슨 일이 일어난 것인가?'

비현실적인 풍경들 앞에서 왕문은 적잖이 당황했다. 그렇다면 기분이라도 나빠야 하는데 아니었다. 왕문의 기분은 나비를 뒤쫓아 다니는 어린아이처럼 한없이 설레었고, 정확히 말하면 들떠 있었다. 기분이 좋아지는 독에 마취라도 당한 것 같았다.

가슴속에서, 머리 속에서 뭉게구름처럼 일어나는 유쾌함을 억지로 찍어누르는 왕문의 귀에 달콤한 목소리가 달라붙었다.

—일어나세요.

명령은 아니었지만, 거부할 수 없었다.

왕문은 고개를 마구 흔들었다.

'우욱, 안 돼!'

일어서면 들킨다. 그렇다면 끝장이었다. 박린이란 녀석이 칼을 날리지 않아도 끝장이었다. 자신의 뒤에 숨어 있는 동료들이 흔적도 지우고, 만에 하나 사로잡히는 것을 방지하기 위해서 도마뱀 꼬리를 자르듯 자신을 잘라 버릴 게 분명했다.

―일어서세요.

단조롭고도 이루 말할 수 없이 달콤한 목소리가 그의 이성을 점령해 나가기 시작했다. 왕문은 피가 터지는 것도 모르고 입술을 깨물었으며, 격하게 도리질을 쳤다. 뿐만 아니라 손으로는 잡풀을 움켜잡고 버텼다. 그의 이마에서 굵은 땀방울이 생겨나 마구 경련하는 그의 볼을 지나서 아래로 흘러 내려갔다.

―일어서실 수 없다면 누우세요.

왕문은 눕고 나서야 자신이 누웠는지를 알 수 있었다. 하늘은 아름다웠다. 그는 푸르게 흘러가는 은하수와 별을 보았다. 그뿐, 그에게 보여지는 것은 없었다. 목적을 상실해 버린 그의 손이 수 없이 은사를 두드렸다.

퉁퉁퉁퉁…….

고저가 높은 울림이 씨줄과 날줄로 이어진 은사들을 마구 건들면서 뒤로 달려나갔다.

"뭐야, 이거?"

분지처럼 오목하게 파여진 북진평원의 중앙부.

박린의 움직임을 알기 위해서 동서남북 스물다섯 줄씩 매어놓은 은사들이 출발한 곳이자 은사들이 보내오는 신호를 말로 해석하는 백의교의 집당(集堂)이 설치된 곳.

퉁퉁퉁퉁…….

백의교의 집당주(集堂主)이면서 백의교 중추인 오사자(五使者) 중 전령사자(傳靈使者) 마융선(馬隆宣)은 은사들이 미친 듯 출렁거리며 보내오는 신호를 바라보고는 넋이 나가 버렸다.

은사들이 보내오는 신호를 해석해도 도무지 말이 되지 않았던 것이다. 아니, 해석 자체가 불가능했다.

통통통통…….

은사들은 그저 다급하게 울리기만 할 뿐이었다.

방향도 종잡을 수가 없었다. 처음엔 동쪽에서 신호가 들어왔는데 이젠 동서남북 모든 방향에서 신호가 들어오고 있다.

"이게 어찌 된 일이냐?"

곁의 수하라고 알 리가 없었다. 수하들은 신호 체계가 적혀 있는 서책을 앞에 놓은 채 아예 손을 놓고 있었다.

"이런 쓸모없는 놈들! 신호가 이상하면 육안으로라도 확인을 해야 도리가 아니냐!"

집당주 마융선은 수하들을 베어버리고 싶은 마음을 꾹 눌러 참으며 게르를 뛰쳐나왔다.

"아아……."

북진평원 전체가 은사들의 출렁거림에 맞춰서 흔들리고 있었다. 갈대들과 빈 수숫대 사이에서 바둑판처럼 정교하게 얽히고설킨 은사들이 잔고기 떼처럼 반짝거렸다.

마융선은 절망했다.

"이래 가지고서야 어떻게 기밀을 유지하랴."

뒤의 게르로 다가간 마융선은 신목 앞에 무릎을 꿇었다.

정확히 말하면 신목이 아니라 신목 뒤에 드려진 휘장의 안쪽에 있는 사람에게 무릎을 꿇은 것이다.

"녀석이 나타났사옵니다!"

"그러하냐?"

휘장 안에서 메마르고 건조한 음성이 흘러나왔다.

마융선의 이마가 땅을 찍었다.

"어디냐?"

억양의 높낮이가 없는 물음이었다.

"그게… 저어……."

"어려워하지 말고 말해 보아라."

땀을 훔친 마융선의 이마가 다시 땅을 찍었다.

"조, 종잡을 수가 없나이다……."

"이상하구나. 녀석이 나타났는데 방향을 종잡을 수 없다? 녀석이 무슨 분신술이라도 부렸단 말이냐?"

"확인을 더 해봐야 알겠사오나……."

"직접 나아가서 확인해 보아라."

"명."

마융선은 기어서 입구까지 물러 나왔다.

입구에 도착해서 몸을 일으킨 그의 시선이 돌아간 곳은 거미에게 포획당한 날벌레처럼 온몸이 꽁꽁 묶인 장작빈이었다.

장작빈은 겁먹은 눈알을 이리저리 뒹굴리다가 그를 보자마자 대뜸 입을 놀렸다.

"야, 이 자식아!"

"……!"

"에헴, 지금부터 열을 세겠다!"

"……?"

"노부가 열을 다 세었는데도 포박을 풀지 않고 계속 이런 볼썽사나운 상태라면… 넌 바로 죽음을 맞게 될 것이다! 그러니 좋은 말로 할 때, 당장 이 포박을 풀어!"

"……?"

"우리 일행은 모두 고수야, 임마! 그리고 엄청 사나워서 너쯤은 안중에도 없다고. 알아?"

마융선은 숫자를 우물거리는 장작빈을 외면하고 얼른 게르를 빠져나왔다.

'별 미친 늙은이 다 보겠네!'

"…다섯… 여섯… 일곱… 여덟……."

'미친 늙은이'가 마침내 열을 다 세었을 때, 지평 저쪽에서 굉음이 터져 나왔다.

쾅!

그 굉음이 일으킨 풍압은 실로 엄청났다.

갈대와 빈 수숫대를 바닥에 눕히며 곧바로 마융선을 덮친 것이다. 풍압에 직격당한 마융선은 쓰러졌다가 벌떡 일어섰다. 그리고 밭고랑처럼 패인 갈대와 빈 수숫대들을 보면서 울컥 솟아오른 가래를 뱉어냈다.

"퉤!"

가래는 믿을 수 없게도 피였다.

깜짝 놀란 마융선이 자신의 게르로 뛰어들자마자 외쳤다.

"비상! 비상! 천라지망을 작동해라!"

"역시 마환쌍륜은 쓸 만하단 말씀이야. 하하!"

말을 마치자마자 북진평원 전체가 은은한 은색으로 떠오르기 시작했다. 백의교가 설치해 놓은 은사들이 강력한 신호를 주고받으며 공격

개시를 알리고 있는 것이다.

"그렇다면 이쪽에서도 물러설 수 없지. 일단 한번 신나게 두들겨 부숴서 강력한 의지를 알리는 수밖에. 인질 협상은 그 다음에나 가능한 것이다!"

선방은 성질이 급한 웅녀였다.

"에르텐이시여, 소녀가 선봉을 서겠나이다!"

절굿공이를 빼 든 그녀가 불쑥 앞으로 튀어 나갔다. 웅녀의 어깨 너머로 이미 오래전에 쏟아진 연연의 연녹빛 세상이 보였다.

"흥!"

웅녀를 제일 먼저 막아선 것은 온통 칙칙한 빛깔로 휩싸인 쇠 망이었다. 벌떡 일어선 것처럼 바닥에서 튕겨 오른 쇠 망은 잔고기를 잡는 그물처럼 짜임이 조밀했다.

웅녀는 옆으로 비스듬히 몸을 움직여서 그물을 피했다.

그 옆에서 이번엔 팡— 소리와 함께 화살이 튕겨졌다.

땅!

화살을 쳐내면서 옆을 보니 박린이 쇠 망을 양단하고 있었다.

그가 쥔 도가 쇠 망을 가르는 소리는 끔찍했다.

끼아아악—

연연은 지금 박린의 뒤에 바짝 붙어 있었다.

그녀는 웅녀가 나아가고 있는 길을 연녹빛 세상으로 제압해서 웅녀를 인도해 줘야 하는 것이다.

끼아아악—

요광은정도가 뿜어내는 소리는 웅녀에겐 망령들의 부르짖음이었어도 연연에게는 아니었다. 봉황이 황홀한 빛깔의 날개를 활짝 펼쳐서 막 날아오르려고 퍼덕일 때 내는 소리였다. 그것도 이 세상의 것이 아닌 은은한 향기와 함께 뿜어져서 마음을 따뜻하게 만드는 소리.

사라랑— 사라랑—

그것은 장향도 마찬가지였다.

이는 살인을 경험한 사람과 살인을 경험하지 못한 사람의 차이였다. 연연은 코를 킁킁거렸다. 요광은정도가 뿜어내는 향기와는 전혀 다른 냄새를 맡기 위해서였다.

'음음, 땀 냄새가 꽤 향기롭네.'

3

수숫대 사이에서 튕겨진 통나무가 길을 가로막고, 덤불에서 솟아오른 철질려가 발을 막았다. 그리고 여기저기 버려진 썩은 나무 아래에서 기어 나온 뱀들과 지네가 달려들었다. 그 위를 어디서 날아온지도 모르는 벌들이 붕붕거리며 먼동이 붉게 엎질러진 하늘을 새까맣게 뒤덮었다.

"물러나시오!"

박린은 움직임이 둔해지기 시작하는 웅녀를 뒤로 물렸다.

아무리 용감해도 웅녀는 여인네였다. 여인네는 벌레나 뱀들과는 영원히 원수일 수밖에 없는 존재였다. 둔해진 웅녀의 움직임이 그렇다는 것을 증명해 주고 있었다.

굵은 땀을 닦으며 웅녀가 뒤로 물러섰다. 그녀의 눈엔 적당한 때 불러줘서 고맙다는 빛이 가득했다.

박린은 좌측을 보았다.

장향의 시원스레 뻗어 올린 발을, 한눈에 보아도 독사임이 분명한 뱀이 휘어 감고 있었다. 박린은 빠르게 그리로 옮겨가서 독사를 잡았다. 머리를 제외한 몸의 길이가 무려 일 장이나 되고 머리에 달린 외뿔로 봐서는 멀리 남만의 밀림에서만 서식한다는 독각사(毒角蛇)가 분명했다.

독각사가 박린의 팔목을 휘어 감으며 몸부림쳤다.

쩍쩍 벌어지는 입천장에 달려 있는 독니 한 쌍에서 노란 독물이 뚝뚝 떨어졌다.

"설서방?"

까오?

연연의 소매에서 고개를 살짝 내민 설사자의 눈망울이 커졌다.

설사자는 당장 연연의 소매를 차고 나와 독각사의 머리를 물어뜯었다. 가히 섬광과도 같은 빠르기였다.

와작!

독각사를 물고 급히 어디론가 가려는 설사자를 박린이 잡았다.

"설서방?"

박린은 독각사를 문 채, 멍하니 자신을 올려다보고 있는 설사자에게 사방을 가리켜 보였다.

"설서방, 자네는 선비인가?"

까오!

과연 그렇다는 듯 설사자가 고개를 끄덕였다. 그리고는 이쪽을 향해 부지런히 다가오고 있는 독물들을 바라보았다.

"하나의 음식에 취한 나머지 더 좋은 음식들을 이렇게 방치하는 건 선비의 도리가 아니네. 아는 그렇게 생각하는데… 어험. 자네의 생각은 어떠한가?"

박린은 자신의 발밑으로 기어온 지네 한 마리를 잡아 입으로 가져가는 시늉을 해 보였다.

까오!

설사자의 입에서 독각사가 떨어져 내렸다.

순간 설사자가 변신했다.

설사자는 굳건한 네 발로 땅을 버티고 서서 머리를 아래로 숙이고 눈을 치켜떠 올렸다. 그리고 콧구멍을 한참이나 벌름거리더니 아주 사나운 소리를 내기 시작했다.

와웅웅…….

끊어질 듯이 위태하게, 그러나 길게 이어진 소리가 북진평원의 빈 수숫대를 흔들고, 잡풀들과 갈대들, 덤불들을 지나서 지평으로 달려나갔다.

와웅웅…….

다음 순간 놀라운 변화가 일어났다.

성난 밀물처럼 이쪽으로 달려들어 오던 독물들이 잠깐 움직임을 멈추고 정지했다 싶더니 썰물처럼 물러나기 시작한 것이다. 하늘을 가득 메웠던 벌들도 마치 회오리바람처럼 혼란스러운 궤적을 그리면서 멀어져 갔다. 그 모습이 먼동 속으로 일제히 빨려 들어가는 검은 눈송이들 같았다.

독물들이 물러나자마자 설사자는 제 볼일을 다 마쳤다는 듯 박린을 한번 힐끔 바라본 다음, 독각사를 물고 빈 수숫대 속으로 어슬렁거리며 걸어 들어가서 몸을 감췄다.

"도대체?"

연연이 박린을 보았다.

장향과 웅녀의 눈도 박린의 입술에 매달렸다.

박린은 갑자기 쏟아진 뭇 여인네들의 눈들이 그렇게 어색하지 않았지만, 그렇다고 그냥 멍청하게 있자니 선비의 체면이 약간 손상받을 수도 있다는 생각에 씨익 웃었다.

"설서방, 저 녀석은 가히 독중지왕(毒中之王)이라오."

"예?"

연연을 비롯한 세 여인네의 입이 동시에 같은 소리를 냈다.

박린은 아주 느긋하게 대답해 주었다.

"설서방이 단순하게 으르렁거린 것 같지만 사실은 그게 아니라오. 우리네 사람들의 귀에는 그렇게 들렸어도 독물들에겐 아주 다르게 들리지요."

"이를테면?"

하마터면 독각사에게 물릴 뻔한 장향이 물었다.

박린은 독각사를 잡았던 손을 도포에 비비면서 난처한 표정을 지었다. 장향은 선비가 차마 입에 담지 못할 정도로 흉험하기 짝이 없는 설서방 녀석의 말을 해석해 달라는 것이다.

"어험, 그게… 어험……."

박린이 우물쭈물하자 연연의 연녹빛 세상이 박린의 입매에 잠깐 매달렸다가 떨어졌다.

연연이 못 볼 것을 본 것처럼 얼굴을 붉히며 헛기침을 했다.

"으음, 음음!"

"……?"

"……?"

박린에게 매달려 있던 장향과 웅녀의 시선이 연연에게로 건너갔다. 연연이 한참 동안이나 지평을 바라보다가 마침내 입을 열었다.

"설서방은… 이, 이렇게 말을 했대요."

"……!"

"……!"

"음음, 잘라먹기 전에 꺼져라!"

"뭘 잘라먹어?"

웅녀가 퉁방울만한 눈을 키우고는 장향을 보았다.

장향이라고 설서방이 뭘 잘라먹는다고 독물들을 위협했는지 감이 잡히지 않기는 마찬가지였다.

해석을 듣기 이전보다 더욱 의아해진 둘의 눈이 다시 연연에게로 건너왔다. 연연은 또 한동안이나 망설이다가 한 손으로 더욱 붉어진 얼굴 전체를 가리고는 다른 한 손을 둘에게 내밀었다.

"이, 이거래요!"

연연의 손은 엄지와 검지가 안으로 접히고, 약지와 새끼손가락 역시 안으로 접힌 상태로 중지가 발딱 세워진 상태였다.

"픽—"

웅녀가 웃었다.

장향도 붉어진 얼굴로 얼른 연연의 손을 외면했다.

"어험."

박린은 연연의 발딱 세워진 중지를 은근슬쩍 잡아서 가렸다.

"낭자는 참… 용감한 데가 있구려?"

"……."

살그머니 중지를 빼내는 연연의 얼굴이 이마까지 새빨개졌다.

“꽤나 부끄러워하시는구려. 험험.”

“정말 부끄럽네요.”

“아니오. 입은 삐뚤어졌어도 말은 바로 하라고 했소이다. 따지고 보면 어찌 낭자가 부끄러워해야 하는 일이오? 그게 다… 설서방 녀석이 못 배운 탓이지. 녀석이 돌아오면 아가 따끔하게 훈계를 내리리다!”

“……!”

연연은 박린의 말을 이제 정이 듬뿍 들어버린 설사자를 벌 세운다는 소리로 알아들었다.

“…음음. 그러실 것까지야…….”

“아니오!”

박린은 단호했다.

“사람이든 짐승이든 말을 가려서해야 선비요.”

연연이 잔뜩 기어들어 가는 소리로 물었다.

“어, 어떻게요?”

“기왕이면 문자를 써서 양물(陽物)이라고 하면 얼마나 듣기가 부드럽고 좋소이까? 하나 녀석은 양물이라고 하지 않고 ‘털주머니’ 라고 했소이다. 어험!”

“……?”

“……?”

“……?”

“아니, 뭘 그렇게 뚫어지게 바라들 보는 게요? 아의 입술에 뭐라도 묻었소이까? 아니면 아의 입술에 꿀이라도 발렸답디까? 이거 심히 민망하구려.”

“풋!”

누구의 입에서 먼저 튕겨진 웃음인지, 그건 중요하지 않았다.

모두들 민망함과 어색함을 털어버리며 웃었다. 박린은 허리가 부러져라 웃는 세 여인네의 중앙에 서서 어리둥절한 표정으로 허둥거렸다.

"에잉, 열 길 물속은 알아도 한 길 여인네의 속은 모른다더니… 당최 이거야 원."

박린의 썰렁함은 대책이 없었다.

정말 대책이 없는 자는 백의교의 외당주(外堂主)이면서 백의교 내의 중추인 오사자(五使者) 중 신령사자(神靈使者) 석웅패(石雄覇)였다. 그는 또한 오사자와 삼당(三堂), 육비(六飛)로 나뉘어진 백의교 간부들의 대형이기도 했다.

"어라? 저것들이 웃네?"

철면신투라는 가히 아름답지 않은 별호로 불리며 천하가 좁다 하고 종횡무진, 도둑질을 일삼다가 어느 날 갑자기 사라져 버린 장작빈. 그에게서 빼앗은 만리경을 내린 석웅패가 고개를 기울였다.

"으음. 지금쯤 저것들은 독물들의 먹이가 됐어야 정상인데?"

"어디 나도 좀 봅시다!"

그의 곁에 선 외당주(外堂主)이자 오사자 중의 일인인 도령사자(刀靈使者) 마상두(馬尙斗)가 그의 손에 들려진 만리경을 움켜잡았다.

"어허! 이거 왜 이러나?"

신령사자 석웅패는 만리경을 얼른 소매 속으로 넣었다.

정말이지 만리경은 신묘한 보물이었다. 어떻게 멀리 있는 사물을 눈앞에까지 끌어다가 놓는단 말인가. 이 기구를 사용하면 구태여 천리안(千里眼)을 익히려고 애를 쓸 필요가 없이 천리안이 된다. 석웅패는 교주만이 지녔다는 천리안이 된 기분을 도령사자 마상두와 같이 나누기 싫었다.

마상두가 인상을 찌푸렸다.

"대형."

"왜 그러나?"

"거 대형 물건도 아니면서 혼자만 즐기지 마쇼!"

"뭐라?"

"이거 서운하외다?"

"서운해도 어쩔 수 없네."

"왜요?"

"도둑놈의 물건을 탐내면 우리의 극락인 광명세상이 부정 타는 법일세."

"끄음, 그러시는 대형은 왜?"

"살신성인이지."

"……?"

"부정 타서 천벌을 받아야 하는 사람은 본좌 하나만으로도 족하네. 본좌는 우리 백의교의 모든 성도들이 세상의 물욕을 이기고 다들 광명세상에 가기를 바라네. 즉, 물욕에 휘둘려서 광명세상에 들어가지 못하는 성도들을 위해 본좌가 이 해괴한 물건을 잠시 맡은 거란 말일세."

"말은 번드름해서 좋수다?"

"아무렇게나 생각하게."

"……?"

"살신성인하는 사람들은 원래부터 세상의 오해와 질시, 그리고 핍박을 받는 법이니까!"

신령사자 석웅패가 무슨 소리를 하든 신경도 안 쓰고 앞을 바라보던 도령사자 마상두가 눈을 좁혔다.

"어?"

"뭐야?"

신령사자 석웅패는 다시 만리경을 꺼내서 눈에 대고 싶은 걸 간신히 억누르며 그에게 물었다.

"왜? 뭐가 보이나?"

"연놈들이 움직이기 시작했소이다!"

"그래?"

"아주 빠른 속도요."

"그럼 목인(木人)들을 움직여야 할 때로구먼?"

도령사자 마상두의 대답도 듣지 않고 석웅패가 금나발을 입에 물었다. 마상두가 입술을 비틀었다.

"켈켈. 연놈들! 어떻게 해서 우리가 쳐놓은 일차 관문을 넘었는지 모르겠지만, 이차 관문은 좀 힘들 것이다. 북진평원에 시체 네 구가 늘어나서 내년 봄엔 수숫대가 더 무성해지겠구나!"

금나발이 길게 울었다.

뿌우우우…….

좌악!

웅녀가 뭘 잘못 밟았는지 그녀의 발밑에서 무엇이 솟구치는 소리가 들렸다. 웅녀는 펄쩍, 위로 뛰었다. 순간 땅에서 솟아올라 온 쇠꼬챙이가 그녀의 발밑을 따라붙었다. 마치 쇠꼬챙이가 그녀를 위로 밀어 올리는 것 같은 모습이었다.

"모두 그 자리에서 움직이지 마오!"

박린이 소리쳤다.

휘릭—

웅녀는 일 장이나 높이 뛰어올라서 공중제비로 땅에 내려섰다.

그러나 발밑의 사정은 마찬가지였다. 촤악! 소리와 함께 다시 한 번 웅녀가 위로 뛰어올랐고, 그녀의 발밑을 쇠꼬챙이가 따라붙었다. 결국 웅녀는 박린이 풀어 던진 요광수신리성금을 타고 간신히 땅에 내려섰다.

"쇠꼬챙이는 저들이 땅에 박아놓은 기관이오."

"아!"

연연과 장향이 놀란 표정을 지었다.

박린이 말을 이었다.

"밟거나 건드리기만 해도 위로 솟구쳐 올라와서 사람을 산적으로 만들어 버리오."

웅녀와 장향, 그리고 연연은 자신들의 발밑을 바라보았다.

어디에도 쇠꼬챙이의 흔적은 보이지 않았다. 그러나 발을 살살 놀려 마른풀을 걷어내자 작은 동전만한 두께를 가진 철봉이 심어진 게 보였다. 철봉의 한가운데 뚫린 구멍을 통해서 쇠꼬챙이가 솟구치는 모양이었다.

"음?"

연연은 시험 삼아 돌을 떨어뜨려 보았다.

텅!

돌이 철봉을 때리자 구멍에서 눈부신 섬광이 위로 솟구쳤다.

촤악!

끝이 예리하고 두께가 손가락 정도밖에 안 되는 쇠꼬챙이였다.

"백의교라… 도대체 우리와 무슨 철천지원수를 졌다고 이런 안 좋은 행위를 일삼는 건지 조금 짜증이 나는구려. 하긴 말똥구리 노인네를 잡아간 걸로 보면 성실하지 못한 무리들이 분명하외다."

박린이 툴툴거렸다.

"에르텐님?"

"으? 어, 어험."

"그걸 이제야 아셨어요?"

웅녀는 도무지 박린을 이해할 수 없었다.

놈들이 말똥구리 늙은이를 잡아간 건 뭐 그렇다고 치자.

도둑질이 업이라 게르에서 뭔가를 훔치다가 잡혔을 수도 있으니까. 그런데 에르텐님은 왜 이 모양이냐?

북진평원에서 자신들을 기다렸던 함정은 일일이 헤아리지도 못할 정도로 많았고, 독물과 독충들의 공격도 받았다.

그런데 그런 악독한 행위들이 겨우 '이런 안 좋은 행위'이며 그러한 행위를 자행한 무리들 역시 겨우 '성실하지 못한 무리들이 분명'하다고?

"나으리?"

"으? 왜 그런 눈으로 보오, 장 낭자?"

장향의 눈빛도 웅녀와 똑같았다.

연연의 눈빛도 마찬가지였다.

"어험."

분위기가 또 썰렁해졌다.

셋의 시선을 한 몸에 받으며 박린은 바닥의 마른풀들을 들치고 백의교가 땅에 박아놓은 철봉들의 배열을 조사했다. 철봉들은 상당히 촘촘하게 박혀 있었는데, 일정한 규칙이 없어서 뾰족한 대책이 없었다.

'에잉, 이런 불학무식한 자들 같으니라고!'

거사가 끝나 철거할 때를 위해서도 일정한 규칙은 필요한 법인데, 아예 이자들은 철거를 도외시하고 제멋대로 철봉을 박아놓았다. 만약 이런 흉악무도한 물건들을 그냥 방치하면 어떻게 될까?

아무것도 모르고 지나가던 사람들을 해칠 게 틀림없다.

"제거해 버려야지."

박린은 양 소매를 둘둘 걷어 올렸다. 그리고 이마를 약간 숙이고 요광은정도를 수평으로 쳐들었다.

추릿!

요광은정도가 눈부신 빛살을 뿜어내며 지평 쪽으로 돌아가고, 요광은정도를 따라서 그의 왼쪽 어깨가 돌아갔다. 그 어깨를 따라 허리가 돌아갔다.

순간 요광은정도가 뿜어낸 빛살이 앞에 펼쳐진 갈대들과 빈 수숫대, 덤불과 잡목들을 산산이 베어 올리며 지평 저쪽으로 주욱— 뻗어 나갔다.

콰콰콰콰—

팔황봉미향라결상의 한 도법인 사해만월(四海滿月)이었다.

촤악! 촤악! 촤악!

사해만월이 휩쓸고 간 자리에서 쇠꼬챙이들이 위로 팅겨 올랐다. 그것들이 피워 올린 섬광이 이제 막 지펴지기 시작하는 아침빛을 꿰뚫고 지평으로 달려갔다.

촤악! 촤악! 촤악!

그 소란한 장관을 거슬러 올라온 나발 소리가 들려왔다.

뿌우우우…….

"어험."

박린은 훤해진 저 앞쪽에서 슬금슬금 나타나는 그림자들을 보았다. 사람의 형상을 하고 있는 그 그림자들은 움직임이 매우 둔했다. 그들이 움직일 때마다 불쾌한 소리가 귀를 후벼 팠다.

끼익, 끼익—

그 소리는 나무가 서로 비벼질 때 나는 소리였다.

박린은 연연을 돌아보았다.

"낭자."

"예?"

"저들의 정체를 알아봐 주시오."

순간 연연의 미간 사이에서 주욱— 뻗어 나간 연녹빛 세상이 그림자들을 한 바퀴 돌고 다시 돌아왔다.

"토, 통하지 않아요. 사, 사람이 아니에요!"

4

정말 사람이 아니라 나무 인형들이었다.

끌과 대패로 겨우 사람의 형상만 흉내 내고, 검은 칠을 한 그것들의 키와 덩치는 꼭 사람만했는데, 시퍼렇게 날 선 만도를 들고 꾸역꾸역 몰려왔다.

나무 인형이 움직인다?

보고 있으면서도 도저히 믿어지지 않는 광경이었다.

깡!

장향의 쌍검이 날아가 제일 앞장선 인형을 내려쳤다.

"윽!"

장향이 인형의 반탄력 때문에 미간을 찌푸렸다.

빵!

웅녀의 절굿공이도 날아갔지만, 인형은 뒤로 넘어졌다가 그대로 일어섰다. 넘어짐과 일어섬의 간격이 거의 없어서 마치 한 동작처럼 보이는 기만한 대응이었다.

인형들이 네 사람을 포위했다.

"흠."

박린은 인형들의 숫자를 세어보았다.

대충 훑어봐도 칠십이나 팔십은 족히 넘어 보인다.

"대국은 땅덩이가 넓어 기인이사들도 많다더니… 과연 그러하도다. 베어버린 목공(木公:나무)에게 사람의 영혼을 불어넣어 사람을 베는 도구로 다시 쓴다? 어험, 괘씸한지고."

조선에도 이러한 방술을 쓰는 사람들이 간혹 있는데, 그들을 술사(術士)라고 한다. 술사들은 사람의 생명을 빼앗기 위해서 방술을 쓰지 않는다. 심심풀이 삼아 동료 술사들끼리 기량을 겨룰 때나, 아니면 사람을 살려야 할 때에만 쓴다.

박린은 수막으로 이 인형들을 조종할 만한 자를 찾았다.

"음?"

특별히 보여지는 사람은 없었다.

별 소득 없이 수막을 거두자마자 기다렸다는 듯 인형들이 덮쳐 왔다. 인형들은 끼익끼익— 소음을 내면서 만도를 높이 쳐들었다가 아래로 내리꽂았다.

깡!

장향의 쌍검이 날아가서 떨어지는 만도를 쳐올렸다.

장향은 하마터면 쌍검을 놓칠 뻔했다.

그녀가 가슴을 외로 오그렸다가 활짝 펴면서 발을 날렸다.

탕!

인형의 머리가 돌아갔다.

그뿐이었다. 인형은 달랑거리는 머리를 원위치하지도 않고 만도를 쳐들었다. 웅녀의 절굿공이가 그 인형의 가슴을 찍었다.

콱!

풀썩―

넘어진 인형이 다시 일어나기도 전에 뒤에 있던 인형들이 그 인형을 밟고 넘어왔다. 웅녀와 장향은 거푸 인형들을 베고 또 찍었지만, 그때 뿐이었다. 연연도 인형의 조종자를 찾아서 평원을 샅샅이 훑어보았지 만, 소득이 없었다.

“어떡해요?”

“어험.”

박린은 인상을 찌푸렸다.

휘릭―

만도가 날아왔다.

팡!

박린의 왼쪽 소매에서 번쩍, 일어난 섬광이 인형의 가슴에 박혔다.

천룡통에서 뿜어진 편전이 꽂힌 것이다.

픽, 소리와 함께 뜬 인형이 떨어져서 몰려오는 다른 인형들의 대열

을 흩트렸다. 그 사이로 박린의 요광은정도가 빛살을 뿌리며 반원을
그렸다.

가각―

생명이 빠져나간 지 오래인 나무가 베어지는 느낌은 섬뜩했다.

살이라면 당연히 있어야 할 긴장이 삭제되어 버린 딱딱하고 뭉툭한
감촉, 나이테 부분의 강한 목질과 나이테 이외의 연한 목질에서 느껴지
는 건 무감정 그 자체였다.

문득 박린은 사지가 잘려 버린 스승님을 생각했다.

그분의 나무토막 같았던 몸을 생각했고, 그 나무토막 안에 들어 있
던 분노와 증오를 생각했다. 사지 중 한 부분이 잘려 나갈 때마다 스승
님께선 꼭 그만큼의 분노와 증오를 쌓으셨을 것이다.

그래서 사지가 없는 육신으로 나무토막처럼 바닥을 구르시며, 터져
나오는 분노와 증오를 어쩌지 못하시고 엉엉 우셨을 것이다.

무엇이 스승님을 그 지경까지 이르게 했을까.

이 인형들 너머에 해답이 있을 것이다.

박린은 요광수신리성금을 타고 이 인형들의 바다를 건너서 해답에
접근하고 싶었지만, 연연과 장향, 웅녀의 안전 때문에 그럴 수 없었다.
셋은 자신이 떠나자마자 인형들에게 함몰될 게 분명했다.

팡팡팡!

천룡통이 불을 뿜었다.

편전의 꼬리에 매달린 연기가 인형들 사이를 누볐다.

와르르―

무너졌던 인형들이 금방 다시 일어서서 달려왔다.

모양만 겨우 낸 인형들의 무감정한 눈들이 번쩍였다. 그들의 새파란

만도가 땅으로 내리 꽂혔다.

콰콰쾅!

웅녀의 절굿공이가 맹렬히 회전해서 그들을 걷어냈다.

쨍, 캉캉!

장향의 쌍검과 발이 그들의 목을 베고 발을 떨어뜨렸다.

박린의 손목에서 일어난 광환, 청죽수가 그들의 가슴을 때리고 허공으로 치솟아서 분분히 흩어졌다.

"어떡해!"

연연은 세 사람의 분전하는 한가운데 서서 발을 동동 굴렀다.

생명이 없는 것들이니 감정이 있을 리 없고, 감정이 없는 것들이니 연녹빛 세상이 통하지 않는다.

이게 바로 곽파가 말했던 연연의 한계였다.

당시 연연은 그 한계를 매우 다행으로 생각했다.

힘이 만들어내는 것은 상처일 뿐이라고 생각했던 것이다.

하지만 지금은 아니었다. 어떻게든, 무엇이든 분투하고 있는 일행들에게 도움이 되고 싶었다.

'차분하게, 차분하게……'

연연은 마음을 가라앉혔다. 멀리 있어서 안 보이는 것일 뿐이지 인형들을 조종하는 사람이 이 북진평원 어딘가에 반드시 있을 것이다. 생명 없는 인형들이 제 스스로 사고하는 것처럼 움직일 리가 없었다.

연연은 눈을 감았다.

그리고 지금 들리고 있는 모든 소리들을 삭제하기 시작했다.

만도와 검이 부딪치는 소리가 지워지고, 절굿공이와 만도가 부딪쳐 피워 올린 섬광이 지워졌다. 이어서 웅녀와 장향의 거친 숨소리가 지워졌고, 박린의 땀 냄새가 지워졌다.

다시 눈을 뜬 그녀의 고개가 아까 나발 소리가 울려 나왔던 구릉으로 돌아갔다.

순간 그녀의 미간 사이에서 주욱─ 뻗어 나온 연녹빛 실이 그 구릉의 어느 지점으로 치달려 갔다.

파라라─!

신령사자 석웅패는 나발을 입에 물었다가 도로 내렸다.

깡깡! 챙챙!

연놈들이 있는 곳에서는 목인들과 연놈들이 충돌하는 소리가 요란했다.

"아무리 생각해도 목인은 천하무적이란 말이야!"

석웅패는 나발 끝에 묻은 침을 닦으며 만리경을 꺼내 들었다.

"크하하핫! 연놈들이 어떻게 발광을 하다가 광명세상에 들어가는 지나 구경해 볼까?"

죽은 자들의 혼령을 나무 인형에 씌워서 나무 인형을 산 자처럼 부리는 목령대법(木靈大法)은 나무를 숭상하는 백의교만이 가진 방술인데, 신목(神木)인 금성목이 바로 목인들에게 씌워진 혼령들을 품고 조율하는 귀물(鬼物)이었다.

"음?"

석웅패는 깜짝 놀라서 눈에 댔던 만리경을 내렸다.

연놈들이 목인들과 한창 부딪치는 현장에서 뭔가 기이한 빛살이 날아와서 만리경 안을 연녹빛으로 꽉 채운 다음에 사라졌기 때문이다. 석웅패는 화살이라도 날아왔나 싶어서 자신의 주변을 둘러보았다.

“어라? 없는데?”

하긴 화살을 날렸어도 거리가 멀어서 여기까지 날아올 수는 없었다. 그렇다면 뭔가? 뭐가 날아와서 만리경 안을 연녹빛으로 물들였나? 그것의 정체를 알기 위해서는 다시 만리경을 눈에 댈 수밖에 없었다.

“으음.”

만리경 안에선 아까와는 전혀 다른 세상이 펼쳐져 있었다.

호랑이와 사슴이 같이 뛰어 놀고, 늑대와 염소가 사이좋게 서로의 털을 골라주고 있다. 뱀과 여인네가 다정하게 이야기를 나누고, 끝이 보이지 않을 정도로 넓은 들엔 그림에서나 봤던 각종 과일이 익어간다. 그들의 한가운데를 흐르는 강엔 은빛 고기 떼가 넘쳤다.

“이거… 광명세상이 아닌가?”

석웅패는 만리경을 댄 채로 중얼거렸다.

그랬다. 그가 지금 만리경으로 보고 있는 것은 목인들과 연놈들이 싸우는 광경이 아니라 백의교가 그토록 간절히 원하는 가향, 광명세상이었다.

광명세상……

죽지 않고 영원한 삶을 누리는 곳, 일을 하지 않고도 먹을 것이 지천인 곳, 다툼이 존재하지 않는 곳!

석웅패는 만리경을 떼어야 한다고 느꼈다.

겨울로 몰려가는 바람만이 황량한 이 북진평원에 난데없이 광명세상이라니… 뭔가 이상했고, 이상한 것은 바로 위험한 것이었다. 그러나 그는 만리경을 뗄 수 없었다.

“어라?”

이성은 분명히 그에게 떼어야 한다고 경고했지만, 감정은 떼어내면 안 된다고 버텼다.

"으윽!"

이성과 감정의 싸움이 맹렬해질수록 석웅패는 진땀을 흘렸다.

마침내 향기 짙은 감정이 예리하게 갈려 있던 이성을 감싸 안고 마음의 저 아래, 보이지 않는 곳으로 침몰해 내려갔다가 다시 기어올라 왔다. 이성이 떨어져 나간 감정은 순수하고도 아름다운 향기로 석웅패의 전신을 휘어 감았다.

터벅터벅―

석웅패는 눈에 만리경을 댄 상태로 교주와 신목이 들어 있는 게르로 다가갔다.

"흐흐흐!"

"어? 대, 대형!"

도령사자 마상두는 게르 앞에 서 있다가 날벼락을 맞았다.

길게 휘둘러진 석웅패의 나발이 그의 머리로 떨어져 내리고 있었다. 육십 근이나 나가는 그 나발은 석웅패가 목인들의 상태를 교주와 금성목에게 전달해 주는 악기이자 병기였다.

"에잇!"

마상두는 나발을 피해서 안으로 몸을 굴렸다.

쾅!

게르의 한쪽을 부수고 나타난 석웅패의 상태는 정상이 아니었다. 만리경을 박아 넣은 눈에서는 밖으로 비어져 나온 안구와 함께 피가 흘러내리고, 입에선 침이 줄줄 흘러내리고 있었다. 그리고 끊임없이 중얼거렸다.

"광명세상… 광명세상… 광명세상……."

쾅! 쾅! 쾅!

휘둘러지는 나발이 게르 안의 집기들을 부쉈다.

아무렇게나 휘둘러지는 것 같지만 나발은 신목인 금성목을 향해서 좁혀 들어가고 있었다.

쾅! 쾅! 쾅!

"에잇!"

도령사자 마상두는 신목을 안고 교주가 있는 휘장 안으로 뛰어들었다. 순간 휘장 안에서 쏟아져 나온 빛이 그를 교차해서 석웅패의 가슴을 후려치고 천장으로 튕겨졌다.

팡!

석웅패가 뒤로 널브러졌다.

그의 뒤에서 장작빈이 수염을 놀렸다.

"거봐, 자식아! 너 죽을 거라고 아까 노부가 말했지?"

이때 마상두는 휘장 안에서 교주를 보고 있었다.

"영악한… 자들이로다!"

납작 엎드린 그의 어깨 위로 마른 나무 껍질을 억지로 뜯어내는 듯한, 불쾌한 목소리가 떨어져 내렸다.

"나발을 가져와라!"

"명."

"인형들이 움직임을 멈췄어요!"

연연이 소리치자 박린이 말했다.

"얼마 가지 않을 게요. 어서 움직입시다!"

장향은 축지법을 알고, 연연은 요광수신리성금을 태우면 되니 문제가 없었다. 문제는 웅녀였다. 그녀는 경공을 익히지 않은 데다가, 무거운 철갑을 두르고 중병인 절굿공이를 들었으니 요광수신리성금에 태울 수 없었다. 요광수신리성금은 엄밀히 말하면 하늘을 나는 도구가 아니라 음공(陰功)을 펼치기 위한 병기였다.

당연히 추진력이 없었다. 요광수신리성금의 추진력은 결국 박린이 단전에 쌓아놓은 팔황봉미항라결에서 나온다.

"어험, 어찌한다?"

박린은 웅녀를 놓고 고민했다.

그러나 웅녀는 고민을 하지 않았다.

그녀는 백의교가 땅에 설치해 놓아서 아까 위로 튕겨진 쇠꼬챙이를 잡았다.

끼끼끼…….

쇠꼬챙이가 활처럼 휘었다. 그 쇠꼬챙이에 발을 올려놓은 웅녀가 박린을 보며 씨익, 웃었다.

"에르텐님."

"아? 예, 예."

"당신에 의해 선택을 받은 납죽 여인네는 강하답니다."

"어, 어험. 그, 그렇소?"

"한번 보소서!"

피융―

웅녀가 쇠꼬챙이의 탄성을 차고 하늘로 도약했다. 웅녀는 계속해서 쇠꼬챙이들을 차고 도약을 거듭하며 멀어졌다.

피융― 피융―

박린이 놀라고 있는 사이에 장향은 소매에서 꺼낸 팔각목패(八角木

牌)로 종아리를 묶었다.

그녀가 잘 메어졌나 시험 삼아 발을 탁탁 털자 갑(甲) 자와 을(乙) 자가 음각되어 있는 목패들 속에서 아주 청아한 소리가 울려 나왔다.

짤랑짤랑—

"소녀의 스승님께서 만들어주신 축지패이옵니다."

박린은 고개를 끄덕였다. 방랑 중에 장향의 스승인 구월산인(九月山人)을 만나서 기량을 겨뤄본 적이 있었던 것이다.

"그럼."

장향이 한 손을 쳐들었다. 그리고 한 발을 떼어놓았다. 순간 장향의 몸이 앞으로 길게 늘어났다. 장향이 남겨놓은 잔상마저 사라지자 박린은 요광수신리성금을 펴고 연연을 보았다.

"어험, 부인."

"그, 그렇게 부르시지 마세요."

연연이 얼굴을 붉혔다.

"좌우지간 올라오구려."

"시, 신발을 벗을까요?"

"신방이 아니므로 그렇게 할 필요가……."

박린이 뭔가 이상한 말을 더 하기 전에 연연은 냉큼 요광수신리성금에 올라탔다. 박린은 멋쩍은 표정으로 잠깐 입맛을 다시다가 단전의 팔황봉미향라결을 끌어올렸다.

"어마!"

천천히 떠오르자 연연이 요광수신리성금의 귀를 잡고 주저앉으며 벌벌 떨었다. 박린은 연연에게 한 손을 내밀었다. 그 손을 의지해서 연연이 간신히 일어섰다.

"떨지 마오."

"떨리는 걸요?"

"아래를 보지 말고 앞만 보오."

연연의 어깨를 안은 박린이 나직이 말했다.

"출(出)!"

스릉—

부드러운 선을 그리며 요광수신리성금이 하늘을 갈랐다.

뿌우우…….

백의교 쪽에서 나발 소리가 들렸다.

5

펄럭펄럭—

연연은 박린을 뒤에서 끌어안았다.

곁눈질로 아래를 내려다보니 쇠꼬챙이를 밟으며 전진하는 웅녀의 커다란 덩치가 주먹만큼 작게 보였다. 너른 평원을 갈지재[之]로 가르며 전진하는 장향은 아예 개미만하게 보인다.

"우, 우리 너, 너무 높아요!"

"으?"

"아, 아래로 내려가요, 빨랑!"

에이, 성화는?

박린은 발을 탕 굴렀다.

"어마!"

연연은 이까지 부딪쳐 가며 와들와들 떨었다.

비스듬히 세워진 요광수신리성금의 아래로 땅이 점점 멀어지고 있
었다. 연연은 더욱 꽉 박린을 끌어안았다.

"어험."

박린은 요광수신리성금을 수평으로 누인 다음에 물어보았다.

"어떻소?"

"뭐, 뭐가요?"

"님을 끌어안고 하늘을 나는 기분."

"니, 님인지 뭔지는 모르겠지만, 살이 떨려요."

탕!

"어마!"

요광수신리성금이 또 비스듬해졌다.

"기분이 어떻소?"

"조, 좋아요!"

"왜 좋소이까?"

"그, 그건… 말 못해요."

탕!

"니, 님이 있어서 좋아요!"

스륵―

요광수신리성금이 수평을 되찾았다.

박린은 자신의 등에 바짝 밀착된 연연의 주먹만한 가슴을 조용히 음
미하다가 연연을 앞으로 돌려세웠다.

연연이 몸을 사리며 반항했다.

"왜, 왜 이러세요?"

"낭자."

“왜, 왜요?”

“소생이 낭자의 어깨를 단단히 잡고 있을 터이니 앞을 보오.”

“……”

“보고 있소?”

“예? 예.”

슬쩍 바라보니 연연은 눈을 감은 상태였다.

박린은 속으로 웃었다.

“어떻소?”

“아, 아주 멋있어요.”

“정말이오?”

“……”

박린은 대답을 하지 못하는 연연에게서 처음 이 요광수신리성금에 올라탔던 시절의 자신을 보았다. 그때 박린은 숙모인 벽력선자의 품에 안겨 있었다. 숙모에게선 언제나 좋은 냄새가 났다. 밤새 팔을 베어주고도 아픈 줄을 모르던 숙모.

“눈을 떠라, 린아.”

숙모는 말씀하셨다.

“눈을 감으면 세상을 볼 수 없단다.”

그 말을 들었는데도 마치 붙은 것처럼 눈이 떠지지 않았다.

손가락으로 간신히 눈까풀을 들어 올려서 내려다본 세상은 땅에서 상상했던 것보다 훨씬 더 넓었고 아름다웠다. 그리고 무서움에 질려서 이렇게 넓고 아름다운 세상을 보지 못할 뻔했다는 생각에 부끄러워졌었다.

"저 아래 길게 펼쳐진 묘향산을 보거라. 저 묘향산을 안고 고요히 흘러가는 청천강을 보거라. 강물 위에 뜬 배의 꽁무니가 그려내는 물의 하얀 궤적을 보거라. 나루를 중심으로 움직이는 사람들을 보거라. 저것들이 다 세상이란다. 린이 네가 껴안고 살아야 할 세상이란다."

펄럭펄럭.
박린은 십 년 전에 들었지만, 아직도 귀에 생생하게 남아 있는 숙모의 목소리를 바람에 날려 보냈다. 그리고 연연을 무릎에 앉히고 바닥에 앉아서 연연에게 말했다.
"눈을 떠보오."
"떠, 떴어요."
"거짓말하면 안 되오."
"……."
연연이 천천히 눈을 떴다.
박린은 그때의 벽력선자처럼 손가락을 들어서 아래를 가리켰다.
"저 아래에 펼쳐진 것들이 바로 그대가 다스려야 하고, 그대의 다스림을 받아야 하는 세상이라오."
"……."
연연의 겁먹은 눈동자가 요광수신리성금의 귀퉁이에 잠시 매달려서 머뭇대다가 아래로 미끄러져 내려갔다.

“아아!”

연연은 탄성을 발했다.

세상은 아름다웠다.

가을이 서둘러 물러간 자리였어도 아름다웠다.

하늘과 맞닿은 지평 이쪽에서부터 펼쳐진 평원, 둥그런 물결 무늬로 돌아간 구릉과 갈대들, 잡목 군락들, 넝쿨들이 올망졸망하게 제자리를 잡은 세상. 세상은 수평으로 바라보았을 때 보여졌던 것처럼 칙칙하지 않았다.

“참… 예쁘네요.”

“낭자의 마음이 예쁜 게요.”

연연은 박린의 넓은 가슴에 몸을 기대고 다음 말을 기다렸다.

“세상의 모든 것들은… 각자 존재하는 자리가 정해져 있소. 산은 산 대로, 강은 강대로, 평원은 평원대로… 하다못해 갈대 한 개에 이르기까지. 이것들이 꼭꼭 제자리에서 존재하고 있을 때 세상은 나름대로의 질서로 저렇게 아름다운 게요.”

“……”

연연은 눈을 돌려서 박린의 서늘한 눈매를 바라보았다.

“그대의 나라… 작금의 명국이 아름답지 않은 건 제자리를 지켜야만 하는 존재들이 제자리를 벗어나 엉뚱한 곳에 존재하기 때문이오. 황제는 황제의 자리가 아니라 시정잡배의 자리에, 환관은 환관의 자리가 아니라 황제의 자리에, 공주는 공주의 자리가 아니라… 이렇게 변방 오지에 있소.”

“……”

박린의 귀밑머리를 훑고 바람이 지나갔다.

“그렇다면 조신들만이라도 제자리에서 존재를 해야 하오. 하지만 그 많은 조신들은 황제의 자리에 앉아 있는 환관을 황제로 알고 있소. 그것들이 아름답지 못하오.”

“우린 제자리를 찾아가고 있잖아요?”

“그렇소.”

박린은 한쪽 무릎을 세웠다.

순간 요광수신리성금이 서서히 전진을 멈췄다.

백의교주가 있을 것이라고 짐작되는 게르 몇 동이 내려다보이는 위치였다.

“내려갑시다.”

요광수신리성금이 천천히 회전하면서 하강했다.

웅녀와 장향이 동시에 게르 앞에 나타났다.

박린은 요광수신리성금에서 뛰어내린 다음에 장향을 보았다.

“어험. 구월산인 어른께서 복덩이를 얻으셨구려.”

“아직 많이 부족하옵니다.”

얼굴을 붉힌 장향이 종아리에 매었던 목패를 끌렀다.

“씩씩!”

웅녀는 쇠꼬챙이 위를 달려와서 숨이 거칠었다. 이마를 죽죽 그으며 흘러내리는 땀을 쓰윽, 훔친 그녀가 이제 막 바닥에 내려선 연연을 보았다.

“쿵!”

웅녀는 속이 터졌다.

‘저런 아무짝에도 쓸모없는 것 같으니. 자고로 여인네란 소처럼 힘이 좋아야 애도 쑥쑥 잘 낳고 살림도 잘하는 법이야. 그래야 사내들이 마음 놓고 천하를 요리할 수 있는 거라고. 그나저나 에르텐님께서는 도대체 저 연약한 계집을 뭐에 쓰려고 애지중지 하신담?

"갑시다!"

박린은 요광수신리성금을 접어 옆구리에 낀 다음 중앙의 게르를 가리켰다. 게르는 칙칙한 빛깔을 지닌 다른 게르들과는 달리 눈부신 백색이었고, 옆구리를 빙 돌아가며 금빛 나뭇잎들을 수놓았다.

"어험."

박린은 게르 앞에서 목소리를 가다듬었다.

선비란 상대가 핍박했어도 상대의 문 앞에서는 마땅히 예절을 지켜야 한다. 그런 연후에 시비를 가려야 '과연!' 하고 상대가 감탄하는 법이었다. 그런 의미에서 한번 거하게 불러볼까?

"이리 오너라아!"

선비의 예절은 언제나 즉각적이고도 격렬한 반응을 불러오는 모양이었다. 외침이 끝나자마자 중앙 게르 좌우에 있는 게르들의 문이 열리면서 이상한 차림을 한 자들이 쏟아져 나왔다.

"죽여라!"

"여기까지 뚫고 들어오다니!"

"포위해라!"

마로 만든 거친 옷, 마로 만든 건을 쓰고 기이하게 비틀어진 목봉(木棒)을 움켜쥔 무리들이었다. 그들이 흉광을 번득이며 일행을 에워쌌다.

"꿇어라!"

수령인 듯한 자가 털 속에 잠겨 있던 입술을 움직였다.

박린은 귀를 후비고 나서 빙그레 웃었다.

"말씀이 꽤나 버르장머리없구려. 우린 귀측께서 억류해 놓은 말똥구리 노인네를 찾으러 왔소만."

"뭐야? 말똥구리?"

장작빈은 앞니로 뽀드득거리는 소리를 냈다.

처음엔 자신을 구하러 온 것을 무척이나 고맙게 생각했는데, 녀석이 말똥구리라고 하니 반갑기는커녕 치가 떨린 것이다.

녀석은 말똥구리 짓마저도 못하게 만든 장본인 중 하나였다.

일이 이렇게 된 건 다 녀석을 잘못 만나서였다. 녀석을 만나지 않았으면 호로투 초원에서 그냥 살았을 것이고, 그랬다면 이런 턱없는 불행을 당하지 않았을 게…….

"두고 보자, 이놈!"

장작빈은 버둥거렸다.

허부적허부적.

움직임을 따라 게르가 출렁댔다.

"흠!"

도령사자 마상두는 장작빈이 몸부림치는 모습을 물끄러미 바라보며 내심 고개를 저었다. 거미에게 붙잡힌 날벌레처럼 꽁꽁 묶인 상태에서도 저런 말에나 바짝 신경 쓰는 걸 보면 이 말똥구리 노인네는 정말이지 철딱서니가 없었다.

"노인네."

"왜 그러냐, 이놈아!"

"그렇게 움직여서 게르가 무너지겠소?"

"뭐야?"

챙챙! 캉캉!

밖이 소란해졌다.

마상두가 피식, 웃었다.

"어이, 말똥구리. 밖에 있는 것들을 믿고 그렇게 큰소리를 치시는 모양인데, 참 안됐수다. 당신과 밖에 있는 것들은 오늘 광명세상을 볼 수 있을 게요."

"뭐? 광명세상?"

"오늘이 당신들의 제삿날이다, 이 말이오."

"누구 마음대로?"

마상두가 힐끔 교주가 들어 있는 휘장을 바라보았다.

"우리 교주님께옵서 그렇게 정하신 이상 천명이오. 그러니까 괜히 애쓰지 마시오. 신경질나면 지금 죽여줄 수도 있으니까!"

"끄음."

장작빈은 몸부림을 멈추며 휘장의 안을 가늠해 보았다.

어른거리는 그림자만 보여질 뿐, 교주는 확실하게 보여지지 않는다.

"이봐."

"왜 그러시오?"

"자네 교의 교주 말이야. 사내인가, 아니면 여인네인가?"

장작빈이 이렇게 물은 건 그만한 이유가 있어서였다.

아까 잠깐 소란이 일었을 때 들려온 목소리가 매우 엉뚱했던 것이다. 교주라는 자의 목소리는 여인의 것이라기엔 좀 굵고 거칠었고, 사내의 것이라기엔 대단히 얇고 뾰족했다.

대답도 전혀 엉뚱했다.

"우리 교주님께옵선 남녀를 초월하신 분이라오."

파쾅!

박린의 손목에서 둥그렇게 생성된 광환, 청죽수가 막 달려들어 온 자를 때렸다. 사 장이나 뒤로 날아간 그자의 옆에 있던 자들이 박린을 향해 목봉을 휘둘렀다.

횡횡횡!

언뜻 보면 목봉들은 매우 어지럽게, 아무렇게나 휘둘러지고 있는 것 같지만 아니었다. 목봉들을 하나하나 살펴보면 기묘한 궤적을 지니고 있었다. 목봉들은 나아감과 들어감을 반복하며 종과 횡을 철저히 구분했고, 점과 선을 이으며 칼날과도 같은 예기를 만들어냈다.

얼마 지나지 않아 박린은 이 목봉들의 궤적이 과연 무엇인지를 알 수 있었다.

횡횡횡!

일도백의(一道白衣), **금성천하**(金星天下), **광명세상**(光明世上)!

제각기 다른 궤적으로 움직이는 목봉들이 허공에 써넣고 있는 글귀들이었다. 목봉들은 일도백의를 써넣을 때는 부드럽게 움직이다가 금성천하에서 힘을 얻고 광명천하에서는 시퍼런 예기를 뿜어낸다.

횡횡횡!

목봉들이 피워 올린 글자들이 둥그렇게 이어지고, 서로 맞물리는 틈새에서 기이한 흐름을 만들어졌다.

마치 횡으로 누워 있는 수레바퀴와도 같은 형상의 시퍼런 기류가 생성된 것이다. 그 시퍼런 기류가 안의 공기를 뽑아내며 돌개바람처럼 맴돌아서 위로 솟구쳤다.

휘이잉!

박린은 몰랐지만, 이 수법은 백의교가 자랑하는 목풍진(木風陣)이었다. 목풍진은 진의 외곽을 맴도는 돌개바람으로 안의 공기를 남김없이 뽑아내어 안을 진공 상태로 만든 다음, 갑자기 돌개바람을 소멸시킴으로써 안을 폭발시켜 버리는 가공할 진법이었다.

"어지러워요!"

공기가 희박해지자 제일 먼저 연연이 이마를 잡았다.

박린은 금방이라도 허물어져 버릴 것처럼 얼굴색이 창백한 연연을 안고 웅녀를 보았다.

"이익!"

웅녀도 상당히 고통스러운 표정이었다.

캉캉!

장향도 쌍검을 휘둘러서 돌개바람을 쳐내고 있었지만, 이미 암벽처럼 두꺼워진 돌개바람은 아무런 표시가 나지 않았다.

장향의 눈이 건너왔다.

"나으리."

"왜 그러오, 장 낭자!"

"빨리 대책을……."

"어험."

박린은 장향에게 이제 식은땀까지 흘리는 연연을 맡겼다.

그리고 요광은정도를 하늘로 향해 던졌다. 돌개바람으로 인해서 겨우 한 평 남짓하게 보이는 하늘로 긴 꼬리를 끌며 요광은정도가 치솟았다.

파라라락!

요광은정도가 정점에 닿았다 싶은 순간, 박린은 편전이 장착된 왼손을 요광은정도를 향해서 쳐들었다.

팡팡팡팡!

천룡통을 차고 나온 네 줄기의 편전이 하얀 꼬리를 끌면서 치솟았다. 은사가 달린 편전들은 정점에서 부드럽게 꺾어져서 요광은정도를 휘어 감았다.

박린은 은사들을 쥔 손을 돌개바람이 도는 방향과는 반대로 돌렸다.

핑핑핑핑!

"으음."

백의교 외당 제일사자 무초(茂草)는 목풍진과 함께 삼십 년을 살아 왔다. 그는 백의교 교리집의 한 귀퉁이에서 말로만 전해 내려온 이 목풍진을 숱한 시행착오를 거친 끝에 재현하는 데 성공한 기재였다. 그는 자신이 재현해 낸 이 목풍진이 소림의 나한진과 비교해도 꿀릴 것이 없다고 믿어왔다.

그의 자부는 당연했다.

초창기 시험 단계인 십 년을 포함해서 지난 삼십 년 동안 목풍진은 한 번도 깨어지지 않았다.

휘이잉— 휘이잉!

위로 이십 장(60m)이나 치솟은 돌개바람인 목풍(木風)을 오 장만 더 위로 끌어 올리면 안은 공기가 한 줌도 존재하지 않는 진공 상태가 된다.

그러면 연놈들은 목을 부여잡은 상태로 쪼그라들어 버릴 것이고, 이때 돌개바람을 풀어버리면 연놈들은 화탄이 터지는 소리와 함께 피떡이 되어버리는 것이다.

무초는 빙긋이 웃으며 목풍을 터뜨리기에 최적의 조건인 마지막 오장을 끌어 올리려고 깃발을 잡았다.

이제 이 깃발이 올라가면 그의 수하들은 목봉을 움직여서 단숨에 오장을 끌어 올릴 것이다.

무심코 돌개바람의 끝을 바라본 무초는 눈을 동그랗게 떴다.

"어? 저게 뭔가?"

그건 반짝, 하는 작은 섬광이었고, 그 섬광이 덩치를 키워서 하늘을 덮어버린 것은 순식간이었다.

"어? 어?"

무초는 자신의 눈을 의심했다.

섬광이 목풍을 찌그러뜨리고 있었다. 정확히 말하면 목풍을 점점이 베어버리면서 아래로 낙하하고 있었다.

삽시간에 돌개바람의 기세가 반으로 줄어들었다.

"으으으……."

수하들이 진땀을 흘리며 목봉을 쳐들었지만, 도저히 어쩔 수 없는 하중에 눌린 것처럼 역부족이었다.

"힘을 내라!"

무초는 마구 깃발을 휘두르며 수하들을 독려했다.

하지만 섬광은 점점 더 거대하게 변해서 목풍을 찌부러뜨리고 있었다. 그 섬광의 정체는 은사에 매어진 한 자루 장도였다.

그걸 무초가 발견한 것은 목풍이 다 사라지고, 그의 수하들 역시 산산이 잘려 나간 목봉을 들고 멍청하게 서 있을 때였다.

사아아악―

분분히 날리는 먼지 속으로 섬광이 빨려 들어갔다.

"아니!"

먼지가 가라앉자 무초는 뒤로 두 걸음이나 물러섰다.

그리고 보았다.

찌그러진 갓과 낡은 도포, 용도가 수상한 병풍과 아직도 섬광이 번들거리는 장도를 들고 서 있는 녀석의 아름다운 눈매와 웃음을.

녀석은 뒤에는 곰처럼 우람한 여인네를, 좌측에는 패랭이를 쓴 여인네를, 우측에는 눈망울이 특이하게도 연녹빛인 여인네를 거느리고 있었다.

녀석이 웃음을 지우며 장도로 무초를 겨눴다.

"귀공."

"……?"

"일단 몇 대만 맞으쇼!"

팍!

녀석이 튕겨졌다. 아니, 그렇게 보인 것일 뿐, 녀석은 믿을 수 없게도 수하들을 요리조리 피하며 길게 늘어났다가 원위치되었다. 동시에 무초는 턱이 돌아갔고 볼이 화끈해졌다.

짝!

다시 녀석이 길게 늘어났다가 원위치되었다.

"컥!"

무초는 배를 부여잡고 새우처럼 허리를 구부렸다.

녀석의 주먹이 들어왔다가 나간 것이다. 녀석의 주먹은 정말 쇠꼬챙이 같았다. 뱃가죽을 뚫고 꽂힌 고통이 내장기 전체를 울리고 척추까지 흔들어 버린 것이다.

"우엑!"

무초는 신물을 토하고 간신히 몸을 세웠다. 사실 어떻게 몸을 세웠는지도 몰랐다.

탓!

녀석의 주먹이 또 늘어났다.

팡팡팡!

이번엔 연타였다.

무초는 자신의 명치와 갈빗대, 턱과 볼에서 화려하게 꽃을 피우는 녀석의 주먹을 보았다.

결국 무초는 쓰러졌다가 간신히 일어섰다.

그의 수하들은 혼이 나가 버린 듯한 눈으로 녀석을 지켜보고만 있었다.

"귀공."

"으으으……."

"벌건 초면에 이렇게 대뜸 구타를 하는 건 도리가 아닌 줄은 알고 있시다. 하지만 선비가 어찌 도리로만 살 수 있겠소? 도리는 상대방의 예절 유무를 따라서 상통하는 법. 한 대만 더 맞으쇼!"

픽!

결국 무초는 기절했다.

"귀, 귀신이다!"

"어, 엄청 빠르다!"

무초의 수하들이 도망치기 시작했다.

6

쾅!

웅녀의 절굿공이가 게르의 문을 박살 냈다.

박린은 그녀를 따라 안으로 들어갔다. 이어 연연이 들어가고 장향이 들어갔다. 장작빈은 불쌍하게도 게르의 천장에 거꾸로 매달려서 허부적거리고 있었다.

"왜 이제들 오는 게야!"

장작빈의 불평을 들으며 장향과 웅녀가 그를 내려놓는 동안에 박린은 게르의 안을 살폈다.

"어험."

게르의 한가운데 모닥불 자리가 있고 그 양 옆으로는 서역의 전설을 아로새긴 양탄자가 깔려 있다. 화려한 양탄자를 밟고 전진한 박린이 시선을 멈춘 곳은 게르의 중앙이었다.

박린의 뒤로 다가온 연연의 시선도 같이 멎었다.

차랑차랑—

"아아. 참 아름다운 나무예요."

연연이 말했다.

박린도 홀린 듯 중앙에 놓여진 나무를 바라보았다.

나무는 작았지만, 너그럽게 가지를 벌린 것으로 봐선 족히 수백 년의 수령이었다. 문제는 수령이 아니라 나무가 가지 사이에서 피워 올린 무수한 금빛 가루와 풍경 소리였다.

차랑차랑—

"만지지 마. 그거 귀물이야!"

연연이 나무를 향해 손을 뻗자 장작빈이 소리쳤다.

박린은 나무 뒤에 있는 휘장을 바라보았다.

휘장의 안쪽에 이 신비한 나무의 주인이 있었다.

순간 박린의 이쪽 눈꼬리에서 펼쳐진 잿빛 세상이 저쪽 눈꼬리를 한 줄로 이었다. 수막을 펼친 것이다.

"어험."

수막을 통해 보여진 나무의 주인은 덩치가 연연만큼이나 작았다. 하지만 만만한 상대가 아니었다. 수막을 세게 조여도 상대는 희미한 형체만 보여질 뿐, 실제적인 기운이나 형태를 보여주지 않았다. 이건 상대가 수막의 통과를 막고 있다는 반증이었고, 그만치 강하다는 반증이었다.

"소생을 왜 핍박하시오?"

박린은 일단 수막을 거두고 물어보았다.

그러자 성별을 가늠할 수 없는 거친 목소리가 되물어왔다.

"명조(明朝)의 하늘 아래 존재하는 것들은 모두 다 그분의 소유가 아니더냐?"

순간 박린이 다시 뿜어낸 수막이 대답하고 있는 자의 형체를 향해서 달려들어 갔다. 그러나 이번에도 수막은 그자를 통과하지 못했다.

"으음."

박린은 내심 혀를 내둘렀다.

말을 하면서까지 수막을 막아낼 수 있는 상대는 처음이었다.

상대가 일어서는 것이 보였다.

"너는 젊은 나이인데도 참으로 장한 재간을 지녔구나."

"어험."

"너는 우리 교가 설치한 천리지망을 뚫었다. 목인을 뚫었다. 목풍진을 뚫었다. 하지만 여기까지란다. 내가 너를 광명세상으로 보내주겠다. 너는 부디 현세에서 힘을 아껴 광명세상을 밝히는 데 사용하거라!"

상대가 슬쩍 움직였다.

피잇―

박린은 고개를 틀면서 편전을 발사했다.

팡!

순간 휘장을 뚫고 나온 한줄기 가느다란 섬광이 박린의 귀밑머리를 자르고 게르 밖으로 뛰쳐나갔고, 편전은 휘장의 정가운데를 뚫고 상대에게 박혔지만 바로 되튕겨져 나왔다.

"클클, 탄성이 눈부시구나. 조선의 병기……."

출렁거리는 휘장을 천천히 걷으며 상대가 모습을 드러냈다.

상대를 바라본 연연과 웅녀, 장향과 장작빈이 놀랐다.

"클클클."

땅에 끌리는 백발, 눈동자가 사라져 버린 두 눈, 매의 부리처럼 꼬부라진 코, 검버섯이 피어난 볼, 어깨를 덮은 이끼…….

그는 나이나 성별을 도무지 측량할 수 없을 정도로 얼굴이 온통 주름에 휩싸인 난쟁이 늙은이였다.

"네가 천변귀수란 어린 놈의 제자라고?"

늙은이의 동공 없는 두 눈이 잠시 박린에게 매달렸다가 연연에게로 건너갔다.

"네가 주씨의 딸년이냐?"

"……!"

연연이 늙은이를 외면했다.

늙은이의 눈이 다시 박린에게로 돌아왔다.

"주씨는 천명을 받았으나 천명을 어겼다. 너무 많은 인명을 개 잡듯이 죽였단 말이다. 그 패악한 종자들은 혈육도 가리지 않았다. 전쟁으로 죽였고, 무료하면 죽였고, 평화로워도 죽였다. 주씨의 권력은 피의 제단 위에 세워진 것이다. 주씨가 황제인 명조의 기운은 이제 다했다. 내리막길만 남았다. 너도 알지 않느냐?"

"……"

"그런데 넌 왜 거꾸로 달리느냐? 넌 천기를 알고 천명을 아는 자이다. 너도 알고 있겠지만, 청류에서 놀던 잉어가 세상으로 툭 튀어 올라와서 천하가 시끄러워졌다. 이에 광명세상에 계신 천존께서는 일진광풍으로 화마(花馬)의 엉덩이를 때리셨다. 하나… 화마는 잉어를 데리고 거꾸로 달려가고 있다. 이건 천명을 어기는 일이다!"

"어험."

박린은 문득 호로투에서 벽력선자가 했던 말을 생각했다.

"청류(淸流)에서 놀던 잉어가 툭 튀어 올라왔으니 천하가 소란해질밖에. 일몰에 계신 천존께서 마침내 크게 한번 웃으시고는 일진광풍으로 화마(花馬)의 엉덩이를 때리셨구먼?"

당시 박린은 아주 잠시 동안 생각에 잠겼었다.

잉어와 화마는 누굴 가리키는 건가?

잉어는 연연을 가리키고 화마는 자신을 가리키는 말일 수도, 아닐 수도 있다. 하지만 지금 백의교주의 말은 분명히 연연과 자신을 가리키고 있었다.

"으음."

박린은 똑바로 백의교주를 바라보았다.

"우리 우선 통성명이나 합시다, 노인장."

"네놈은 내 말을 우습게 여기고 있구나!"

백의교주의 동공 없는 눈이 기이하게 희번덕거렸다.

박린은 말했다.

"선비는 원래 성명 미상인 자들과 말을 섞지 않소이다. 왜냐하면 도리에 어긋나기 때문이요, 또한 전혀 엉뚱한 결론으로 시비에 휘말릴 수도 있기 때문이지요. 벽에 비친 매의 그림자가 병아리로 둔갑할 수도 있는 세상이 아니오이까?"

"끄음."

"좌우단간 소생의 성은 박(朴)이고 본관은 밀양(密陽), 자호(自號)는 풍할(風轄), 이름은 외자로 린(鱗)… 물고기 비늘 린 자를 쓰외다. 노인장께선 어찌 되시오?"

이때 장작빈은 부지런히 머리를 굴리고 있었다.

아무리 비밀스러운 종파라 해도 세상에 출현한 이상 어느 정도는 그 교리며 이념, 포교 형태들이 알려지기 마련이었다. 더불어 그 종파 특유의 서열이나 구조도 알려진다. 백의교 역시 세상에 여러 번 출연해서 그러한 것들이 대충은 알려졌다. 하지만 교주는 전혀 알려진 바가 없었다.

그렇다면 뭔가 다른 신분을 가지고 있거나, 알려지면 안 될 피치 못할 사정을 지니고 있다는 결론!

장작빈은 좀 전에 백의교주가 박린과 일수를 주고받을 때, 뿜어냈던 섬광과 그 이전에 도령사자 마상두가 했던 말, 그리고 지금 보여지는 모습을 한데 섞어보았다.

"음?"

마음의 저 아래에서 깊은 울림이 왔다.

혹시… 강북상련의 시조라는 청성존자(淸聖尊子)?

장작빈은 사시나무 떨듯 떨며 박린에게 외쳤다.

"이, 이봐. 그 노파는 사람이 아니야!"

장작빈의 말은 과장이 아니었다.

청성존자는 삼신팔괴칠마가 나타나기 한참 전에 무림을 피로 물들인 대마두였고, 현재 십마가 신으로 추앙하는 청성마(淸聖魔) 이막상(李漠尙)이 바로 그녀였던 것이다.

무림에 적을 둔 사람들은 그녀가 백오십 년 전에 저지른 혈사를 분명히 기억한다.

당시 그녀는 소림의 장문인 천태신승(天台神僧)을 패사시키고, 서역으로 도주한 지 꼭 이십 년 만에 나타나서 피의 제전을 벌였다. 피의 제전은 옥문관(玉門關)에서부터 시작되었는데, 무려 이천사백삼십 명을 살육하며 동진을 거듭해서 소림에서 끝을 맺었다.

소림은 그녀를 상대로 나한진을 펼쳤고, 그녀는 스물두 개의 나한진을 깨면서 입은 부상을 어쩌지 못하고 도주했다. 그리고 세상에서 사라졌다.

장작빈이 전설로만 남아 있는 그녀의 절기인 섬탄기(閃彈氣)를 한 번에 알아본 것은 실로 우연이었다.

그의 은신법인 무영투의 출처가 바로 소림이었던 것이다.

유근의 별장에서 만리경을 비롯한 몇 가지 보물들과 같이 훔친 무영투의 비급에 당시 그녀가 사용했던 섬탄기에 대한 기록과 그녀가 나한진을 깰 때의 광경, 그녀의 용모파기까지 상세히 기록되어 있었던 것이다.

무영투와 상관없는 그 기록을 유심히 본 것은 또 우연이 아니었다.

누군가 그 기록 아래 자세히 주해를 달아놓았고, 주해의 끝머리에 조그맣게 강북상련이란 글귀를 써놓았기 때문이다.

당시 장작빈은 기록의 진위를 의심하며 그녀의 나이를 계산해 보기까지 했다. 진실로 그녀라면 지금 그녀 나이는 백팔십 살이었다.

세상에, 저런 괴물과 밤새도록 한 게르 안에 있었다니!

"일단 도, 도망가자고!"

장작빈은 허둥지둥 웅녀와 장향, 그리고 연연을 데리고 게르 밖으로 나갔다. 셋은 하나같이 안 나가려고 했지만, 박린이 손을 저어서 나가라는 신호를 보내자 장작빈을 따라 나갈 수밖에 없었다.

둘만 남고 텅 비어버린 게르.

"어험."

금성목을 사이에 두고 박린과 청성존자 이막상은 서로를 바라보았다. 정확히 말하면 서로를 바라보고 있는 게 아니었다.

박린은 청성존자를 바라보고 있었어도, 청성존자는 박린을 바라보고 있지 않았다.

금성목을 통해서 박린의 형체를 느끼고 있었다.

소림의 나한진을 깨고 탈출할 때 눈을 잃어버렸던 것이다.

당시 그녀는 소림의 숭산에서 이백 리 떨어진 사태산(蛇蜕山) 동굴에 숨어서 상처를 치료한 다음, 광인으로 가장해 청주로 들어갔다. 그리고 엄청난 무공으로 때마침 교주의 자리가 공석이었던 백의교를 틀어쥐었다.

그녀는 백의교를 발판으로 무림이란 세계를 없애고자 절치부심했다. 자신을 버리고 소림으로 출가해 버린 남편 천태신승을 죽인 원한이 무림을 아예 없애자는 쪽으로 기울어진 것이다.

하지만 상황은 쉽지 않았다.

관부의 눈을 피해서 출현과 잠적을 반복했기 때문이다.

이에 그녀는 결단을 내렸다.

혹세무인하는 반역 집단으로 널리 알려져서 운신의 폭이 좁은 백의교 대신 강북상련을 창설, 전면에 내세운 것이다.

그리고 강북상련의 이름으로 사례감에 선을 넣어 천변귀수의 제거가 목적이었던 소주혈사에 주도적으로 개입했다.

이래서 박린과 그녀는 한 하늘을 이고는 살아갈 수가 없는 존재들이었다. 박린은 그걸 모르고 있었고, 그녀는 알고 있었다.

그녀는 박린의 이름까지도 알고 있었다.

"클클… 박린! 넌 천변귀수에게서 천기 보는 법을 배웠을 것이다. 그래서 너는 명조의 끝을 안다. 아까도 이야기했지만 명조의 기운은 다했다."

박린은 대꾸하지 않았다.

팔황봉미향라결의 심법이 깊어지면, 아니, 비단 팔황봉미향라결의 심법뿐만이 아니라 이 세상에 존재하는 심법은 모두 대자연의 이치와 우주의 운행을 근간으로 만들어지기 때문에 깊어지면 보이지 않던 것들을 볼 수 있다.

"어험, 그래서요?"

"이미 하늘의 문이 닫혔는데 네가 어찌 다시 열려고 하느냐? 너는 지금 천명에 반하고 있다!"

"뭐가 천명이란 말이오?"

"모르느냐?"

"어험."

사실 박린도 명조의 운명을 알고 있었다.

명조의 운명은 태조 주원장과 영락제 때 최대로 성했고, 그 다음부터는 내리막길로 접어들었다. 명조가 그렇게 내리막길로 접어든 이유는 단 한 가지, 총명했던 황태자라도 보위에 오르기만 하면 암제(暗帝)로 돌변했기 때문이다. 그들은 어이없는 전쟁을 일으켜서 백성들의 원성을 자초했고 매관매직과 뇌물로 조정을 더럽혔으며, 황음이 하늘을 찔렀다.

보통 사람의 관점으로써는 이해할 수 없는 일이었지만, 박린은 그 이유를 알고 있었다.

명조는 절대 권력의 영속성을 위한 희생물로 유능한 재사들과 장군들에게 억울한 누명을 씌워 목을 잘랐고, 어떤 경우에는 십족까지 멸했다. 이들을 죽인 자리에 명조는 환관들을 배치, 더 많은 피와 실수를 불러들였다. 피와 실수는 제 무게에 따른 값을 반드시 하는 법이고, 반복되며, 또한 유전되는 법이었다. 명조는 피와 실수의 무게, 그리고 저주를 벗어나지 못했다.

전대 홍치제와 같은 황제가 선정을 베풀었지만, 그건 스러져 가는 명조가 마지막으로 피워 올린 불빛에 불과했다.

이제 명조의 망함은 기정사실이었다.

그게 바로 천명이었다.

박린은 청성존자에게 조용히 물어보았다.

"천명이 뭐요?"

바로 대답이 흘러나왔다.

"천존께서 세상을 열고 닫으시는 법칙이다."

"흠!"

"그분께서 열고자 작정하셨다면… 억겁의 세월 동안 열리지 않았던 문도 열리고, 또 그분께서 닫고자 작정하셨다면… 억겁의 세월 동안 닫히지 않았던 문도 닫힌다. 따라서 천명은 그분의 결정이고, 통보이며, 의지이다. 사람 따위가 상관해서 바꿔지지 않는다."

"소생은 그렇게 보고 있지 않소이다만?"

"말해 보거라."

청성존자는 박린의 말에 흥미를 느끼는 듯 금성목 앞에 앉았다.

그녀의 얼굴엔 오랜만에 적수다운 적수를 만났다는 흐뭇함과 자신감이 넘쳐 났다.

"천명이 하늘의 결정이고, 통보이며, 의지인 것은 사실이오. 하지만 그건 받아들이기 나름 아니겠소? 소생은 천명을 하늘이 우리 인간에게 내린 숙제라고 보오이다."

"숙제?"

"그렇소이다. 하늘은 단지 숙제를 내렸을 뿐이오. 숙제를 어떻게 하느냐… 하는 것은 사람에게 달린 문제이지 하늘이 결정할 문제가 아니라고 보오. 하늘은 단지 사람이 해온 숙제를 평가해서 그 점수로 사람의 세상을 바라볼 뿐이라오."

"그러니까… 네 말은 천존께서 사람에게 어떠한 문제를 내려주신 것을 천명이라고 생각한다는 게냐?"

끄덕끄덕.

"왜?"

"다시 말씀을 드리면 길을 주시되 길을 가는 과정을 상관치 않으며, 목적지 또한 상관을 하지 않으신다는 게요. 길은 사람이 의지로 가는 게요. 또한 어떻게 갔느냐에 따라서 목적지가 달라지는 게요. 따라서 애초부터 정해진 걸음걸이도 없고, 목적지도 없소.”

“허면 네 말은?”

박린이 빙그레 웃었다.

“천명을 노인장처럼 곧이곧대로 믿지 않는다는 게요.”

“관을 봐야 눈물을 흘릴 놈이로구나!”

“관을 보지도 않고 눈물부터 흘릴 수야 없지 않소?”

“이놈!”

청성존자가 금성목을 안고 벌떡 일어섰다.

순간 그녀의 어깨 위에서 까마귀의 날개와도 같은 기운이 뭉클 일어났다.

섬탄기(閃彈氣)였다.

끼아아악—

망령들의 원혼으로 이루어진 섬탄기의 울부짖음이 게르를 꽉 메웠다.

“어험, 한번 해보시겠다?”

박린도 가만히 있지 않았다.

팔황봉미향라결을 일으켰다.

순간 그의 어깨에서도 봉황의 날개와도 같은 금빛 기운이 솟구쳤다.

쾅!

서로 상이한 두 기운이 서로 엉켰다가 충돌했다.

두 기운이 일으킨 풍압에 게르가 통째로 날아갔다.

박린은 주위를 둘러보았다.

일행이 걱정된 것이다.

저쪽 사십 장 정도 떨어진 곳에 백의교 무리가 모여 있고, 이쪽 사십 장 정도 떨어진 구릉 위에 서 있는 일행이 보였다.

'저 정도 거리라면 안심이지.'

고개를 돌리는 순간, 연연이 쏘아 보낸 말이 마음을 파고들었다.

―괜찮으세요?

염려하지 말라는 신호를 보내며 박린은 청성존자를 보았다.

철컹!

청성존자의 양 소매에서 가늘고 새하얀 검 두 자루가 튕겨졌다.

그 검들이 바로 아까 날린 섬광의 정체, 마령(魔靈)과 마혼(魔魂)이었다. 마령과 마혼은 청성존자가 서역에서 우연히 발견한 한 쌍의 귀검(鬼劍)으로 고대의 제사 때 초혼(招魂)을 위해 특별히 제작된 귀물(鬼物)이었다.

"클클!"

청성존자가 마령과 마혼을 비스듬히 들어 올렸다.

순간 마령과 마환에서 솟구쳐 오른 검은 기류가 하늘과 땅을 이었다.

파아아아―

"광명세상에 갈 준비는 되어 있느냐?"

"물론이오!"

박린도 요광은정도를 천천히 빼냈다.

스르릉―

요광은정도가 피워 올린 담금질 무늬가 눈부셨다.

마침내 집을 다 빠져나온 요광은정도에서 금빛 기류가 어른거리며 기이한 향기를 피워 올렸다.

마령과 마환이 초혼을 위한 귀물이라면 요광은정도는 이미 초혼이 되어 있는 귀물이었다.

웅우웅!

찌잉— 찌잉—

세 자루의 귀물이 뿜어낸 엄청난 기운이 북진평원의 빛을 깡그리 반사했고, 바람을 막아서 갈대들의 흔들림을 정지시켰다.

"어떡해요?"

연연은 발을 동동 굴렀다. 사십 장이나 떨어진 이곳에도 둘이 피워 올린 엄청난 기운이 몰려와서 얼굴을 따갑게 만들고 있었다. 그러나 연연의 물음에 답을 해줄 수 있는 사람은 없었다.

'위험하다!'

장향은 입술을 깨물었다.

명나라로 건너와서 몇 번 싸움을 겪었지만, 그녀는 위험하다는 느낌은 들지 않았다. 일천여 명이나 되는 수적들을 상대할 때도, 북행전이란 집단의 화탄 속에서도 오늘처럼 강하게 뒷머리를 잡아당기는 불길한 느낌이 없었다. 그녀는 발을 동동 구르며 어쩔 줄 몰라 하는 연연에게서 문득 소봉을 보았다.

소봉은 말했었다.

"장 언니, 언니는 꼭 그분의 분신이 되셔야 해요. 그래야 제가 안심할 수 있어요."

장향은 서둘러 축지패를 꺼냈다.

자신은 어디까지나 소봉의 사람, 소봉을 위해서라도 이렇게 구경만 하고 있을 수가 없었다.

누군가가 축지패를 매고 있는 그녀의 손을 잡았다.

“어, 어르신……."

손의 임자는 장작빈이었다.

장작빈의 거친 손이 따뜻했다.

“괜히 개죽음당하지 마라.”

장작빈의 말에 연연과 웅녀가 장작빈을 보았다.

연연은 공포에 하얗게 질린 모습이었고, 웅녀 역시 두꺼운 입술을 질끈 깨물고 있었다.

“전… 전 괜찮아요.”

장향은 대답했다.

“아냐.”

장작빈의 눈이 박린과 청성존자가 대결하고 있는 곳으로 나아갔다가 다시 돌아왔다.

“노부도 당장 뛰어가서 저 가짜 선비를 도와주고 싶지만… 그건 옳은 생각이 아니야. 저건 고수들의 대결이야. 저 사이로 우리가 뛰어들면 저 가짜 선비가 무척이나 부담을 느낄 게야. 그래서 더욱 위험해지는 게지.”

“……."

축지패를 매던 장향의 손에 힘이 빠져나갔다.

웅녀가 물었다.

“그럼 이대로 두고 봐야 한다는 말씀이세요?”

연연이 소리쳤다.

“안 돼요! 전 저분과 함께!”

살아도 같이 살고, 죽어도 같이 죽을 거라구요! 라는 나머지 말은 나와주지 않았다. 대신 왈칵 눈물이 쏟아졌다. 연연은 아이처럼 눈을 비비며 엉엉, 소리 내어 울었다.

철들었다고 생각한 이후, 소리없이 눈물은 많이 흘렸어도 이렇게 소리 내어 우는 건 어머니가 돌아가셨을 때를 제외하면 처음이었다. 이제 겨우 마음이 통했는데, 흠뻑 정이 들었는데, 따뜻했는데, 나를 예뻐했는데, 아껴주었는데, 저 사람을 통해서 내가 세상을 바라보기 시작했는데… 결국 나 때문에, 결국 나 때문에…….

"안 돼요, 안 돼요. 전 저분을 위험에 빠뜨릴 수 없어요…….."

연연의 울음은 끝이 없었다.

"에헴."

장작빈이 주먹을 불끈 쥐었다.

연연을 딱하게 쳐다보던 웅녀와 장향의 시선이 장작빈에게 달라붙었다.

"측면에서 도울 방법은 얼마든지 있지!"

장작빈이 어금니 소리를 냈다.

빠각!

스윽—

청성존자가 마령을 끌면서 좌측으로 비스듬히 미끄러졌다.

스윽.

박린도 청성존자를 따라서 좌측으로 미끄러졌다.

파파파팍!

스치듯, 그러나 스치지도 않은 땅이 깊게 패이면서 먼 지평 쪽으로 향하는 긴 직선이 그려졌다. 분분히 날아오르는 흙먼지와 티, 검불, 화살처럼 날카롭게 날아와서 측면에 퍽퍽 박히는 바람, 어깨와 부딪쳐 산산이 깨어져 나가는 햇빛…….

이쪽을 건너다보며 같은 속도로 달리는 청성존자를 보면서도 박린은 문득 혼자 달리고 있다는 생각을 했다.

어쩌면 세상은… 이렇게 상대와 함께 달리면서도 결국은 혼자 달려야 하는 것일지도 몰랐다. 지난 세월이 스승님을 바라보며 혼자 달려온 세월이었다면, 지금 지나가고 있는 세월들과 앞으로 다가올 세월들은 이렇게 적을 마주 보면서 혼자 달려야 하는 세월일 수도 있었다.

스승님께서는 말씀하셨다.

"너는 부디 이 스승의 한에 함몰되지 말아라. 이 스승의 어깨 위에 향기롭게 얹혀져 있던 햇빛은 이미 오래전에 식어버렸느니. 너의 한으로 너의 삶을 일구어야 할 것이다. 그리고 항상 기억하거라. 네 어깨 위에 얹혀질 햇빛은 결코 영원하지 않으며, 한 또한 한 세대가 지나면 잊혀진다는 것을. 한을 품고 있을 때가 바로 삶이니라."

그렇다면 저 노파는 무슨 한을 가지고 저렇게 혼자 달리는 것인가. 왜 저 노파의 한과 나의 한이 이렇게 나란히 마주 보며 달려야 하고, 마침내 비벼져서 서로를 끊어내야 하는가.

답은 명확하게 와 닿지 않았다.

반드시 명확해야만 답이 아니었다. 불분명하게 와 닿아도 답이 될 수 있었다.

박린은 소리없이 웃었다.

서로의 인연이 엉킨 자리, 그 단단히 옥죄어진 매듭의 어디쯤 저 노파의 각진 한과 나의 각진 한이 첨예하게 대립하고 있을지도. 천명을 바라보는 시각이 정반대였듯, 양립할 수 없는 어떤 것을 나누어 가진지도…….

슈욱!

천성존자가 달리며 쳐낸 최초의 공격은 눈부신 섬광이었다.

길이가 겨우 세 뼘(60㎝)밖에 안 되는 마령이 뿜어낸 검기가 무려 삼장(9m)이란 거리를 무시하고 달려들었다.

마령이 지닌 무게는 깊었고 또한 가벼웠다.

깡!

엄청난 반탄력이 요광은정도를 울리고 손금을 낱낱이 헤집은 다음에 어깨로 기어올라 왔다. 어깨에 잠시 올라앉았던 반탄력은 이내 고개를 꺾고 마음 저 아래 어두운 곳으로 떨어져 내렸다.

팔랑거리며 떨어져 가는 반탄력의 빛이 아스라했다.

박린은 가볍게 그 빛을 위로 끌어 올렸다. 기어올라 올 때의 역순으로 손금을 빠져나간 그 빛이 요광은정도를 앞으로 밀어냈다.

순간 요광은정도에서 눈부신 빛살이 폭발했다.

팡!

주욱— 뻗어 나간 빛살이 청성존자의 마혼을 후려쳤다.

깡!

청성존자의 몸이 흔들렸다. 그 순간에 청성존자는 몸의 흔들림을 벗어버리고 허공으로 날아올랐다. 가벼운 연처럼 높이 날아오른 그녀를 향해 박린의 왼손이 불을 뿜었다.

팡팡팡!

편전이었다.

"헛!"

청성존자는 몸을 비틀었다.

자신을 따라 올라올 줄 알았던 녀석이 암기를 날린 것이다.

새하얀 꼬리를 끌면서 날아오른 세 발의 편전이 그녀를 스치고 지평 쪽으로 날아갔다.

"이놈!"

청성존자는 몸을 뒤집어서 녀석을 향해 낙하했다.

순간 그녀의 눈을 스치는 것이 있었다.

"저런, 멍청한 놈들!"

구릉의 이쪽에 옹기종기 모여서 싸움을 지켜보던 수하들이 놀란 말 떼처럼 사방으로 튀어 달아나고 있었다.

그들을 쫓는 자들은 늙은 도둑과 세 명의 계집애들이었다.

"도무지 쓸모가 없도다!"

청성존자는 분노가 치밀었지만, 또 고개를 끄덕였다.

사실 그녀가 지닌 진짜 전력은 백의교가 아니라 강북상련이었다. 백의교는 강북상련의 하부 조직으로 목인과 목풍진, 그리고 각종 기관 설치술만 집중 연마했으니 저렇게 속절없이 당하는 게 당연했다.

그녀는 거푸 몸을 뒤집었다.

녀석이 왼손을 쳐들 때마다 섬광이 번쩍였던 것이다.

팡팡팡!

다시 새하얀 꼬리를 끌면서 날아오른 세 발의 편전이 그녀를 스치고 지평 쪽으로 날아갔다.

"이놈이?"

편전을 본 그녀는 또다시 분노했다.

상대가 이렇게 날아오르는 경우, 보통은 같이 날아올라서 병기를 마주치기 마련이었다. 그래야 위에서 쏟아져 내리는 공격을 당하지 않는 것이고, 그게 정상이었다.

그러나 녀석은 날아오르지 않고 암기를 쏴서 손쉽게 상대의 움직임을 제한하고 있었다.

여우 같은 녀석이었다.

"단번에 베어주마!"

청성존자는 부르짖었다.

그녀가 까마득한 허공에서 내려그은 마령이 검은 반월형 빛살이 되어 녀석에게 내리 꽂혔다.

파콰!

땅이 패었다. 그리고 소리를 따라 일어난 흙먼지와 검불이 무려 삼장(9m)이나 위로 치솟았다. 뭉게구름처럼 일어난 흙먼지의 하단부에서 또 섬광이 한 점 일었다.

팡!

섬광이 뿜어낸 흰 기류가 점점 오므라들면서 흐려졌다.

청성존자는 몸을 뒤집었다.

핏—

벌어진 다리 사이로 편전이 지나갔다.

청성존자는 두 눈을 부릅뜨고 자신의 눈앞을 지나가는 편전을 보았다. 그리고 깜짝 놀랐다.

편전은 그저 쇠로 만들어진 작은 화살만이 아니었다.

파르르— 떨며 공기를 갈라내는 끝에 눈에 보이지도 않을 만큼 가는 은사가 매달려 있었다.

"그렇다면?"

이전에 지나갔던 것들도 마찬가지일 게 분명했다.

하지만 수하들이 공격받는 데 신경 쓰여서 미처 그걸 살펴보지 못했다. 생각은 이렇게 길었지만, 그녀의 몸은 방어를 위해 몇 번이나 뒤집혀진 상태였다.

지평으로 날아가는 듯했던 편전들 역시 그녀의 몸을 따라붙은 지가 오래였다.

파라라락—

박린이 최초로 발사한 편전 세 발이 그녀의 발밑을 어지럽게 수놓으며 교차했고, 두 번째로 발사한 편전 세 발은 그녀의 뒤를 틀어막으며 커다란 원을 그렸다. 동시에 마지막으로 발사한 한 발이 지평의 끝에서 그대로 고개를 꺾어서 그녀의 가슴으로 날아왔다.

"이, 이런!"

그녀는 거푸 몸을 뒤집었지만, 편전들은 집요했다. 마치 의지를 지닌 생물처럼 이리저리 유영을 거듭해서 그녀의 팔방을 틀어막았다.

파라라랑—

삽시간에 편전들의 반짝이는 은사가 하늘을 꽉 메웠다.

"함정에 걸렸구나!"

처음엔 사방, 그 다음엔 팔방, 그 다음엔 십육방을 틀어막아 버리는 은사들을 보며 청성존자는 피식, 웃었다. 그물처럼 은사들이 조여들고 있었다. 청성존자는 마령과 마혼을 가운데로 모았다.

"섬탄기!"

파콰쾅!

이때 박린은 내심 안심하고 있었다.

편전으로 노파를 잡는 데 성공한 것이다.

편전이 지닌 은사는 조선 철의 집산지인 가야 지방에서 특별히 만들어 올린 것이라서 연성과 강성이 대단했다. 도끼로 천 번을 내려쳐도 안 잘라지는 은사였다. 이런 은사에 갇힌 이상, 노파는 그물에 갇힌 물고기였다.

그러나 아니었다.

"섬탄기!"

파콰쾅!

번쩍, 하는 섬광과 함께 무엇이 터져 나가는 굉음이 일었다.

동시에 천룡통을 장착한 왼팔의 긴장감이 끊어져 버렸다.

박린은 하늘을 쳐다보았다.

은사들의 철저한 결속을 깨버리고 탈출한 노파가 아래쪽을 향해 몸을 구부리는 게 보여졌다.

다음 순간 노파가 쳐낸 섬광이 불비처럼 쏟아져 내렸다.

파파파팡!

노파는 실로 대단한 고수였다.

저렇게 장시간 하늘에서 체류하려면 몸을 가볍게 만드는 무공을 익혔어도 내공의 소비가 이만저만이 아니었다. 그렇다면 힘은 속도와 무게에서 나와주는 것이므로 공격은 포기를 해야 했다.

무게가 없으면 속도도 없다. 하지만 노파는 그런 법칙을 깡그리 무시하고 강력한 공격을 내리꽂았다.

"풍류무영 제이초 선무결!"

순간 박린의 몸이 길게 늘어났다.

파파파팡!

박린은 풍류무영을 펼쳐서 계속 늘어났다.

파파파팡!

박린의 잔상을 때리는 노파의 공격도 계속되었다. 삽시간에 온 북진 평원이 박린의 그림자와 노파가 피워 올린 흙먼지로 뿌옇게 변했다.

파파파팡!

달리면서 박린은 생각했다.

'이렇게 맞아야 할 만큼 내가 잘못한 걸까?'

답은 떠올라 주었다.

세상의 가부(可否)는 이중적인 구조다.

공의(公義)로 판단하는 가부와 개인적으로 판단하는 가부.

공의로 판단하는 가부와 개인적으로 판단하는 가부는 어떤 면에서는 사뭇 달랐고, 또 어떤 면에서는 다르지 않았다.

공의를 아는 자에게는 공의로 판단되는 가부가 편했고, 불의를 행하는 자에게는 개인적으로 판단되는 가부가 편했다.

'그렇다면 저 노파는 어떤 가부로 나를 때리는 것인가?'

파파파팡!

파파파팡!

박린은 내심 웃었다.

저 노파는 박린 자신과는 아무 상관 없었다.

오직 스승님과 상관이 있을 뿐이었다. 그렇다면 저 노파는 스승과 자신에게로 죽 이어진 인연의 줄을 두들기고 있는 것이다.

스승님은 공의를 아는 분이셨던가?

답은 금방 떠올라 주었다.

스승이기 때문에 금방 떠올라준 게 아님을 박린은 알고 있었다.

스승님께서는 종종 말씀하셨다.

"힘을 가진 자의 공의란 쓸데없이 거대해지기 쉽다. 하지만 자세히 살펴 보거라. 그런 자들이 부르짖는 공의의 중심에는 언제나 그들 자신이 있다. 공의는 그런 것이 아니다. 공의의 중심에 있어야 할 것은 그들이 아니라 그들이 위하는 무엇이어야 한다."

박린은 몸을 세웠다.

그리고 막 머리 위로 쏟아져 내리는 불덩어리들을 향해 요광은정도를 쳐들었다. 순간 팔황봉미향라결이 등골을 타고 위로 치솟아올라 와서 요광은정도를 황금빛으로 물들였다.

"봉황만리(鳳凰萬里)!"

태양과도 같은 빛을 뿜어내며 요광은정도가 허공에 커다란 원을 그렸다. 그 원 안으로 노파, 청성존자가 내리꽂은 불덩어리들이 빨려 들어왔다.

다음 순간 믿을 수 없는 일이 벌어졌다.

까아악—

원의 중심에서 새의 빨간 아가리가 생겨나서 불덩어리들을 모조리 삼켜 버린 것이다. 불덩어리들을 삼킨 아가리는 이내 위로 치솟아오르며 그 황홀한 몸체를 드러냈다.

용의 그것처럼 시뻘겋게 빛나는 눈알, 몸을 뒤덮은 황금 깃털, 지평을 온통 덮어버릴 듯 거대한 날개……

바로 봉황이었다.

—린아! 이 팔황봉미향라결은 어느 정도 단계에 이르면 봉황을 만들

어낸다. 팔황봉미향라결의 구체적인 정화이지.

"헛!"

청성존자는 헛바람을 삼켰다. 자신이 거푸 쳐낸 섬탄기를 남김없이 흡수하며 솟구친 봉황이 바로 코앞까지 당도한 것이다.

그녀는 자신을 삼키려 드는 봉황을 피해서 얼른 몸을 비틀었다.

파라라락—

눈부신 소용돌이가 그녀를 중심으로 생겨나 봉화의 깃털을 휘어 감았다. 그녀는 자신의 풍압에 밀려서 스러지는 봉황을 보며 뇌까렸다.

"이건 눈을 속이기 위한 사술이다!"

저 새파란 애송이가 이 정도까지 거대한 내공을 내뿜을 수는 없었다. 그녀가 알기로 내공은 세월과 비례하는 것이었다. 세월이 깊어질수록 근력은 떨어지고 내공은 증가해서 서로의 균형을 맞춘다. 젊을 때는 정반대였다. 근력이 붙어서 부족한 내공을 보완해 주는 것이다.

"흥!"

청성존자는 자신의 풍압에 밀려 거의 다 스러져 버린 애송이의 봉황을 무시하고 수직 낙하했다. 땅에 떨어져 내린 그녀는 흙먼지를 뒤집어쓴 녀석에게 한마디 했다.

"젊은 놈치고 재주가 무척 좋구나!"

"그렇소?"

녀석이 손가락으로 볼을 긁으며 웃었다.

"하하핫! 그런 말씀은 이제 식상하오."

"으?"

"여기저기서 하도 많이 들어서 말이오. 험험. 노인장이라면 그동안 살아오신 세월이 만만치는 않을 터인데… 겨우 그런 식상한 말이나 주절거려서야 어디 이 선비를 감동시킬 수 있겠소?"

녀석이 두 손을 조금 벌리며 고개를 옆으로 기울였다.

녀석은 정말 굉장히 안타깝다는 표정이었다.

청성존자는 분노가 치솟았다.

"이놈이!"

순간 그녀가 안고 있는 금성목이 파르르, 몸체를 떨면서 기이한 소리로 울었다.

찡찡—

금성목은 그녀의 수호목이었다. 뭔가가 잘못되었다는 걸 깨달은 그녀의 얼굴이 하얗게 질렸다.

녀석은 지금 빈손! 마병인 요광은정도의 행방이 묘연했다.

그제야 청성존자는 봉황의 정체가 과연 무엇인지를 깨달았다.

"이런!"

"하하!"

녀석은 조금 올렸던 두 손을 이미 합친 상태였다.

다음 순간 하늘과 지평을 한 줄로 잇는 쇳소리가 들려왔다.

쇄애액—

"아아……."

청성존자의 눈이 절망으로 물들었다.

파쾅!

제3화 난투(亂鬪)
난잡하게 투쟁하다

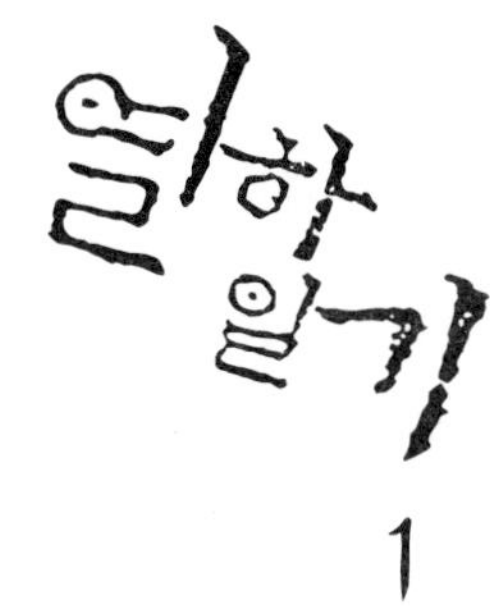

산해관(山海關).

관(關)이란 산과 바다 사이에 있는 문이란 뜻이다.

이곳은 일찍부터 중요한 군사 기지로 금(金)나라 때까지 천민진(遷民鎭)으로 불렸다. 명조가 이곳의 군사적 중요성을 인식해서 성을 쌓고 군대를 주둔시킨 것은 지금으로부터 백 년 전이었다.

당시엔 산해위(山海衛)라고 불렸지만, 세월이 흐르면서 군대의 숫자도 불어나고 이름도 산해관으로 굳어졌다. 이 관문의 밖을 크게 관외, 안을 관내로 지칭한다.

"어험."

박린은 산과 들을 휘어 감으며 끝이 보이지 않을 정도로 길게 이어진 만리장성을 바라보았다.

대국이라서 그런지, 축성 방식이 조선과는 달리 매우 세련되어 보인

다. 네모 반듯한 벽돌로 쌓은 방식은 조선에서라면 꿈도 못 꾸는 일이
었다.

박린은 한탄하지 않을 수 없었다.

"봉황성에서도 느낀 것이지만, 참으로 안타깝도다. 이런 선진 문물
을 보면 제 나라의 낙후한 꼴을 생각하고, 얼른 제 나라로 가져가야 하
거늘, 조선엔 이런 문물이 있다는 것조차도 알지 못한다. 그럼 그 많은
조공을 지니고 이곳을 들락거린 조선 벼슬아치들은 다 장님이었단 말
인가?"

한탄을 끝내면서 앞을 보니 산해관이란 편액이 걸린 성루 위엔 기치
창검이 삼엄하게 늘어서 있고, 아래에서는 검문이 철저했다.

증명이 없거나 수상한 사람은 일단 성벽 아래 줄을 쳐놓은 공간에서
몸수색을 철저히 당한 다음, 수상한 물건이나 병기를 휴대하지 않은 사
람만 통과시킨다. 수상한 물건을 지녔거나 병기를 휴대한 사람은 그
자리에서 포박되어 어디론가로 끌려간다.

"으?"

화노가 눈을 크게 떴다.

위병들이 성벽에 붙여놓은 여러 범죄자들의 용모파기에서 낯익은
몇몇의 얼굴과 설명을 본 것이다.

"어라?"

"잉?"

"으음?"

용모파기를 본 일행 역시 어리둥절한 표정을 지었다.

"어험."

박린은 우선 조선 양반 특유의 갓을 쓰고 도포를 입은 청년의 용모

파기를 본 다음에 그 아래 쓰여져 있는 설명을 찬찬히 읽어보았다.

　　박린(朴鱗) 당 이십오 세(當二十五歲).
　　죄명(罪名):반역도배(反逆徒輩) / 소주혈사의 원흉이자 만고역적인 천변귀수 하요광의 제자[蘇州血事 元兇萬古逆賊 千變鬼手 何遼光 弟子]. 현상금(懸賞金):은 십만 냥(銀 十萬量)

　　그 옆에는 면사를 쓴 낭자가 그려져 있다.

　　연연(燕燕) 당 이십 세(當二十歲).
　　죄명(罪名):반역도배(反逆徒輩) / 황상시해미수범(皇上弑害未遂犯). 현상금(懸賞金):은 십만 냥(銀 十萬量)

　　박린은 어이가 없어서 연연을 바라보았다. 면사 안에 들어 있는 연연의 눈이 심하게 흔들렸다. 그녀는 입술을 질끈 깨물고 있었다. 진청자도, 광불도, 곽파도 할 말을 잃어버린 눈치였다.
　　"케헴."
　　화노가 나섰다.
　　"이것들이 아주 발악을 해대는구먼. 이젠 군대까지 동원한 모양이로세?"
　　장작빈의 얼굴이 새파랗게 질렸다.
　　용모파기의 맨 하단부에 그려진 자신의 얼굴을 본 모양이었다.
　　"형님! 저, 저기……."
　　"으? 어디 보자… 헴헴."

화노가 장작빈이 가리킨 부분을 보았다.

이내 되돌아온 그의 눈이 장작빈을 위아래로 쓸어 내리며 매우 못마땅한 표정을 담았다.

"헴헴, 철면신투는 천하에서 제일 못된 도둑놈이라고 적혀 있네. 근데 얼굴이 영 아니야? 저기 용모파기에 그려놓은 얼굴이 훨씬 더 잘생겼는걸? 좌우단간 좋겠다, 유명해서."

"에, 에헴."

장작빈이 손으로 얼굴을 가리며 일행들 틈으로 모습을 감췄다.

"후유—"

장작빈은 덩치가 큰 웅녀 뒤에 숨어서 한숨을 내쉬었다.

사람들이 많이 지나다니기에 망정이지, 만약 그렇지 않았다면 저 앞에서 검문을 하는 위병들에게 발각당했을 수도 있었다. 문루 위에서 아래를 내려다보고 있는 위병들에게는 이미 발각당했을지도 몰랐다.

"일단 갑시다!"

박린은 일행을 데리고 산해관과 멀찍이 떨어진 객잔으로 걸음을 옮겼다. 늦은 아침을 먹는 척하면서 산해관을 통과할 방법을 알아볼 생각이었다.

어슬렁어슬렁.

사람들이 박린과 일행을 힐끔거리면서 지나갔다.

사람들은 지금 자신들을 지나친 조선인이 용모파기에 그려진 그 조선인인 것을 전혀 눈치채지 못했다.

"어험."

박린은 어느새 갓을 벗고 대신 사냥꾼이 사용하는 담비피로 만든 머리띠를 둘렀으며 '천 번이나 변하는 귀신의 손' 이라는 천변귀수의 제자답게 즉각 차림과 얼굴도 변화시켰다. 수염을 꺼내 붙였고, 담비피로 만든 투수(套袖)와 역시 담비피로 만든 각반(脚絆), 넓은 허리띠를 착용해서 사십대의 흔하디흔한 사냥꾼으로 위장한 것이다.

객잔은 장소가 좋은 덕분인지 어중간한 시각인데도 만원이었다.

일행은 음식 몇 가지를 시켜놓고 객잔 뒤편 객사에 앉아 관문을 통과할 묘책을 상의했다.

*　　　　　*　　　　　*

우기장군(右旗將軍) 백학량(白鶴亮)은 최근에 이 산해관으로 발령을 받았다. 올해 겨우 스물여덟 살인 그가 벌써 정사품을 넘어서 이렇게 장군의 반열에 오른 것은 벼락출세였다. 하지만 그는 이 벼락출세를 무척이나 당연하게 생각했다.

그는 무과를 거친 장수가 아니었다.

의부가 환관인 덕분으로 무과도 거치지 않고 병부에 특채돼 황궁에서만 근무했던 것이다.

"철저히 몸수색을 해라. 병기를 가진 놈은 무조건 포박해서 위청(衛廳)으로 압송해!"

그는 사람들을 보며 병사들에게 소리쳤다.

사람들은 대부분 성 밖에서 농사나 사냥으로 삶을 꾸려 나가는 야인들이 거지반이었다. 그들은 야인 특유의 이상한 머리 모양과 알록달록하면서도 남루하기 짝이 없는 옷들을 걸치고 돼지들처럼 꾸역꾸역 몰려들고 있었다. 자질구레한 물건들을 이고 진 그들의 몸에선 지난여름에 흘렸던 땀 냄새가 고스란히 났다.

"에이, 짐승 같은 놈들!"

백학량은 고개를 설레설레 흔들었다.

물이 부족한 건 관내나 관외나 마찬가지니까 씻는 것이 무척 고역이라는 건 알지만, 그래도 연경은 각종 향을 뿌려서 몸 냄새를 최대한 억제한다. 그런데 여기는 아니었다.

돼지와 닭을 많이 기르는 특성 때문인지는 몰라도, 사람들에게선 돼지 냄새와 닭똥 냄새가 진동했다.

"어서 임무를 마치고 연경으로 올라가야지 원."

그가 이곳에 임지를 받은 것은 다른 장수들처럼 야전 경험을 쌓기 위해서가 아니었다. 그러므로 다른 장수들이 그러하듯 어느 정도 세월이 흘러야 떠날 수 있는 조건과는 상당한 거리를 두고 있었다. 그는 성벽에 붙어 있는 용모파기를 바라보며 이를 악물었다.

"박린… 본장이 널 기필코 잡으마!"

그의 임무는 바로 박린과 그 추종 세력을 산해관에서 잡는 것이었다. 그건 그가 황궁을 떠나오기 직전에 들른 사례감의 요구였다. 병필 태감 유근의 손발인 그 환관은 고양이와 비슷하게 생긴 짐승의 털을 손질하면서 이렇게 말했다.

"장군. 놈은 봉성과 성경, 북진을 거쳐서 반드시 산해관으로 올 겁니다. 그러니 놈을 반드시 잡아 죽이라는 합하의 명이십니다. 잡아 죽이지 못한다면 그 자리에 붙들어놓기라도 하시랍니다. 명심하세요, 장군. 이 임무에 장군의 장래와 목숨이 달려 있습니다!"

백학량은 피처럼 붉었던 환관의 입술을 지워내면서 눈을 가늘게 뜨

고 사람들을 살펴보았다. 바보가 아닌 다음에야 놈은 용모파기와 같은
모습으로는 절대 나타나지 않을 게 분명했다.

사람들을 살피며 그는 박린이란 자의 죄명을 약간 의아하게 생각했
다. 반역도배라면 설사 그 반역도배가 벼슬아치가 아니라 민란을 일으
킨 초적이라도 자신이 이름을 들어보지 못했을 리 없었다. 그런데 사
례감에서 처음 들었다.

그렇다면 저 용모파기 속에 있는 박린은 향촌에 숨어 반란을 모의하
다가 발각되어 도주한 자이거나, 아니면 사례감에서 자신들의 적으로
판단했다는 소리였다.

"뭐, 어쨌거나……."

백학량은 떠오른 의문을 지워 버리고 사람들을 보는 데만 온 정신을
쏟았다. 지금은 반드시 죄를 지어야 죄인이 되는 세상이 아니었다. 죄
를 지었어도 죄인이 안 될 수 있고, 죄를 안 지었어도 죄인이 될 수 있
는 세상이었다.

죄의 유무를 판단하는 잣대는 대명률이 아니라 금전의 있고 없음이
었다. 형량을 결정하는 것 역시 죄질이 아니라 금전의 많고 적음이었
다.

백학량은 그걸 본능적으로 아는 장수였다.

그는 국경을 침범한 야인의 모가지 백 개를 잘라서 바친 장수보다는,
병사들의 고혈을 짜서 만든 은 백 냥을 바친 장수가 더 유능하다는 평
가를 받으며 승승장구한다는 걸 잘 알고 있었다.

"미친놈들!"

백학량은 그런 간단한 이치를 알지 못하고 평생 변방을 미련스럽게
떠도는 일부 머리 나쁜 장수들을 비웃었다. 그런 장수들의 대표적인

인물이 바로 봉성장군이자 요동도지휘첨사인 장약기였다. 위인이 오죽 못났으면 이런 비교적 넉넉한 변방도 아닌 당장 칼과 화살이 날아오는 최전선 변방만 전전한단 말인가?

그러니까 박린이란 놈을 놓쳤겠지.

백학량은 알고 있었다.

연경에서 자신과 같이 출발한 두 명의 환관 중 하나가 지금쯤은 장약기가 있는 봉성에 도착했을 것이라는 걸.

장약기는 보나마나 파면에 귀양이었다.

황상이 바뀌고, 그렇게 바뀐 새 황상이 어느 날 문득 장약기란 장군이 있었다는 걸 떠올리지 않는 한 장약기는 자신이 이때까지 복무했던 변방보다 더욱 참혹한 귀양지에서 늙어죽는 수밖에 별다른 도리가 없었다.

"하하하!"

백학량은 웃었다.

장약기를 생각하자 그냥 웃음이 터져 나왔다.

간신히 웃음을 지워낸 그가 다시 눈을 가늘게 떴다.

어슬렁어슬렁.

지금 막 성문으로 다가온 자들을 보자마자 황궁에서 눈치로만 살아온 감각이 파르르― 떨린 것이다.

"정지시켜라!"

휘하 병사들에게 지시를 내린 그가 그들에게 다가갔다.

그들은 모두 일곱 명이었는데, 언뜻 보기에는 한족 사냥꾼 한 명과 야인들로 이루어진 몰이꾼들 여섯 명이었다. 문제는 사냥꾼이 활이 아니라 병풍을 지고 있다는 것이었다.

백학량은 사냥꾼에게 직접 물었다.

"너는 어디 사는 누구냐? 어디서 오는 길이며, 어디로 가는 길이냐?"

그러자 눈매가 아주 시원스럽게 생긴 사냥꾼이 탐스러운 수염을 쓸어 내리며 대답했다.

"알 필요 없소이다!"

"뭐?"

백학량의 눈에서 불이 확 일어났다.

사냥꾼은 백학량이 그러거나 말거나 몰이꾼들을 데리고 안쪽으로 걸어 들어갔다. 백학량의 휘하 병사들도 어안이 벙벙한 표정으로 사냥꾼과 몰이꾼들이 자신들 앞으로 걸어오고 있는 모습을 바라보았다.

어슬렁어슬렁.

"이런 괘씸한 놈들!"

백학량은 재빨리 뛰어와서 장검으로 사냥꾼을 막았다.

그리고 어리벙벙해진 휘하 병사들을 모두 불러서 사냥꾼과 몰이꾼들을 에워쌌다. 덕분에 사냥꾼과 몰이꾼들 바로 뒤에서 다음 차례를 기다리던 마차가 검문도 받지 않고 그냥 성문을 통과해서 안으로 들어갔다.

그 뒤에 있던 늙은이 몇 명, 그리고 장정들도 안으로 들어갔다.

우르르―

그들의 뒤를 다른 사람들이 따라 들어갔다.

하지만 백학량은 그런 사소한 것에까지 신경 쓸 여유가 없었다.

나는 새도 떨어뜨린다는 사례감의 명을 받고 파견된 장군을 감히 능멸한 이 건방진 사냥꾼 녀석을 어떻게든 엮어서 반쯤은 죽여놓을 생각이었다.

그가 휘하 병사들에게 소리쳤다.

"여봐라, 이놈들을 당장 포박해라!"

병사들이 포승을 쥐고 달려들어도 눈매가 시원한 사냥꾼 녀석은 태연했다. 사냥꾼 녀석이 천천히 한 손을 들어서 병사들을 세웠다. 그런 다음 백학량을 바라보며 빙그레 웃었다.

"장군."

"……!"

"장군께서는 사례감을 우습게 보시오?"

"뭐, 뭐?"

백학량의 눈이 커졌다.

사냥꾼이 나직하게 말을 이었다.

"감히 사례감으로 들어가는 물건의 길을 이렇게 막아서 드려보는 질문이오. 장군께서 대답을 하지 않으시면 본인은 당장 사례감으로 전서구를 날려 장군의 고하를 한번 여쭈어볼 생각이오."

사냥꾼의 말이 끝나자 겁을 잔뜩 집어먹은 병사들의 시선이 백학량의 입술에 달라붙었다.

백학량도 제정신이 아니었다.

'사, 사례감이라고!'

의부가 속한 사례감에서 파견되었기에 사례감이라면 누구보다도 많이 알고 있는 그였다. 하지만 팔호(八虎)라고 불리는 여덟 명 사례감의 최고 세력자들이 전국 각지에 뿌려놓은 연줄까지 다 알 순 없었다.

그가 아는 것은 팔호의 바로 아래 직급에 봉직하는 의부와 의부의 동기들, 그들의 주변에서 일어나는 일이었다. 그들의 말에 의하면 명조의 조정과 군권, 감찰권을 깡그리 틀어쥔 그들 팔호는 중앙뿐 아니라 변방과 야인들에게까지 손을 뻗쳐서 닥치는 대로 뇌물을 거둬들이고 있었다.

"귀공께선 사, 사례감 소속이시오이까?"

백학량은 일단 공손하게 물어보았다.

사냥꾼이 대답했다.

"천하만물이 다 사례감의 것인데… 소속이라니요? 당치 않소이다. 본인은 다만 사례감과 작은 인연이 있을 뿐이라오."

"으음."

사냥꾼의 얼굴이 삼엄했다.

"과연 옳은 말이오."

백학량이 고개를 끄덕이자 사냥꾼의 입매에 언뜻 비웃음 같은 것이 스쳤다가 사라졌다. 백학량은 사냥꾼이 짊어진 병풍이 못내 신경이 쓰였다.

"보아하니 꽤 오래된 병풍인 것 같은데……."

"어험."

"귀공께선 아마도 그걸 사례감에 바치러 가시는 모양이오? 본장이 알기로 사례감의 팔호들께서는 고서와 고화, 기물들을 무척이나 좋아하신다고 들었소만? 병풍은 금시초문이라서……."

"길이나 비켜주시오!"

사냥꾼의 당당한 요구에 병사들이 길을 열었다.

백학량도 더는 뭐라고 붙잡을 명분이 없었다. 뭔가 수상하게 보이는 건 사실이었지만, 병풍은 사례감으로 가는 물건이었다. 감히 병풍을 펼쳐 보자고 할 용기가 나지 않았다.

"어흠."

백학량은 어슬렁거리며 멀어지는 사냥꾼을 멍하니 바라보았다. 그런 다음에 고개를 돌려 사냥꾼의 종자들이 분명한 몰이꾼들이 지나가는 것을 또 유심히 살펴보았다.

몰이꾼들은 형제처럼 닮았는데 하나같이 보통 인상들이 아니었다. 험악한 외모로만 보면 불학무식한 야인들 같고, 또 위세당당한 걸음걸이들을 보면 대갓집 문간을 지키는 종자들도 같았다.

"제기랄!"

백학량은 입맛이 썼다. 종놈들인 주제에 장군에게 목례도 없이 지나가다니. 건방진 놈들이었다.

"하기는 유 태감집 똥개가 정승보다 더 높으니까."

백학량은 서둘러 병사들을 지휘해서 성문을 막았다.

쓸데없는 일에 신경을 빼앗겨 사례감에서 내린 임무를 잠시 망각했다. 그걸 확인이라도 하듯 야인들과 한인들, 조선인들이 꾸역꾸역 몰려들고 있었다.

"철저히 뒤져라!"

하지만 그는 자신과 병사들이 사냥꾼과 몰이꾼들에게 집중하고 있을 때, 느긋하게 성문을 통과한 한 대의 마차와 늙은이들, 그리고 몇 사람을 까맣게 잊고 있었다.

2

성문을 통과했다고 안심하기에는 아직 일렀다.

안의 저잣거리에도 병사들이 삼삼오오 흩어져서 점방과 객잔들을 철저히 수색하고 있었다. 병사들 중의 한 무리가 마차로 다가왔다.

“어떡해!”

마차 안에서 연연은 침을 삼켰다.

물론 연녹빛 세상으로 간단하게 처리할 수 있지만, 문제는 이 병사들만이 아니었다. 저잣거리를 돌아다니는 사람들의 수백 배에 달하는 병사들이 마차 주위를 얼씬거리고 있는 것이다. 그렇게 수색에 동원된 병사들의 숫자가 일천 명은 넘어 보였다.

“안에 뭐가 있소?”

마차를 에워싼 병사들 중 수령으로 보이는 자가 마부석의 진 노야와 곽파에게 물었다. 둘이 대답을 궁리하고 있는 동안에 말고삐를 말아 쥐고 노복으로 위장한 광불이 퉁명스럽게 대꾸했다.

“알아서 무엇 하게?”

“뭐요?”

수령인 듯한 자를 중심으로 병사들이 다가왔다.

모두 다섯 명이었다. 그들은 마차를 기웃거리다가 마차 뒤에 서 있는 웅녀를 보고는 눈들을 동그랗게 떴다.

“미, 믿을 수 없는 덩치다!”

“저게 과연 여인네냐?”

그 말을 들은 웅녀가 분통을 터뜨리려는데, 먼저 나선 사람이 있었다.

“네 이놈들!”

그는 바로 요양휘였다. 그는 지금 육도를 매달고 다니는 자신의 처지도 까맣게 잊고 옛날 대도독부에서 벼슬살이하던 시절의 기세로 병사들을 꾸짖었다.

“천병으로서 감히 여인네를 희롱하다니! 그러고서도 네놈들이 천병

이랄 수 있느냐! 당장 네놈들 상관의 이름을 대라. 바로 직보해서 네놈들의 엉덩이에 곤장을 안겨줄 것이다!"

"아니, 저게?"

산해관 우기 소속 소기(小旗:분대장) 호문방(湖文芳)은 어이가 없었다. 호통 친 녀석을 보니… 육도를 두 자루나 매달고 있는 게 관외 어디에서 숙수질을 하다가 관내로 들어온 모양이었다.

"야! 저 새끼 묶어!"

호문방은 수하들에게 소리쳤다. 건방진 새끼 같으니. 숙수 주제에 감히 천병 운운하며 나를 닦아세워?

우르르―

병사들이 달려들어서 요양휘를 에워쌌다.

"어?"

정작 기가 막힌 사람은 요양휘였다. 명령을 내린 녀석이 쓴 투구의 표식을 보니 직급이 가장 말단인 소기다. 소기 주제에 감히 대도독부 부위에게 욕설을 하다니.

"네 이놈!"

요양휘는 눈을 부릅떴다. 그리고 자신이 대도독부 부위임을 밝히려고 했다. 하지만 밝히면 그 즉시 이 재미있고도 의로운 여행은 끝이었다. 부위임을 증명할 표식이 없는 이상 벼슬 참칭의 죄명이나 뒤집어쓸 게 뻔했다.

"순순히 포박을 받거라!"

잔뜩 굳은 얼굴로 병사들이 다가왔다.

그제야 요양휘는 자신이 괜히 나섰음을 후회했다.

그렇다고 육도를 빼 들어 병사들과 싸울 형편이 아님은 그가 더 잘 알고 있었다. 주변을 둘러보니 호기심을 느낀 다른 병사들까지 이쪽으로 몰려오고 있었다.

"제길!"

요양휘가 진땀을 흘리며 어쩔 줄을 모르자 웅녀가 참지 못하고 절굿공이를 잡았다. 그녀는 병사들과 싸우면서라도 박린이 올 때까지 버틸 작정이었다. 뭐가 어찌 됐든 박린이 온다면 이 난감한 상황이 변할 수도 있었다.

"아니, 저년이?"

쨍쨍쨍!

웅녀의 움직임을 본 병사들도 일제히 병기들을 빼 들었다.

병사들이 빼 든 병기는 변방답게 궐수도와 일월도가 주종이었지만, 장창도 있었다.

"일단 먹어라, 이년아!"

피잇—

장창이 웅녀를 향해 새하얀 선을 그리면서 날아왔다.

웅녀는 몸을 회전시키면서 손을 내밀어 장창을 움켜잡았다. 그러나 장창은 잡히지 않았다. 뒤에서 날아온 무언인가가 장창을 후려쳐서 창날의 궤적을 비틀어 버린 것이다.

깡!

그는 야소였다.

야소는 두건을 벗으면서 톨레도 검을 거두었다.

"뭐야, 저놈은?"

"글쎄?"

"색목인이잖아?"

야소가 성큼 나서서 웅녀의 앞에 섰다.

야소는 소매에서 동그란 목패를 꺼냈고, 별말도 없이 그 목패를 소기 호문방의 눈앞에 들이밀었다.

봉성내군좌익참장 야소(鳳城內軍左翼參長 耶蘇)!

목패를 본 호문방이 하얗게 질렸다.

그는 그렇잖아도 야소가 두건을 벗는 순간 저자가 혹시 봉황성주 장약기 장군의 휘하에 있다는 색목인 야소가 아닐까, 하고 생각했었다. 그만큼 요동에서 색목인의 존재는 귀했고, 그 때문에 오고 가는 전령을 통해 들은 말로 야소를 알고 있었던 것이다.

"나, 나으리!"

호문방은 얼른 장검을 거두고 포권을 취했다.

소속은 다르지만 봉성내군좌익참장이면 요동 군직 서열 이위인 요동도지휘첨사 장약기의 왼팔이었다.

"길을 터라!"

야소는 점잖게 말했다.

그에 대한 추가 설명은 장작빈이 대신했다.

"에헴. 이런 괘씸한 놈들! 당장 길을 트지 않고 무얼 하는 게냐? 이 마차로 말할 것 같으면 장약기 장군께서 연경으로 올려 보내는 마차이다. 봉성에서 맞으신 두 번째 부인께서 타고 계신다는 말씀이지. 당장 비켜!"

"아, 그렇습니까?"

호문방은 순순히 길을 터주었다. 장수들이 임지에서 얻은 첩이나 재산을 이런 식으로 본집으로 이동시키는 건 관례였다.

"후우—"

연연은 마차 안에서 가슴을 쓸어 내렸다.

하지만 넘을 고비는 아직도 남아 있었다.

마차가 구르기도 전에 옆에서 아주 가느다란 목소리가 흘러나왔다.

"장약기 장군께서 얻으신 두 번째 첩이 타고 계시다고?"

얼렁뚱땅 말을 둘러댄 장작빈에게 한번 웃어준 화노의 표정이 딱딱하게 굳었다. 마부석에 앉아 있는 진청자와 곽파의 표정도 마찬가지였다.

"장약기 장군이 그렇게나 많이 변하셨나?"

새로 나타나서 앞을 막은 자는 쓰고 있는 관이나 옷을 보지 않아도 환관임을 알 수 있게 얼굴이 하얗고 입술이 유난히 붉었으며 수염이 없었다. 일행은 이자의 정체를 모르고 있었지만, 이자가 바로 우기장군 백학량과 같이 내려온 두 명의 환관 중 한 명인 양소(梁蘇)였다.

"본인이 마차 안을 확인해 봐야겠오이다."

도부수(刀斧手)들로 구성한 철갑병 오십여 명을 뒤에 거느린 그가 꽃물 들인 것처럼 붉은 입술을 비틀었다.

그는 팔호 중 병부를 총괄하는 곡대용(谷大用)의 수족으로서 장약기의 고지식한 성격을 잘 아는 환관이었다. 때문에 장약기란 위인은 절대 첩을 들일 성격이 아님을 단언하고 있었다.

그렇다면 저 마차 안엔 과연 무엇이 들어 있을까.

성경에 있는 요동도지휘첨사에서 사례감으로 올린 보고에 따르면 장약기는 연연과 그녀의 일행을 잡았다가 놓쳤다는 것이다.

그걸 사례감에서는 놓친 것이 아니라 놓아준 것이라고 판단을 내리고, 장약기에게 그 책임을 물을 환관을 파견했다.

그 환관은 장약기의 파직서를 지니고 있었고, 그 파직서는 귀양 명령서이기도 했다. 동시에 산해관에도 환관을 파견했다.

그가 바로 지금 나타난 양소였다.

"아시겠지만… 지금은 상황이 매우 좋지 않소."

양소는 야소를 훑어보며 야릇한 미소를 지어 보였다.

"박린이란 반역도배가 연경을 향해서 서진 중이오. 뿐만 아니라 연연이란 황상시해미수범도 서진 중이란 첩보가 있었소. 해서 사례감 윗전 분들께선 현재의 사태를 아주 엄중히 판단하시고, 이 두 연놈을 반드시 잡아 척살하시고자 특별히 본인을 파견했소."

"끄음. 그것과 우리가 무슨 상관이 있소?"

야소가 따지자 양소의 웃음이 더욱 야릇해졌다.

"물론 상관이 없지요. 장약기 장군이라면 군공이 매우 높은 분이시고, 황상께 몸과 마음을 다 바쳐 충성을 하시는 분이 아니오? 그런 분께서 박린이란 반역도배와 연연이란 황상시해미수범을 저 마차에 숨기실 리가 없질 않습니까?"

"끄음."

"하나… 저 하늘의 해는 만물에게 두루 평등한 법이오. 장약기 장군이라고 해서 황상께서 세우신 법을 피해 갈 수가 없다, 이 말이외다. 본인은 사례감 윗전으로부터 지위의 고하를 막론하고 철저히 수색하라는 명령을 받았소. 하니 그대들이 진정 장약기 장군의 식솔들이 틀림없다면 본인이 말하기 전에 자진해서 기꺼이 조사를 받아야 당연하다 할 것이오."

양소의 고개가 철갑병들에게로 돌아갔다.

"마차와 사람들을 철저히 뒤져라!"

"명!"

철컹철컹철컹.

철린을 위압적으로 흔들며 철갑병들이 다가왔다.

"참게나!"

진청자는 막 손을 쓰기 직전인 광불을 말렸다.

산해관을 지키는 병력은 최소한 삼만, 그들과 일전을 겨룬다면 결과는 뻔했다. 불어난 일행을 다 건사할 수도 없을뿐더러, 요행히 몸을 살려 산해관을 탈출했다고 해도 소용없는 일이었다.

산해관에서는 앞으로 파발을 날리는 것과 동시에 뒤를 쫓을 것이고, 파발을 받은 각 군영에서는 앞을 막아설 것이다.

그렇게 되면 당장 수십만의 대군을 맞닥뜨리는 상황이 된다.

그렇다고 마차를 수색하게 할 수도 없었다.

문제는 연연이 가진 연녹빛 눈이었다.

양소란 환관 녀석은 연연의 용모파기에 나와 있지 않은 연연의 특징을 알고 있을 것이다.

'어떡한다?'

광불을 봐도, 곽파를 봐도 딱히 떠오르는 해결책이 없었다.

진청자는 지금 마차 안에서 오들오들 떨며 두려워하고 있을 연연을 생각했다. 철갑병 중의 하나가 말고삐를 쥐고 있는 광불에게 손을 내밀었다.

"말고삐를 내놓아라!"

"뭐라고?"

광불은 분통이 터지다 못해 어이가 없다는 표정이었다.

"어서 내놓으라니까!"

철갑병은 완강했다.

진청자는 광불에게서 고삐를 빼앗아 철갑병에게 넘겨주었다.

그러자 철갑병이 손을 들었고, 그걸 신호로 다른 철갑병들이 우르르— 몰려들어 마차와 일행들을 에워쌌다.

"감히!"

"참아!"

벌떡 일어선 곽파에게 진청자가 전음을 날렸다.

곽파는 멍한 표정으로 진청자를 바라보았다.

"일단 참아보세!"

수색을 당하는 수밖에 별 뾰족한 수가 없다는 소리였다.

곽파는 입술을 깨물었다. 영하에서 연연을 만난 이후 최대의 위기였다. 삼 년 동안의 노력, 아니, 평생 동안 간직했던 이상이 물거품이 되는 걸 바라보고 있을 수 없었다.

"말코, 난 여기에 뼈를 묻을 생각이네."

곽파는 진청자에게 전음을 날렸다. 그러자 진청자의 대답이 들려오기도 전에 어떤 미세한 울림이 마음 저 아래에서 일어났다.

―파파!

연연의 목소리였다.

곽파는 흠칫 놀라 마음을 가라앉혔다.

―소녀가 어떻게 해볼게요.

철갑병, 용양군(龍陽軍) 제사조 조장은 사마붕(司馬崩)이었다.

조당 이십 명씩, 총 백 개 조로 구성된 용양군은 산해관 최정예다. 용양군은 산해관의 주류인 보군이 아니라 돌격을 위한 철기병들이었다. 자연히 개개인이 지닌 능력을 인정받아야 용양군이 될 수 있다.

사마붕은 유성추를 휘휘 돌리며 마차로 다가갔다.

마차는 요동에서 흔히 볼 수 있는 우마가 아니라 제대로 된 마차였다. 하긴 뭐 장약기 장군의 첩실이라면 이런 마차를 타는 게 당연한 게지, 라고 생각할 때만 해도 그는 다음에 벌어질 사태를 전혀 짐작도 못했다.

"험험! 실례하겠소이다, 부인!"

마차의 문고리를 잡은 순간, 사마붕은 뭔가 아주 기이한 목소리를 들었다. 귓전을 스쳐 간 목소리는 아주 짧았고 선명했다.

사마붕은 뒤를 돌아보았다.

"왜 그래?"

"뭐야?"

동료들이 그를 보며 이상한 표정을 지었다.

"아, 아무것도 아니야."

사마붕은 다시 문고리를 잡았다.

그러자 조금 전에 들렸던 목소리가 또 들려왔다.

─먼저 가서 기다리고 있을게요.

사마붕은 얼굴을 일그러뜨렸다.

하필이면 이런 때, 왜 하필이면 그 목소리가 떠오른단 말인가?

그의 고개가 떨어졌다.

목소리와 함께 금주(錦州)에 주둔하고 있었던 시절… 하도 오래돼서 기억이 바래졌지만, 어쨌든 봄날의 구릉처럼 아름다웠고 여름날의 햇빛처럼 강렬했던 청춘의 한때가 스쳐 지나간 것이다.

당시 그는 군대 초년병이었다. 그는 굉장히 지쳐 있었다.

글방에서 배운 정의와 협의는 소위 성현이라는 자들과 글방 선생의 공허한 넋두리에 지나지 않음을 알았고, 세상 위에 군림하는 거대한 탐욕과 아집에 절망했다.

그래서 도망치듯 군대를 택했다. 그러나 군대도 마찬가지였다.

그는 반복되는 고된 훈련과 잦은 매질로 예전의 고뇌를 잊고 점점 단순한 인간이 되어갔다.

그때 만난 여인이 바로 사향(思香)이었다.

사향은 이름처럼 향기롭고 아름다웠다.

사마붕은 사향이 화녀(花女)임에도 빠져들었다.

사향에게 그는 첫 남자가 아니었지만, 그에게 사향은 동정을 바친 첫 여인이었다. 그는 혼자 있을 때면 사향이 손님들과 살 섞는 광경을 상상하면서 괴로워했고, 사향과 같이 있을 때면 사향이 가진 향기에 취해 아이처럼 행복해했다.

사향과 헤어지고 돌아오는 길엔 언제나 새벽 달빛이 내려앉아 있었는데, 그는 그 시퍼런 달빛 속을 오래도록 배회하며 사향을 들어 앉힐 수 없는 자신의 처지를 저주했다.

파경은 너무 쉽게 찾아왔다.

그의 상관인 총기(總旗:중대장)가 술에 취해 그와 동료들이 보는 자리에서 사향을 벗기고 눕혔다. 그리고 올라탔다. 사향은 총기의 헉헉거림을 받아주며 그를 보고 까르륵— 웃었다. 입은 그렇게 웃고 있었지만, 사향의 눈엔 눈물이 고여 있었다.

술에 취해 모두가 잠든 새벽.

그는 사향의 목을 조르며 엉엉 울었다.

사향은 반항하는 대신에 온 힘을 다해서 그를 끌어안았다. 숨이 끊어지기 직전, 사향은 그의 귀에 대고 속삭였다.

"먼저 가서 기다리고 있을게요. 너무 보고 싶어 하지 마세요."

사마붕은 숨이 끊어져 버린 그녀의 머리맡에 앉아서 그녀의 목을 조른 손으로 얼굴을 쓸어 올렸다.

창문에 걸린 달빛은, 사향을 죽이는 대신 총기 놈을 죽였어야 한다고, 사향의 손을 잡고 어디로든 달아났어야 한다고… 속삭였다. 그러나 그는 총기를 죽일 수 없었다. 달아날 수도 없었다. 그렇게 그의 청춘은 막을 내렸다.

사향을 생각할 때마다 그는 자신의 목이라도 졸라 버리고 싶을 만큼 자신을 혐오하면서도 꾸역꾸역 살아왔다. 그랬는데 오늘 바로 이 자리에서 그때의 목소리를 들은 것이다.

"난, 난……."

사마붕은 문고리를 놓았다.

문을 열 엄두가 나지 않았다.

문을 열면 사향을 볼 수 있을 것만 같았다.

왜 기다리지 못하고 장가를 갔느냐고, 그간 왜 제사도 지내주지 않았느냐고 사향은 따질 것이다.

"뭐야?"

"왜 그래?"

사마붕은 동료들이 떠드는 소리를 들을 수 없었다. 그의 동료들도

왜 사마붕이 엉엉 울면서 철갑을 벗어 던지고 있는 것인지를 이해할
수 없었다.
　"저런 병신 같은 놈!"
　양소가 눈을 부릅떴다.
　양소는 곁에 있는 용양군의 장검을 빼 들고 사마붕에게 달려갔다.
그의 눈에 비친 사마붕은 변방의 군역에 불만을 가져 미친 척을 가장
하는 덜된 놈이었다.
　이렇게 미친 척을 가장하면 며칠 쉴 수 있기 때문에 이런 일은 하루
에도 몇 번씩이나 생긴다.
　"아예, 죽여주마!"
　순간 어디선가 날아온 돌이 그를 때렸다.
　딱!
　"아이쿠!"
　양소는 비틀거렸다. 발 아래를 보니 돌이 어른 주먹만했다.
　대번에 피가 흘러내려서 눈을 덮었고 옷이 벌겋게 물들었다.
　"어?"
　마차 뒤에 있던 요양휘, 웅녀와 야소, 장작빈과 화노의 눈이 커졌다.
구경하는 행인인 척하며 그들을 둘러싸고 있던 인도와 우공, 혈사교 살
수들, 왕란자두 일행도 마찬가지였다.
　"푸하!"
　진청자는 쓰게 웃었다.
　광불은 어리둥절한 표정이었고 곽파는 이맛살을 잔뜩 찌푸렸다.
　'이제야 나타나다니, 나쁜 녀석!'
　"어, 어떤 놈이냐?"

“잡아라!”

양소는 피를 닦아내고 용양군들이 병기들을 뽑아 올리는 저 앞에서 이리로 걸어오고 있는 자를 바라보았다. 그자는 평범하게만 보이는 사냥꾼이었는데, 등에는 허름한 병풍을 지고 뒤에는 여섯 명이나 되는 몰이꾼들을 거느리고 있었다.

“이, 이 괘씸한 놈, 감히!”

양소는 분노했다. 돌을 던진 자는 그 녀석이었다. 녀석의 왼손에 돌이 들려 있었다.

“잡아라!”

퍽퍽퍽!

양소의 명령을 받고 달려들어 간 용양군 몇이 수수깡 분질러지듯 그대로 뒤로 튀어나와서 나뒹굴었다.

“에잇!”

“이런 쌍!”

다시 달려들어 간 용양군 몇도 녀석이 휘두른 발에 맞아서 모두 나뒹굴었다. 일이 이 지경까지 흐르자 주변에 있던 병사들이 몰려들어 녀석을 중심으로 둥그런 포위망을 형성했다.

녀석은 유유자적한 걸음으로 포위망을 몰고 양소에게 다가왔다.

녀석의 물음이 가관도 아니었다.

“그동안 별래무양하였는가?”

“뭐?”

녀석은 돌을 던져 양소 자신의 이마를 깨놓은 주제에 미안하다는 말도 없이 대뜸 마차에 올라탔다.

“어험.”

"······?"

"환관의 행패가 심하다는 소문을 들었지만, 이렇게 심할 줄 예전엔 미처 몰랐도다. 이래서 태감 합하께서 백성들에게 욕을 먹는 게야. 황성에 도착하자마자 당장 합하를 뵈옵고 조목조목 말씀을 드려야 되겠도다. 어험."

당연히 양소는 분노했다.

"네 이놈! 본인이 바로 사례감에서 나온 환관이거늘, 그 무슨 헛소리란 말이냐! 듣자 하니 마치 사례감 소속인 것처럼 말하는데, 본인은 너 같은 놈을 본 적이 없다. 어디 소속이냐?"

녀석이 태연하게 물었다.

"그러는 그대는 소속이?"

기세등등하던 용양군 병사들이 녀석의 말에 슬금슬금 물러나는 것을 보며 양소는 가슴을 내밀었다.

"본인은 곡대용 태감 휘하에서 병부의 일을 맡아보고 있다. 그러는 넌 어디 소속의 누구냐?"

"뭐라고?"

녀석이 갑자기 마차에서 뛰어내렸다. 그리고 양소가 어어, 하는 사이에 달려들어서 양소의 멱살을 움켜쥐었다. 양소는 허둥거렸지만 녀석의 손아귀를 벗어날 수 없었다.

"이런 괘씸한 자 같으니! 겨우 곡 태감 밑에서 병부의 심부름이나 하는 주제에 감히 나를 능멸해?"

"캑캑!"

양소는 워낙 갑작스럽게 당한 일이라서 정신이 없었다.

"누, 누구십니까?"

순간 녀석의 손목에서 눈부신 광환이 생겨났다.

양소는 깜짝 놀랐다.

광환의 정체가 밀영(密影)들의 무공인 옥영무상신공(玉瑩無常神功)에서 뿜어지는 광환과 똑같아 보인 것이다.

밀영들이란 태감들의 우두머리인 장인병필태감 유근이 수족처럼 부리는 그림자들이었다. 그렇게 생각하니 녀석이 달려온 신법도 밀영들이 쓰는 옥영신보(玉瑩神步)와 비슷했던 것 같았다.

또한 그간 별래무양하였느냐, 는 인사를 보면 자신을 알고 있는 게 분명했다.

양소는 다급하게 외쳤다.

"호, 혹시 밀영이십니까?"

대답 대신 녀석이 광환을 들이대며 물었다.

"죽여주랴?"

"아, 아니올시다!"

"허면?"

"……?"

"장인병필태감 합하께 진상된 여인네와 보물 몇 가지가 탐이 난 게냐? 어서 말해 봐라! 네 상관인 곡대용이가 그렇게 하라고 시켰더냐?"

"아, 아니올시다!"

"그럼 뭐냐? 내 이 자리에서, 병사들이 눈을 부릅뜨고 다들 지켜보고 있는데 수색을 받아야 하겠느냐? 곡대용이가 그렇게 하라고 시켰느냐? 합하의 물건을 합하보다도 먼저 저 천한 병사 놈들에게 선을 보이라고 시켰느냐, 이 말이다!"

"아, 아니올시다!"

장인병필태감 유근이 밀영들을 풀어 나머지 칠호(七虎)들을 감시한다는 것은 양소도 알고 있었다. 밀영들은 유근을 보호하고 각지의 정보를 수집하며, 필요에 따라서는 암살도 하는 집단이었다.

양소가 손이 발이 되도록 빌고 나서야 녀석이 멱살을 풀었다.

"내가 이름을 밝힐 수 없다는 것은 그대도 알 테고… 그대의 이름이 뭔가?"

"야, 양소입니다요."

"어험. 양소?"

"녜녜, 나으리!"

권력의 속성은 나이를 가리지 않는 모양이었다.

양소는 자신보다 십 년 정도 어려 보이는 녀석에게 굽실거렸다. 깨어진 이마 따위는 안중에도 없었다.

"깨어날 소[蘇]… 외자란 말이지?"

"녜녜, 나으리!"

"나도 외자 이름이지만… 험험, 깨어날 소 자라면 무쟈게 좋지 않은 이름이야. 말년에 빌어먹기 딱 알맞은 이름이지. 어지간하면 바꾸게."

"녜?"

"이를테면 밥 식(食), 아니면 말 마(馬). 까마귀 오(烏) 같은 것으로 말이야."

양소는 황송한 표정을 지었다.

"녜녜, 아주 심각하게 생각을 해보겠습니다요, 헤헤헷!"

마차로 걸어가던 녀석이 다시 돌아왔다.

"……?"

양소는 녀석의 내밀어진 손바닥을 멍하니 바라보았다.

“좋은 이름을 지어줬으니 작명료(作名料)를 내게.”

“네?”

“세상엔 공짜가 없는 법이라고 우리 합하께서 말씀하셨지.”

“도, 돈을 말씀하십니까요?”

“어험.”

양소는 소매를 뒤져 보았지만, 돈이 없었다.

“도, 돈은 과, 관사에…….”

“그럼 옷이라도 벗게.”

“네? 이, 이 자리에서 말씀입니까요?”

“어험.”

겉옷을 벗어주자 녀석은 관모까지 요구했다.

관모를 벗어주자 바지를 요구했다. 바지를 벗으려고 신발을 벗자 녀석이 신발을 마차에 실었다. 바지까지 다 챙긴 녀석은 양소의 상투에 달린 옥두(玉斗)까지 빼앗았다.

“다행이라고 생각하게.”

“……?”

“내 작명료는 워낙 턱없이 싸서 이 정도일세. 다른 사람한테 걸렸다면 아마 그대는 속곳까지 벗어주어야 했을 걸세.”

어슬렁어슬렁.

돌아갔던 녀석이 다시 와서 양소의 머리카락을 유심히 살폈다.

“꽤나 실하게 머리카락을 가꾸었구먼?”

“네?”

“그걸 잘라서 내 목도리로 쓰고 싶네.”

“모, 목… 도리로요?”

“아, 싫으면 관두게.”

“네?”

“자네의 대접이 소홀했다고 합하께 말씀드리지는 않을 테니, 염려하지 말란 말이지. 근데 이거 점점 날씨가 추워져서 말이야. 참 따뜻해 보이는데… 험험, 자네가 정 그렇게 싫다면 어쩔 수 없는 게지.”

“아, 아닙니다요. 헤헤헷!”

양소는 멀어지는 녀석과 마차를 보며 이를 갈았다.

정말 보통 치사한 놈이 아니었다. 겉옷과 관모, 바지와 신발, 머리카락까지 몽땅 빼앗아간 것이다. 코를 베어가겠다고 달려들지 않은 게 다행이었다.

양소는 속곳만 입은 데다가 머리카락까지 댕강 잘려서 굉장히 우스꽝스럽게 변해 버린 자신을 참 한심스럽게 생각했다.

“저 개새끼… 밝혀도 너무 밝힌다…….”

3

산해관을 무사히 빠져나온 일행이 만난 것은 바다였다.

소금기 깔깔하게 묻어 있는 바람, 눈 내린 밭이랑처럼 둥글게 말려서 하얗게, 끊임없이 밀려오는 파도.

쏴아아…….

바다는 턱없이 넓었고, 푸르렀다. 하늘과 수평선이 분간되지 않았다. 바다의 저쪽 끝 자락은 하늘의 저쪽 끝 자락과 닿아 있었고, 하늘의 이쪽 끝 자락은 바다의 이쪽 끝 자락이 물고 있었다.

“아아아… 참 거대한 강이에요!”

연연의 말에 웅녀가 맞장구쳤다.

"진짜 초원보다 더 넓어… 난 이렇게 넓고 큰 강은 처음이야. 이게 우리 선조님들이 말씀하셨던 야루가 아닐까?"

"으?"

"음?"

일행들의 시선이 둘에게 쏠렸다.

바다를 처음 본 두 사람은 작은 촌닭과 큰 촌닭 같았다.

화노가 두 사람을 불렀다.

"어이, 동생들."

"예?"

두 사람의 시선이 화노의 입술에 매달렸다.

화노가 심각한 표정으로 바다를 설명했다.

"저건 강이 아니야."

"……?"

"……?"

"바다라고 하는 게지. 다시 말하면 세상의 강들이 총집결하는 곳이다, 이런 말씀이야. 색도에 입각해서 정의하면 하늘의 마누라다, 뭐 이런 말씀이지. 저기 저 하늘과 맞닿은 부분이 보이지? 저걸 수평선이라고 하거든? 바로 저기가 하늘과 바다가 서로 배꼽을 맞추고 마구 색사를 논의하는 곳이……."

"아멘."

"으?"

화노는 야소를 노려보았다.

'요즘 젊은것들은 이렇게 건방져서 탈이라니까. 어른이 말씀하시면

공손하게 경청은 못할망정 감히 끼어들려고 한단 말씀이야.’

화노가 이런 생각을 하는 사이에 야소가 말했다.

“화노 형님, 거 천벌받을 말씀이오. 형님께 당장 불벼락이 내리지 않을까 두렵소이다.”

“뭐라?”

“하늘과 바다가 배꼽을 맞추다니요? 하늘과 바다는 만나지 않아요. 수평선은 그저 수평선일 뿐이외다. 그건 우리가 밟고 있는 이 땅이 공처럼 둥글기 때문이라오.”

“이 평평한 땅이 공처럼 둥글다고? 케헴, 이 사람이 지금 무슨 헛소리를 하는 게야?”

야소는 모래사장에 그림을 그려서 땅과 바다가 둥글다는 것과 자신이 사략선을 타던 시절에 경험한 신기한 나라들, 그리고 이상한 풍습들을 말해 주었다.

신기한 나라들과 이상한 풍습은 재미있었다.

하지만 땅이 사실은 평평한 것이 아니라 공처럼 둥글고, 그것도 태양을 따라 돈다는 말이 나오자 ‘너 참 딱하다’ 는 눈빛으로 모두 고개를 돌렸다.

어쨌든 야소는 결론을 맺었다.

“그러니 형님, 아무것도 모르면서 마귀에 홀린 자 같은 말씀은 이제 그만두시오. 사탄의 종자 같아 보이니까 말이오.”

“잉?”

“형님은 특별히 회계를 많이 하셔야 비로소 천국의 문이 열릴 것이오. 내 말을 의심하는 분들 역시 마찬가지요. 자, 우리 모두 회계합시다!”

“으?”

“사랑하는 주님, 저 불쌍하고 패악한 영혼들을 긍휼히 여기셔서⋯ 저들의 죄를 사하여 주시옵고⋯ 저들 중 특별히 사탄에게 붙잡힌 바 되어 있는 화노란 늙은 마귀를 불쌍히 여기셔서⋯⋯.”

“음?”

“어?”

일행들은 혼자 바다로 걸어 들어가서 무슨 주문인가를 열심히 외우며 몸을 떠는 야소를 보고 고개를 갸웃했다. 생긴 것도 그랬지만 말이나 행동도 참 불가사의한 인간이 바로 야소였다.

야소가 멀쩡한 표정으로 돌아오자 일행들은 길을 떠났다.

쏴아아.

해안선을 따라 형성된 관도는 매우 꾸불꾸불했다.

퍼드드드—

관도 위에서 쉬고 있던 새들이 일행을 보고 날아갔다.

바다를 의지해서 살아가는 새들은 대국이나 조선이나 다르지 않았다. 무리 지어 있었고 덩치가 컸으며 색깔이 일정했다.

넓고 풍족한 곳에 살면 다들 그렇게 단순해지는 모양이라고 박린은 생각했다.

수평선 가까운 곳에 떠 있는 고기잡이배들이 유난히 작아 보였다. 배들은 파도가 세워질 때 보이지 않았고, 파도가 가라앉을 때 보여졌다.

해풍촌(海風村)에 도착한 것은 중화 때였다.

마을을 빙 돌아간 방풍림을 의지하고 삼십여 호 남짓한 가구가 삶을 꾸려 나가는 해풍촌의 정경은 한가로웠다. 하지만 마을 앞으로 밀려오는 파도 소리가 쓸쓸하게 들릴 만큼 가난해 보이기도 했다.

"어서들 오시우."

객잔에 들어서자 객잔 주인이 반겼다.

객잔 주인은 해풍에 까맣게 탄 이마를 조아리며 일행들을 객사의 평상으로 안내했다. 바다가 보이는 객사의 평상 위에 깔려 있는 햇빛이 고왔다.

"경치 하나는 죽이는구먼."

화노가 평상에 턱 소리나게 앉으며 수염을 비틀었다.

박린은 화노에게 한마디 해주려다가 참았다. 노인네가, 명색이 도사라는 위인이 나오는 대로 지껄이는 게 정말 마음에 안 들었던 것이다. 이렇게 좋은 데에선 이런 곳과 어울리는 말을 해줘야 도리였다.

"풍광이 정말 운치가 있구려."

화노의 눈이 당장 힐끔해졌다.

"이봐, 동생."

"어험."

"자네 지금 이 형님을 무식하다고 생각했지?"

박린이 대답하려는데 불쑥 왕특이 끼어들었다.

"무식한 건 사실이 아니시오?"

"뭐라?"

왕특이 동의를 구하는 것처럼 동생들을 한번 훑어본 다음 까만 이마를 슬슬 문지르면서 말을 이었다.

"여기까지 오면서 보니 노형님은 우리와는 전혀 다른 세계에서 살다 오신 것 같았수다. 에, 다시 말하면 노형님은 도사가 아니라 화, 화가에서 기둥서방질로 늙어버린 색골 같아 보였다… 뭐, 이런 말씀입……."

딱!

화노의 주먹이 왕특의 이마를 때렸다.

충격이 엄청났는지 왕특은 휘청거리다가 그냥 평상에 주저앉았다. 화노가 막 무슨 말인가를 하려고 입술을 오물거리고 있는 사이에 불쑥 끼어든 사람은 장작빈이었다. 그는 왕특에게 삿대질부터 했다.

"이런 새파란 녀석! 우리 형님 망신을 줘도 이만저만이지. 그렇게 보이는 건 사실이지만, 그걸 눈치도 없이 대놓고 말하냐? 고얀 놈 같으니라구. 너 한번 죽어볼래?"

"이봐, 작빈이."

"예?"

장작빈이 돌아보자 화노가 대뜸 주먹을 날렸다.

딱!

"아이고!"

"이 형님은 자네가 더 미워. 말리는 척하면서 욕을 해? 자네 말이야, 어째 저 가짜 선비 녀석과 성격이 비슷해지는 것 같아. 앞으로 각별히 조심하라구."

"이봐, 곤륜색마!"

광불이었다.

화노가 고개를 움츠리자 광불이 한마디 했다.

"자네가 대장 같구먼?"

"아, 그, 그렇게 보셨습니까?"

"괜히 애들과 까불지 말고 주인장에게 주문이나 해."

"끄음."

"그리고 자꾸 까불면 말랑말랑한 금강지로 이마를 몇 번 때려줄 수
도 있어. 나잇살깨나 처먹은 위인이 체통이 있어야지. 알겠나?"

"케헴."

연연과 장향, 웅녀의 입술에 미소가 그려졌다.

화노는 찍소리 못하고 주인에게 주문을 했고, 바로 음식과 술이 나
왔다. 바다에서 나는 재료로 만들어서 그런지 음식은 싱싱했고 깊은
바다 속 냄새가 났다.

대신 술은 입술이 따가울 정도로 독했다.

술을 벌컥 삼킨 요양휘가 괴상한 소리를 내며 가슴을 두들겼다.

"크아아아!"

"에잉, 어른들이 계신 자리에서 저런 소리를 다 내다니. 건방진 녀석
같으니라구."

작빈이 눈을 흘겼지만 요양휘는 술의 궤적이 너무 뜨거워서 정신이
없었다. 콧구멍으로 불길이 터져 나오는 것 같았다.

거칠면서도 깊은 맛을 지닌 음식과 술은 참 잘 어우러졌다.

처음엔 요양휘처럼 진절머리를 치던 일행들이 거나해졌다.

일행 중 특히 더 거나해진 사람들은 왕이와 왕삼이었다.

명구사(鳴寇蛇) 왕삼은 벌게진 얼굴로 우렁찬 닭소리를 뽑아내서 사
람들을 놀래켰고, 왕이는 장기인 노래를 구성지게 불렀다.

잔설 분분한 삼월에는 앵두, 물오르는 사월에는 살구.

꽃피는 오월에는 홍(紅:일찍 열매 맺는 복숭아), 파래지는 유월에는 선(鮮:
늦게 열매 맺는 복숭아).

"좋다!"

"어이, 어이!"

인도와 우공이 마당을 누비며 덩실덩실 춤을 추었다.

무더운 칠월에는 호두, 달빛 좋은 팔월에는 배.
서늘해지는 구월에는 감이 장터에 넘치고
배부른 시월에는 온통 붉게 산사자 익어간다네.

박린은 행복해졌다.

연경에 가까워질수록 어떤 식으로든 전개될 파국도 가까워지고 있
었지만, 지금 이 순간에는 그것에 대한 부담을 깡그리 잊고 진심으로
웃었다.

일행들이 다시 길을 떠난 것은 고깃배가 들어와서 어부들로 객잔이
떠들썩해졌을 때였다. 마음씨 좋은 객잔 주인은 양가죽 포대에 물을
가득 담아서 건네주었다.

"연경의 턱밑인 계주 바로 아래가 옥전이라우. 그 옥전 아래가 바로
풍윤(豊潤)이란 고장인데, 거기까지 한 이틀쯤 걸릴 게요. 가시는 중간
에 객잔이 있으면 해가 좀 남아 있어도 욕심을 부리지 말고 쉬어가시
구랴. 인가(人家)가 생각보다 많지 않아요. 호랑이나 늑대 같은 큰 짐
승들도 꽤 있고… 대낮에도 으슥한 곳에선 가끔 요물들도 나타나는 모
양이오."

객잔 주인은 으슥한 곳마다 몇 개씩은 있을 법한 전설을 이야기하는
것이리라, 모두들 그런 생각이었지만 진청자는 아니었다.

진청자가 말을 걸어왔다.

"삼교 중에서 혈사교는 네가 받아들였고 백의교는 분질렀다. 그렇다면 아직 천리교가 남아 있다. 알고 있느냐?"

"예."

진청자는 천리교를 잘 알고 있었다.

천리교는 불을 숭상하는 종파였다. 배화교(拜火敎)의 한 지파로부터 떨어져 나온 이 종파는 수행에 힘을 기울여 세의 확장을 꾀하는 대신, 현실의 타파를 통해 이루어지는 이상향을 꿈꾸었다.

장안의 음습한 골목에서 관의 눈을 피해 은밀히 시작된 운동이 최고조에 달했던 때는 원조 말엽이었다.

제사대 교주인 화염수라(火焰修羅) 서창석(徐昌錫)의 휘하에 무려 이십만이나 되는 교도들이 태호(太湖)에 웅거해서 자신들만의 가향을 만들 뻔했기 때문이다.

원조의 토벌과 명조의 토벌을 겪으면서 교세가 기울어진 그들은 백의교처럼 지하로 잠적했다. 하지만 그들이 지녔던 화영공공신공(火影空空神功)까지 잠적했던 건 아니었다.

패도적인 이 신공으로 인해서 세상은 종종 피로 물들었다.

피를 가장 많이 흘린 건 소주혈사 때였다. 당시 그들은 강남상련맹의 우익을 철저하게 유린했다. 그들이 지나간 곳에 생명은 존재하지 않았다.

"대책은 있느냐?"

"그저 조심할 뿐입니다."

"허! 그렇다면 유근에 대한 대책은?"

"연경에 도착해서 세울 생각입니다."

"이런, 쯧쯧!"

진청자는 혀를 찼지만, 박린의 대답을 이해했다.

상대는 구백구십 칸이나 되는 황궁 깊은 곳에 웅크려 있는 유근이었다. 도모하기가 하늘의 별 따기만큼이나 어려운 것이다. 하물며 조선에서 태어나고 자란 박린임에야.

진청자는 걱정하지 않았다.

박린은 한 번 본 것은 그게 무엇이든 절대 잊어버리지 않고 그대로 재현해 내는 비상함을 지녔다. 산해관을 무사히 통과한 것도 겉보기엔 얼렁뚱땅이었지만, 사실은 아니었다.

연연의 말을 들어보면 봉성에서 환관의 기습을 받았는데, 그때 환관이 바로 밀영 중의 하나였고, 그자가 사용한 무공을 박린은 기억했다가 산해관에서 사용했다.

환관이 속아 넘어간 건 당연했다.

"무량수불."

진청자가 이런 생각을 하는 동안 박린은 곽파와 이야기를 나누고 있었다.

"노니의 언니가 연경에서 널 기다린단 말이냐?"

"예."

박린은 정식으로 인사를 드린 뒤에 딱딱한 하오체에서 편안한 경어로 말투를 바꾸었다. 겉으로 보여지는 것만이 다가 아니었다.

원했던 방식은 아니었지만, 세 노인은 연연을 데리고 방랑하며 스승님을 외면해서 생긴 대가를 치르고 있다.

"으음."

곽파가 하늘을 바라보았다.

그녀의 주름진 눈매에 걸려 있는 그림자가 깊었다.

어쩌면 스승님과 이분들은 아셨을 것이다.

서로 멀어져 버린 그 순간에 이미 하나가 되어버렸다는 것을. 멀어지면 멀어지는 그 순간 멀어진 것의 두 배만큼 가까워진다, 마음이란 건.

수평선에 노을이 걸렸다.

먼바다로 떠났던 새들이 돌아오고 있었다.

그 새들이 떨어뜨린 그림자가 자꾸만 관도를 가로질렀다.

객잔 주인의 말처럼 인기는 좀처럼 나타나지 않았다. 왼쪽엔 끝없이 펼쳐진 바다, 오른쪽엔 깎아지른 듯한 암벽군이 서 있다. 그 사이로 난 관도의 저 끝에서부터 박모가 몰려왔다.

보랏빛 박모가 점점 짙어지면서 하늘이 맑아졌고, 파도 소리가 커졌다. 수평선 쪽에서 날아오던 새들은 더 이상 날아오지 않았다.

쏴아아…….

연연은 막 얼굴을 내민 달을 바라보았다.

초원에서 보는 달은 커다랗게만 보여서 정이 안 갔는데, 일렁이는 수평선 너머에서 막 얼굴을 밀어 올리는 달은 크지도 작지도 않았다. 이 달이나 그 달이나 다 같은 달일 텐데 왜 이렇게 달라 보이는 것인지를 이해할 수 없었다.

'아담하고 참 맑네, 저 달님.'

장향도 달을 보고 있었다.

조선에서 보았던 달과는 왠지 달라 보였다.

조선의 만월은 정이 뚝뚝 묻어났고 풍만했다. 한참을 바라보고 있으면 월궁(月宮)에서 떡방아 찧는 소리가 들려오곤 했다.

환경에 따라 달도 다르게 보이는 모양이었다. 지금 보고 있는 달은 단지 달일 뿐 아무런 감흥도 일어나지 않는다.

달은 사람들의 마음속에서 각각의 다른 의미로 떠오르는지도 몰랐다.

휘익—

장향은 답답함을 떨쳐 버리려고 앞으로 달려나갔다.

그러자 패랭이에 얹혀 있던 달빛이 산산이 흩날렸다.

환한 바닷가 풍경이 귀밑머리를 잡아당기며 뒤로 멀어졌다.

달이 수평선을 딛고 완전히 솟아오르자 하나씩 둘씩 별들이 고개를 내밀었다.

별들이 얹혀진 물결이 출렁거렸다. 물소리가 커질수록 별들이 영롱해졌다.

장향은 계속해서 달렸다.

그녀가 달리기를 멈춘 곳은 관도가 암벽을 안고 휘어지는 바람에 마치 바다를 향해 관도가 나 있는 것처럼 보이는 부분이었다.

누군가 관도에 앉아서 낚시를 하고 있었다.

바다를 바라보고 있어서 등만 보였다.

장향은 그 사람을 지나치려고 했다.

"클클… 나 풍살오조(風殺烏爪)에게 인사도 없이 지나가려고 하다니. 그 계집년, 배짱 한번 두둑하구나!"

"누구시죠?"

"풍살오조라고 했다!"

장향은 천천히 일어나는 사내를 보며 뒤를 가늠했다.

일행들이 보이지 않았다. 달빛에 드러난 사내의 얼굴은 꼭 시체의 그것처럼 핏기가 없었다.

푸르스름하게 귀화를 피워 올리는 눈빛, 매의 부리를 닮은 코, 대패로 깎아낸 것처럼 파여진 볼, 얼음장을 깨문 듯한 입술…….

풍살오조가 말했다.

"기다린 지 오래다!"

"왜죠?"

"천리교의 청부를 받았으니까!"

그의 양쪽 소매에서 시퍼런 칼날이 튀어나왔다.

철컹! 철컹!

4

장향의 돌아섬은 빨랐다.

화라락—

어깨와 허리, 왼발이 한 축에 걸려 있는 날개처럼 돌아갔다.

돌아감의 처음과 끝점에 간격은 없었다. 그렇게 돌아가는 몸을 휘어감으며 풍살오조의 용조가 섬뜩한 빛을 뿌렸다.

화라락—

돌아갔던 몸이 풀려지는 건 더욱 빨랐다.

눈이 돌아올 자리를 바라 본 순간, 몸은 이미 돌아와 있었다.

용조 역시 풍살오조의 손으로 돌아와 있었다.

팔랑.

용조에 베어진 장향의 옷자락 한 잎이 날렸다.

쌍검에 베어진 풍살오조의 소매 한 잎도 날렸다.

달빛에 실려 바다 쪽으로 날아가는 옷자락 두 잎이 영원을 향해 떠나가는 나비들처럼 나풀거렸다.

"윽!"

먼저 신음 소리를 낸 사람은 장향이었다.

용조가 어깨를 할퀴었던 것이다.

풍살오조도 무사하지 못했다.

섬광처럼 날아온 쌍검 한 자루가 손등을 훑었던 것이다.

"으윽! 제법 한가락 하는 년이었구나."

지혈을 하며 풍살오조가 구시렁거렸다.

지혈을 다 마친 순간 풍살오조는 계집년의 뒤쪽에서 사람들이 몰려는 소리를 들었다.

"음?"

그는 내심 고개를 갸웃했다.

천리교에서 받은 청부는 분명히 연연이란 계집 하나였다.

당연히 으르렁거림이 나왔다.

"네 이름이 연연이냐?"

장향이 비웃음을 날렸다.

"흥!"

"어서 말해라, 이년!"

"표적에게 이름을 다 묻느냐?"

"뭐라?"

"미리 조사하지 않았느냐, 이 말이다!"

"이런 건방진 년!"

풍살오조는 사납게 턱을 내밀었지만, 딱히 반박할 말이 없었다.

풍살오조 백리원(白鯉原).

그는 천리교와 밀접한 관계를 맺고 있는 살수였다. 천리교의 일원은 아니었지만, 그는 천리교를 의지해서 살아왔다. 정확히 말하면 오직 천리교에서 내려진 청부만을 받아들여 살행을 해왔다.

그는 천리교 외의 일은 생각하지 않았다.

살수도, 청부자도 목숨을 걸어야 하는 일이 살행이다.

어느 한 부분이라도 어긋나면 실패였다. 실패는 곧 죽음이었다. 청부자가 살수를 죽이든 표적이 살수를 죽이든 살수가 청부자를 죽이든… 죽고 죽여야 끝난다.

그런 맥락으로 보면 천리교는 나름대로 괜찮은 청부자였다.

살행이 성공할 수 있도록 정보를 최대한 주는 것이다.

오늘도 마찬가지였다.

천리교는 바로 이 자리에서 사람이 달려오는 소리를 듣자마자 떠났다. 떠나기 직전에 그들은 지금 달려오고 있는 사람을 연연이라고 지목했었다.

"끄음."

풍살오조는 청부가 많이 어긋나 있음을 알아차렸다.

정보에 의하면 연연은 무공의 무 자도 모르는 계집이었다. 거느린 무리도 없었다. 그냥 병아리 목을 따듯 쉽게 처치해 버릴 수 있는 계집이었던 것이다.

하지만 이 계집은?

"이름을 말해라!"

"조선 사람 장향이다!"

"뭐?"

"연연이 아니어서 미안하구나!"

순간 장향의 쌍검이 아름다운 호선을 그리며 떠올랐다.

쌍검은 달빛을 산산이 베어버리며 만월처럼 긴 호선을 그렸다. 호선의 끝은 섬광이었다.

사아악—

몸에 휘어 감기는 쌍검을 안고 풍살오조의 몸이 돌아갔다.

돌아감은 빨랐지만, 장향의 돌아감보다 거칠었고 되돌아옴도 흔들렸다. 그 미세한 틈새를 쌍검이 파고들었다.

추릿—

깡!

쌍검 중 하나를 용조가 깨물었다.

이어 날아온 나머지 한 개를 다른 용조가 깨물었다.

순간 텅 비어버린 풍살오조의 명치로 장향이 풀어 던진 발이 날아들었다.

퍽!

끌어 올린 무릎에 장향의 발이 튕겨졌다.

쌍검을 그대로 둔 채 장향이 돌았다. 등을 보였다 싶은 순간에 장향의 몸은 이미 두 바퀴나 돈 상태였다. 한 바퀴 돌 때 올렸고 한 바퀴를 더 돌아온 장향의 발이 둥그렇게 펼쳐졌다.

팡! 팡! 팡!

거푸 세 번의 발길질이 퍼부어지는 구월산인의 절기 삼족풍(三足風)이었다.

"이년이!"

풍살오조는 쌍검을 놓고 펄쩍 뛰어서 뒤로 물러났다.

발길이 스쳐 간 이마가 얼얼했다. 역시 보통 계집이 아니었다. 예기가 칼날 같았다. 하지만 보통이 아닌 건 풍살오조 자신도 마찬가지였다. 계집의 초식이 자신보다 훌륭한 것은 사실이지만, 그뿐이었다. 계집 따위가 평생 칼밭을 일구며 살수밥을 먹어온 자의 감각을 따라올 순 없었다. 계집의 발길질을 따라 들어간 용조가 칙칙한 핏빛 섬광을 뿌렸다.

파—

팡!
풍류무영 선세결에 밤 공기가 터졌다.
귀밑머리가 나풀거렸다. 소금기를 머금은 바람이 쪼개졌다. 경고음이 삐익삐익— 수막을 울리고 있었다.
수막을 통해 보여진 장향의 상대는 살인을 경험해 보지 못한 그녀가 상대하기에 무리였다. 싸움이 시작된 원인과 과정이야 어떻든, 그런 건 그렇게 중요하지 않다. 중요한 것은 끝점이었다.
살인을 경험해 보지 못한 자의 끝점은 항상 살인 이외의 것을 노리고, 살인을 경험한 자의 끝점은 오직 살인만을 노린다. 이 작은 차이가 생사를 가르는 것이다.
박린은 급했다.
하지만 계속 전진하기에는 무리가 있었다.
우당당탕!
갑자기 암벽이 무너져 내렸다. 집채만한 바위덩어리들이었다. 바위덩어리들은 앞뿐만 아니라 옆에서도 뒤에서도 떨어졌다. 자연히 박린은 일행과 분리되었다. 일행들도 바위를 피해 개미 떼처럼 뿔뿔이 흩어졌다.

일행들은 바다 쪽으로 내몰렸다.

펑! 펑! 펑!

폭죽 터지는 소리와 함께 모래사장이 움직였다. 정확히 말하면 모래 속에 몸을 숨기고 있던 수백의 무리들이 일어선 것이다. 그들은 가슴에 청화(靑火) 한 송이씩을 수놓고 있었다.

"천리교!"

불꽃을 본 진청자가 신음 소리를 냈다. 광불과 곽파도 얼굴을 굳혔고, 여기저기 흩어진 일행들도 핼쑥해졌다.

저벅, 저벅저벅.

천리교도들은 조용했고 기민했다. 이 정도 날씨라면 입김이 보여야 정상이지만, 갈색 복면 바깥으로 새어 나오는 입김이 전혀 없었다. 뭐가 들었는지 알 수 없는 주머니와 용도가 불분명한 채찍을 들고 그들이 다가왔다.

"이런 괘씸한!"

화노가 곤륜 취검을 뽑아 올리며 색비륜까지 꺼내 들었다.

화노는 천리교도들의 눈동자가 다른 사람들과 다름을 알아챘다. 그들의 눈동자는 영혼을 뽑아내서 텅 비어 있었다.

쨍쨍쨍!

다른 사람들도 분분히 병기를 뽑아 올렸다.

"우헤헷!"

인도가 웃었다.

"이 인도의 불이 센지, 아니면 너희들의 불이 센지 한번 겨루어보자꾸나!"

인도가 화염장을 뽑아 올리자마자 암벽의 어느 부분에서 피리 소리가 들려왔다.

삐리리…….

일행은 소리가 나는 곳을 찾아서 눈을 움직였지만, 찾을 수 없었다. 끊어질 듯 이어지고, 이어질 듯 끊어지던 소리가 암벽의 오목한 부분과 튀어나온 부분을 어루만지며 한순간 급하게 흘러내렸다.

삐리리리…….

순간 천리교도들이 움직였다.

"음?"

박린은 일행과 떨어져서 혼자 포위되어 있는 상태였다.

그는 천리교도들이 내던진 주머니들을 이해할 수 없었다.

정확히 말하면 주머니 속에서 나온 물건들을 이해할 수 없었다. 지금 허공에서 강력하게 회전하는 저것들은 팽이들이었다. 검은 데다가 반들반들 빛나는 걸 보면 쇠로 만들어진.

핑핑핑핑!

채찍은 저 팽이들을 때리기 위함이었다.

삐릴리…….

피리 소리에 맞추어 천리교도들이 채찍을 뻗었다. 푸르게 지펴진 달빛, 광활하게 펼쳐진 바다, 소리를 빨아들이는 백사장 위에서 채찍이 움직여지는 동작들은, 여인네가 꽃을 따는 동작만큼이나 부드러워서 왠지 이 세상 풍경이 아닌 것처럼 보였다. 팽이들을 쏟아내고 떨어져 내리던 주머니들도 무수하게 얽히고설키는 채찍질 속을 정처없이 떠돌았다.

그러다가 한순간에, 그 무수한 움직임의 어디선가에서 반짝, 섬광한 점이 일었다. 그 한 점의 섬광이 두 점이 되고, 두 점의 섬광이 네 점이 되었다. 네 점의 섬광이 다시 여덟 점이 되고 여덟 점의 섬광이 열여섯 점이 되었다.

핑핑핑핑!

잠시 후, 그렇게 늘어난 섬광 수십만 개가 하늘과 백사장을 덮었다.

"어험."

박린은 요광수신리성금을 무릎 위에 올려놓았다.

뚱땅땅!

손가락이 현에 닿을 때마다 금음은 현의 팽팽한 긴장을 차고 튀어 올라왔다. 그 물방울처럼 동그란 금음이 달빛과 파도 소리, 섬광 속으로 사라졌다. 손가락 사이에서, 눌러지는 소리와 풀려 나오는 소리, 감기는 소리와 풀어내는 소리가 서로 엉켰다.

웅대하고도 화평한 여민락(與民樂)이었다.

뚱땅땅, 땅땅땅—

캉캉캉!

장향은 백사장을 온통 밝힌 섬광과 금음 소리를 들었지만 그것의 정체를 궁금하게 생각할 여유가 없었다.

풍살오조란 자는 턱없이 예리했다.

그의 용조는 결코 현란하지 않았다.

힘의 낭비도 없이 단순하게 날아와서 치명적인 곳만을 노렸다. 용조가 노리는 부위는 단순했다. 여인네가 가장 민감하게 신경 쓰는 부위이면서, 여인네를 상대하는 사내라면 당연히 양보하는 부위인 얼굴과 가슴, 회음을 집중적으로 노렸던 것이다.

장향은 수치심과 두려움으로 인해 점점 수세에 몰렸다.

횡!

가슴팍을 노리고 용조가 달려들었다. 쌍검 중 하나가 나아가서 용조를 막았다. 끝이 세 갈래로 갈라진 용조에 쌍검이 얽혔다. 쌍검을 부러뜨릴 듯 용조가 비틀렸다.

가각!

풍살오조는 피식, 웃었다. 계집년의 이마에서 죽 미끄러지는 땀이 보였다. 쌕쌕, 거칠게 뿜어지는 입김도 보여졌다. 역시 계집은 계집이었다. 동작이 화려하고 부드럽긴 해도 결정적인 무엇이 없었다. 다가온 상대를 물리치려는 생각과 상대에게 다가가서 숨통을 끊어버려야겠다는 생각의 차이였다.

"쉽게 끝내주마, 계집!"

"너 따위에게 죽으려고 그 먼 길을 온 건 아니야!"

"입만 살았구나. 클클!"

"이놈!"

용조에 갇혀 있는 쌍검이 팔딱거렸다.

풍살오조의 눈매가 미미하게 움직였다. 계집은 아직 쌍검 하나가 자유로운 상태였고, 자신도 용조 하나가 자유로운 상태.

'하지만 난 용조로 계집의 쌍검을 잡아놓았고, 계집은 그 쌍검을 빼내기 위해서 안간힘을 다하고 있다!'

순간 나머지 한 개의 용조가 날아갔고, 그걸 나머지 한 자루의 쌍검이 막았다. 풍살오조가 노린 건 바로 이것이었다. 그는 용조에 힘을 줘서 쌍검의 간격을 최대한 벌렸다.

가가각!

계집은 쌍검이 벌어지는 걸 막으려고 정신이 없었다. 쌍검이 벌어지게 되면 가슴이 훤히 드러나기 때문이었다.

"에익!"

풍살오조는 계집의 가슴과 배, 다리 사이를 차례로 훑어 내렸다. 젊고 아름다운 계집이었다. 뿜어지는 숨결도 달았다. 그는 갑자기 치밀어 오른 욕정을 간신히 삼켰다. 계집의 회음으로 뒤쳐 나가려는 발끝에 힘을 준 상태로 그가 물었다.

"목숨을 살려주랴?"

"기고만장하구나, 이놈!"

풍살오조는 계집의 회음을 쳐올렸다.

획—

장향은 벌어지는 쌍검과 대답에만 신경을 쓰고 있다가 발이 날아오자 얼른 하체를 비틀었다. 상체가 같이 돌아가 주지 않는 하체의 돌아감은 극히 제한적이었다.

퍽!

장창이 꽂힌 것 같은 아픔이 엉덩이를 때렸다.

되돌아오는 하체를 향해 다시 풍살오조의 발이 날아왔다.

숙!

장향은 발을 뻗어 그 발을 쳐냈다. 그러나 풍살오조의 발은 교활한 뱀처럼 비틀려져서 그녀의 발을 피했고, 동시에 휘어 감았다.

"이제 항복해라, 계집!"

장향은 한동안 풍살오조를 응시하다가 고개를 숙였다.

"죽여라……."

쌍검을 쥔 두 팔은 용조의 힘에 눌려서 사용 불능이었고, 한쪽 다리

역시 상대에게 제압당해 움직일 수 없는 상태였다. 더 심각한 것은 억지로 버티느라 힘을 다 소비해 버려서 더 이상은 움직일 여력이 없다는 것!

무공이 부족해서 일이 이 지경까지 온 게 아니었다.

상대처럼 상대를 죽이려고 처음부터 손을 썼다면, 몇 수 나누지도 않아서 결판낼 수 있었다.

"클클!"

풍살오조는 웃었다. 마침내 계집을 제압한 것이다. 하지만 그는 방심하지 않았다. 상대의 머리를 베어 머리 따로 몸 따로 묻었어도 절대 마음을 놓아서는 안 되는 세상이 바로 강호였다. 그는 우선 용조를 뒤집어서 쌍검을 떨어뜨렸다. 그리고 발을 풀면서 재차 팔을 뻗어 계집의 등 뒤에서 용조를 서로 결속했다.

철컥!

"내 품에 안긴 기분이 어떠냐?"

순간 풍살오조는 뒷목이 섬뜩했다.

누군가의 장도가 뒷목에 닿은 것이다.

"요광은정도가 뒷목에 닿은 기분은 어떠하신가?"

풍살오조의 뒤에 나타난 박린을 보고 장향이 소리쳤다.

"나으리!"

"어험."

박린이 웃었다.

타타탓―

진청자와 광불은 암벽을 타고 올라가는 중이었다.

벽호공이 섞인 그들이 경신법은 실로 놀라워서 그들은 수직으로 달려 올라가고 있었다. 그들의 이 장(6m) 앞엔 연연을 안은 곽파가 달리고 있었다. 연연의 연녹빛 세상이 마침내 피리 소리의 근원을 알아낸 것이다.

쾅쾅! 창창!

밑에서는 아직도 싸움이 한창이었다.

굴러 떨어진 바위들 덕에 뿔뿔이 흩어졌던 일행들은 모두 세 덩어리로 다시 뭉쳤고, 천리교도들 역시 세 덩어리로 뭉쳐서 실로 해괴하기 짝이 없는 공격을 퍼부어댔다.

섬광의 정체는 비침이었다. 그것들은 채찍 안에 숨겨져 있었다. 이 비침에 팽이들의 회전이 속도를 부여했다.

덕분에 호신강기를 뿜어낼 줄 아는 화노와 인도, 우공이 각각 한 무리씩 맡아서 비침들을 막고 있었다.

셋은 자신들이 피땀 흘려서 젊은 놈들의 목숨을 지켜주고 있는 게 못마땅한 듯 끊임없이 구시렁거렸지만, 표정은 아니었다. 오히려 보람을 느끼고 있는 것처럼 보였다.

진청자는 마음이 급했다.

“빨리 가자고, 땡초. 저 괴물들의 내공이 무궁무진한 게 아니라서 언제까지나 호신강기를 펼쳐 낼 수가 없어. 그동안에 우리가 피리 소리의 주인을 찾아내지 못하면 다들 죽는 게야!”

“이 부처님 걱정 하지 말고 자네나 빨리 달리게!”

“아까 요광수신리성금 소리를 들었나?”

진청자가 묻자 광불이 벌컥 성을 냈다.

“누굴 귀머거리로 아는 게야?”

"사람도 참… 성질은."

"그럼 성질 안 나게 생겼냐? 우리들은 호신강기를 쥐어짜서 비침들을 겨우 막았는데… 그 녀석은 한가하게 금이나 퉁겨서 비침들을 모조리 되쏘아 보냈네. 물론 팽이까지 다 떨어뜨려 버렸지. 이거야 원, 도대체 녀석이 지닌 힘은 얼마만큼 일까?"

잠시 사이를 두었던 진청자가 말했다.

"나도 짐작이 안 가네. 수공에 음공, 박투에 환술, 이기어도까지… 어떤 경우에도 막히는 게 없지 않나? 아무튼 당대의 천변귀수보다 몇 수나 위야. 물론 우리들보다도 몇 수나 위일 테지."

"나무관세음보살!"

"아가씨의 능력도 점점 커지고 있네."

"끄음."

광불이 사이를 두었다가 말했다.

"그 녀석이 아가씨께 뭔 수작을 부려놓은 게 분명해!"

연연은 조용히 앞을 응시했다. 좌우로 병풍처럼 둘러쳐진 암벽 사이에서 찍어누르듯이 떨어져 내린 바람들이 몸에 부딪쳤다가 추락하기를 거듭했다. 요광수신리성금을 타고 까마득히 솟구쳤을 때와는 사뭇 다른 느낌이었다. 연연은 모르고 있었지만, 암벽은 무려 사십 장(120m) 높이였다. 이제 조금 있으면 암벽의 끝이 보일 것이다.

삘리리…….

연연은 자신이 뿜어낸 연녹빛 실로 피리 소리를 단단히 묶었다. 피리 소리의 주인은 아주 가까운 곳에 있었다. 곽파는 급작스럽게 가팔라지는 암벽을 기이하게 생각하지 않았다. 접(接), 착(着), 비(飛), 횡(橫)으로 이어지는 아미 사접반행(四蝶班行)이 그녀와 연연의 몸을 다섯 바퀴나 돌게 만들었다.

휘루루루—

그녀들을 따라 진청자와 광불도 공처럼 동그랗게 몸을 말고 떨어져 내렸다. 그들이 떨어져 내린 곳은 암벽의 정상이었다. 평평하게 펼쳐진 정상에는 달을 등지고 한 소녀가 서 있었다.

옥소를 입에 문 소녀였다.

삘리리.

속이 다 비칠 듯 얇은 옷, 창백한 얼굴빛, 희고 가는 손가락들.

이제 겨우 열여섯 살 정도나 먹었을까? 그녀는 이 세상 사람이 아닌 것 같은 모습이었다.

그녀의 뒤엔 투구를 쓰고 갑주를 입은 자들 넷이 목석처럼 서 있었다. 천상의 역사처럼 기골이 장대한 그들의 등에는 각각 청색, 적색, 백색, 흑색 깃발이 꽂혀 있었다.

펄럭펄럭—

"오셨군요."

옥소를 뗀 소녀가 연연을 바라보았다.

순간 진청자와 곽파, 광불과 연연의 눈이 서로 얽혔다.

소녀의 말이 이상했다. 마치 기다리고 있었던 것 같았다.

옥소 소리가 멈추자 저 아래 백사장이 조용해졌다. 천리교도들이 공격을 멈춘 것이다. 홀린 듯한 시선으로 자신을 바라보는 네 사람에게 소녀가 말을 이었다.

"소녀는 천리교의 제칠대 교주이자 화염수라, 동시에 마지막 신녀이기도 한 서수(徐洙)입니다."

딱!

그녀의 중지와 검지가 허공에서 부딪쳤다.

그러자 허공 어디쯤에서 생겨난 청화(靑火) 한 덩어리가 조용히 연연과 그녀 사이에 내려앉았다.

연연을 보며 그녀가 미소 지었다.

"용서하세요, 언니. 이런 억지를 부려서라도… 청류에서 뛰어올라와 천하를 소란하게 하는 잉어를 한번 보고 싶었습니다."

연연은 어리둥절했다. 연녹빛 세상에 비친 그녀는 텅 비어 있었다. 아니, 공허함으로 꽉 차 있었다. 그렇다고 쓸쓸한 공허함이 아니었다. 무색(無色), 무취(無臭), 무념(無念)과 같은 것들마저도 삭제되어 버린 공허였다.

"아무것도 없답니다, 이젠."

소녀도 연연이 자신의 마음을 바라보는 걸 알고 있었다.

"전대 교주이자 화염수라께서 다 가지고 가셨답니다. 지난날의 이상과 철학들, 그런 것들로 인해 벌어졌던 혈사와 악행들까지. 소녀는 대대로 유전되던 그것들을 그분께 다 돌려 드리고 벗어버렸습니다."

"무슨?"

연연의 물음에 소녀가 다시 미소를 지었다.

"소녀의 대에서 우리 천리교는 바뀌었습니다. 무엇을 갖기 위해 투쟁하기보다는 우리가 지닌 무엇을 버리기 위해서 투쟁하기로 노선을 정한 겁니다. 지닌 게 무엇이든… 지녔다는 것은 그것을 감당할 만한 힘을 필요로 하게 됩니다. 그 힘을 유지하기 위해서 다시 대의명분과 같은 것들이 생겨나고, 그 대의명분의 실현을 위해서 또 지니게 됩니다. 그래서 악순환은 계속됩니다."

그녀는 이미 어떤 경지에 도달해 있는 것처럼 편안해 보였고, 미소가 깊었다. 연연의 소매에서 조용히 나온 설사자가 불 앞에 앉아서 그녀를 올려다보았다.

"아주 예쁜 아이로군요."

그녀는 다시 손가락을 부딪쳐서 작은 불덩어리 하나를 만들었다. 설사자만을 위한 불덩어리였다. 설사자가 귀를 쫑긋거리며 그 불덩어리로 다가갔다. 잠시 설사자를 바라본 그녀가 연연에게 물었다.

"화마님은 어디에 계신가요?"

연연은 대답을 하지 못했다.

설사자가 대답했다.

왈!

소녀의 눈이 깊어졌다.

다음 순간 연연은 그녀의 마음속이 일렁거리는 것을 보았다. 그건 노여움이었다. 그녀의 일렁거림이 일부는 입으로, 일부는 팔로 번졌다. 입으로 번진 노여움은 말이 되어서 나왔고, 팔로 번진 일렁거림은 기이한 동작이 되어 뒤로 나아갔다.

"청룡노군(靑龍老君)… 당신이 날 배신했군요!"

연연은 단번에 수백 개로 분열되는 소녀의 손을 보았다. 동시에 소녀의 뒤에 있는 사내들 중의 하나가 급히 뒤로 튕겨지는 것을 보았다. 청색 깃발을 꽂은 사내였다.

퍽럭—

사내는 장대한 체구와 안 어울리게도 굉장히 유연한 몸놀림을 가지고 있었다. 소녀가 공중제비로 떨어져 내리는 그 사내를 향해 돌아섰다.

“음?”

“뭐야?”

“글쎄?”

진청자와 곽파, 광불이 어리둥절해서 서로를 보았지만, 까닭을 알수 없었다. 하지만 연연은 연녹빛 세상을 통해 청룡노군이라는 자가 소녀를 배신했음을 알 수 있었다.

소녀가 청룡노군에게 물었다.

“당신은 아직까지 풍살오조를 데리고 있나요?”

청룡노군이 대답했다.

“그렇습니다, 신녀!”

소녀가 물음을 이었다.

“당신은 그를 시켜 잉어를 죽이려고 했습니다. 이유가 뭔가요? 당신은 왜 소녀의 말을 안 들었지요?”

청룡노군의 대답은 서슴없었다.

“저는 신녀의 새로운 이상보다 전대의 이상을 믿습니다. 신녀의 이상은 패배적인 것입니다. 버리는 것은 포기를 말합니다. 전 그것을 참을 수 없었습니다.”

소녀도 말을 이었다.

“그런 말 하지 마세요. 당신은 소녀의 이상보다 유근의 약조를 더 믿습니다. 하지만 전대에도 유근은 약조를 어겼습니다. 그렇게 약조를 어기고 안 어기고가 여기서 중요한 게 아닙니다. 유근의 약조는 근본부터 잘못돼 있으며 야욕에 지나지 않는다는 게 중요합니다.”

“신녀!”

“더 들으세요, 청룡노군.”

“……”

“세상으로 나아가고 싶습니까? 나아가서 선대의 혈사를 거듭하고 싶으십니까? 그렇게 해야 우리 천리교가 발전한다고 보십니까? 교의 발전이 양적인 팽창만으로 이루어질 수 있다고 보십니까? 그 간교한 자는 우리를 이해하지 못합니다. 그자는 백의교나 혈사교에게도 우리와 동일한 약조를 했을 것입니다.”

청룡노군이 말했다.

“신녀. 방식은 그리 중요한 게 아닙니다. 일단 양적으로 팽창을 하고 난 이후에 질을 생각해야 합니다. 선대의 여러 교주님들께서도 그렇게 생각하셨습니다. 저희는 유근의 약조를 믿고, 저들을 제거해서 세상으로 나아가야 합니다. 나아가서 우리가 지닌 뜨거운 이상을 펼쳐야 합니다!”

신녀가 말했다.

“당신은 아직 이해를 못했군요. 우리의 이상이 진정으로 옳은 것이라면 우리가 나아가서 잡아끌지 않아도 사람들은 따라옵니다. 이거다! 라고 강요하지 않아도 안다는 이야기입니다. 당나귀를 물가까지 끌고 갈 수는 있을 겁니다. 하지만 물까지 먹일 수는 없습니다.”

연연은 청룡노군이란 자가 틀어잡은 도파를 보았다.

“신녀! 당신과 나는 길이 다릅니다.”

신녀가 물었다.

“그래서요?”

“당신과 생사를 갈라야 하겠습니다!”

순간 신녀가 웃었다. 안으로 숙여진 웃음, 많이 아파 보이는 웃음이었다.

“소녀를 죽이겠다는 말입니까?”

청룡노군이 대답했다.

“그렇습니다. 전 당신의 나약한 천명론에 평소 염증을 느껴왔습니다. 세상은 힘있는 자만을 위해서 준비된 마당입니다. 천명론 따위에 의지해 세상 밖으로 밀려나는 것을 더 이상 묵과할 수 없습니다!”

쩡!

그가 도를 뽑아 들자 그의 동료 세 명도 같이 도를 뽑아 들었다.

쩡, 쩡, 쩡!

소녀가 슬프게 웃으며 양손을 벌렸다.

“적룡노군, 백룡노군, 흑룡노군… 당신들도 청룡노군과 같은 생각입니까?”

“그렇습니다, 신녀!”

그들을 대표한 청룡노군이 대답했다.

“우린 당신을 베어 당신의 피로 우리 교에 만연한 나약함을 씻어낼 것입니다. 해서 우리 교는 우리 교를 부활로 이끈 당신의 고귀한 피를 영원히 간직할 것입니다!”

소녀가 맥없이 손을 거두었다.

“좋습니다. 당신들의 생각이 정 그렇다면……”

소녀의 눈이 연연에게로 돌아왔다.

“언니, 화마님을 불러주세요.”

그제야 연연은 화마가 과연 누구를 의미하는지 알아차렸다.

난데없이 벌어진 격렬한 노선 싸움에 어리둥절해 있던 진청자와 광불, 곽파가 연연을 바라보았다.

“알겠어요.”

연연이 대답하곤 연녹빛 세상을 모았다.

순간 청룡노군이 소리쳤다.

“모두 죽여라!”

“그렇게는 할 수 없지!”

연연과 소녀를 가운데 두고 기이한 대치가 이루어졌다.

잠시 후, 하늘에서 박린의 목소리가 들려왔다.

“어험. 괘씸한 자들이로세!”

사람들은 소리가 들려온 하늘을 쳐다보았다.

만월을 가르며 요광수신리성금을 타고 내려온 박린의 어깨엔 기절한 풍살오조가 얹혀져 있다.

풍살오조는 심하게 두들겨 맞은 듯 얼굴이 팅팅 부어 있고, 코피도 줄줄 흘리고 있는 중이라 한마디로 엉망이었다.

쿵, 소리나게 풍살오조을 내려놓고 박린은 청룡노군을 보았다.

“소생을 용서하지 마시구려.”

“뭐?”

청룡노군이 눈을 키웠다.

박린은 주먹을 말아 쥐었다.

“일단 몇 대 맞으쇼!”

슉―

빡!

5

바다를 바라보면서 하루를 더 걷고, 바다와 결별하고 하루를 더 걷자 멀리 풍윤(豊潤)이 보였다. 이곳에서 서진하면 옥전, 옥전을 지나면 계주, 계주를 거쳐서 연경으로 들어간다.

풍윤은 둘레가 십오 리나 되는 토성을 의지해서 원형으로 형성된 도시였다.

어디든 다 마찬가지겠지만, 이곳도 성안과 성 밖이 달랐다.

성안에 사는 사람들은 벼슬아치와 관속, 대지주, 거상 등 주로 돈푼깨나 있는 한인이었다.

반면 성 밖에 사는 사람들은 성안 사람들이 부리는 짐꾼을 비롯해서 병사들, 목동들, 농투성이들 등 주로 야인들이었다.

여기에 술주정뱅이들, 거지들, 화녀들이 끼어들어서 굉장히 시끄럽게들 살아가고 있었다.

박린 일행은 풍윤성이 내려다보이는 구릉을 의지해서 야숙을 하기로 결정했다. 여기까지 오는 동안 인근에 있는 각 군진에서 풍윤으로 병사들을 집중시키는 걸 봤기 때문이다. 산해관에서는 약 반 시진 간격으로 파발을 올려 보내고 있었다.

무엇 때문에 그렇게 급박하고 어수선하게 돌아가는지 뻔했다.

음식을 장만하러 내려갔다 온 장작빈과 왕씨 육 형제의 말에 의하면 풍윤은 병사들 천지였다. 성 밖은 물론 성안에서도 대대적인 검문과 검색이 이루어지고, 성을 우회해서 빠져나갈 걸 대비한 조치로 성 밖 주요 길목에 병사들을 매복시켰다는 것이다. 그 수효가 무려 사만이라는 소문이었다.

"에헴! 산해관에서 만났던 그 장군 놈과 환관 놈이 저 풍윤성에 있다는구먼. 그걸 보면 뒤통수 맞은 걸 알아차린 것 같아. 아무튼 풍윤성 좌우 백 리

에 병사들이 쫙 깔려져 있다는 게야. 물론 그 백 리 밖엔 다른 군진들이 틀어
막았을 테고. 이 풍윤성을 중심으로 길고도 엄청난 방어선이 쳐진 게지.”

　일행들은 마차를 의지해서 묵묵히 천막을 치고 모닥불을 피웠다. 그
리고 육포와 수수를 넣어 끓인 멀건 죽을 한 사발씩 먹었다. 왕특이 사
가지고 온 술 한 동이가 금방 비워졌다. 죽을 먹을 때도, 술을 먹을 때
도 별말들이 없었다. 그저 타는 듯한 눈으로 가끔씩, 불야성을 이룬 풍
윤성을 바라보기만 했다.
　박린은 불가에 앉아 있는 사람들을 한 명씩 눈에 담았다.
　진청자, 광불, 곽파, 연연, 웅녀, 장향, 그리고 화노, 인도, 우공, 장작
빈, 왕씨 육 형제, 야소, 요양휘, 왕란자두, 개구사치, 가율무지, 불뇌선
생, 혈사교 살수들……
　저들은 불을 보면서 무슨 생각들을 하고 있을까. 하나같이 벌겋게
달아오른 볼로 피곤에 지친 눈을 끔벅거리면서 무슨 생각들을 하고 있
는 것일까.
　하늘엔 달이 환했다. 끝없이 이어진 지평과 구릉 위에선 별들이 와
글거렸다. 먼바다 냄새를 안고 달려온 바람이 지평과 구릉을 흔든다.
바람의 자락은 흰색이었다. 등이 서늘해졌고, 귀밑머리 끝에 서리가
매달렸다. 박린은 문득 천리교의 신녀가 한 말을 생각했다. 네 명의 노
군들이 쓰러지자 그녀는 이렇게 말했다.

　“죽이지 마세요. 아직 마음과 몸이 세상에 있어서 그래요. 육신의 껍질이
너무 무겁고 두꺼워서 그래요. 하지만 이 세상에서 다음 세상으로 이동하려
면 무거우면 안 돼요. 무게를 못 이겨서 추락해 버리고 말거든요. 제가 저들

의 무거움을 덜어줄 겁니다."

신녀는 이 세상의 무거움을 훌훌 벗어버린 모습이었다. 거침이 없었고 막힘도 없었다. 존재감 역시 느낄 수 없었다. 그녀는 정말 신녀였을까. 이 세상과 저 세상을 연결해 주는 다리, 오직 하늘에만 머리를 두고 살아가는 그런… 존재였을까.

답은 떠올라 주지 않았다.

연연에게 물어봐도 마찬가지였다.

"텅 비어 있었어요. 그녀의 과거와 현재, 미래가 보이지 않았어요. 그냥… 아무것도 없었어요. 사랑도, 미움도, 기쁨도 보이지 않았어요. 그러한 것들을 초월해서 그렇게 텅 비어버린 것인지… 어쩌면 그건 것들에게 시달려서 그렇게 철저히 외면해 버린 것인지를… 알 수 없었어요. 우리와는 전혀 다른 존재인지, 그저 달라 보이기만 하는 존재인지도 알 수 없었어요."

박린은 마른풀을 질경질경 씹으며 하늘을 바라보았다.

계속해서 서쪽 하늘을 바라본다면 얼마 지나지 않아 연경이 보일지도 모르겠다는 생각이 들었다.

행로의 칠 할을 넘어선 시점이었다.

그동안 조직을 꾸몄고, 강북상련의 선봉과 장강수로채, 삼교를 넘어섰다. 이제부터 연경까지는 병사들과 동창, 서창, 내행창의 고수들이 막아설 것이다. 이따금 막아설 강북상련도 무시할 수 없을 게 분명했다.

"어험."

박린은 조용히 일어나서 풍윤성을 향해 내려갔다.

풍윤성을 통과해 옥전으로 가기는 틀린 노릇이었다. 그렇다고 우회하자니 매복이 걱정되지 않을 수 없었다. 따라서 병사들의 배치 상황을 확인하고 대비책을 세워야 했다.

*   *   *

풍윤성 문루 위에는 양소와 백학량이 부복해 있었다.

그들의 사장 앞엔 나무로 만든 탁자가 있고, 그 탁자 위엔 풍윤성을 중심으로 사방 이백 리가 세세히 그려진 군사 지도가 올려져 있다. 그 탁자 너머에 현 풍윤성주이자 천소호장(天所戶將) 마광중(馬光仲)이 완전 무장한 차림으로 서 있고, 그 옆의 태사의엔 금의로 전신을 감싼 오십대 노인이 앉아 있다.

노인이 핏기 하나 없이 창백한 얼굴을 들어 앞에 부복해 있는 두 사람을 바라보았다.

노인의 눈가가 미미하게 떨렸다.

"흠흠."

노인은 물감을 들인 것처럼 붉은 입술을 열었다. 그러자 수염이 한 올도 없는 그의 입에서 가느다란 목소리가 흘러나왔다.

"양소, 그리고 백학량."

"하, 합하!"

"너희들이 얼마나 큰 실수를 했는지 알고나 있느냐?"

"예, 태감 합하!"

양소와 백학량은 동시에 대답했다. 그들의 손과 어깨가 사사나무처럼 떨렸다. 노인은 바로 팔호(八虎) 중의 일인이면서 병부를 관할하는 곡대용(谷大用)이었다.

그는 산해관을 담당하는 밀영이 날린 전서를 받고 부랴부랴 이곳으로 내려왔다. 그는 도착하자마자 인근의 각 군진에 파발을 보내서 병사들을 이곳으로 집중시켰고, 산해관으로 전서를 날려 양소와 백학량을 소환한 것이다.

"너희들은 산해관에서 연놈들을 잡지 못했다. 따라서 유 합하를 뵈올 면목이 없다. 덕분에 나까지 유 합하께 체면이 안 선다. 그렇다면 말이다, 당장 자결을 해야 도리가 아니냐? 하나 유 합하께서는 너희들에게 하해와 같이 큰 은혜를 베푸셔서 한 번의 기회를 더 주자고 하셨다. 알겠느냐?"

"예, 예, 합하!"

두 사람의 이마가 바닥을 찧었다.

곡대용은 피식, 웃었다.

"은혜에는 그만한 대가가 따르는 것이다. 너희들은 연놈들을 반드시 잡아야 할 게야. 잡지 못하면 각오하거라. 너희들의 머리통을 저잣거리의 개들이 물고 다닐 것이며, 사지는 발기발기 찢어서 병사들을 먹일 것이다. 알겠느냐!"

"명!"

두 사람은 네 발로 기어서 문루를 물러 나왔다.

계단을 다 내려와서도 두 사람의 얼굴은 백지장 같았다.

성문을 향해 걸으며 백학량이 양소에게 물었다.

"도대체 어떻게 된 일이오? 상부가 어떻게 산해관의 사정을 우리보다 더 훤히 알 수 있느냐? 이 말이오."

양소가 대답했다.

"흠, 그거야 당연한 게지요."

"뭐요?"

"장군도 한번 생각해 보오. 사례감의 눈은 천하 어디에든 있소. 하물며 산해관같이 중요한 곳에 눈을 안 박아놓았을 리 있겠소? 우리 말고도 파견한 자가 있었겠지. 뒤에서 조용히 우리를 지켜본 그자가 직보를 올렸을 거요."

"젠장!"

백학량이 돌멩이를 찼다.

양소는 그런 백학량을 무시하고, 환관다운 조심성으로 성문을 바라보았다. 평소라면 일몰과 함께 닫혔을 성문이었다. 하지만 이곳을 중심으로 거미줄처럼 늘어져 있는 방어선에서 오고 가는 병사들 때문에 활짝 열어놓은 상태였다. 환하게 횃불을 밝힌, 완전 무장한 병사들이 성문을 지키고 있었다.

백학량이 물었다.

"이제 어떡할 거요?"

"뭘 말이오?"

"어떻게 연놈들을 잡을 거냐, 이 말이오."

"끄음."

양소는 말이 없었다.

백학량은 양소의 침묵을 굳이 깨려고 하지 않았다. 양소는 지금 자신의 관모와 옷가지, 신발을 빼앗고, 머리카락까지 잘라 버린 놈을 생각하고 있을 것이다. 그 자신 역시 사례감 소속이라고 큰소리치는 그 놈에게 쩔쩔맸다.

성문 앞은 조를 새로 짜고, 매복지로 떠나는 기병들과 각 군진에서 막 도착한 기병들이 서로 뒤엉켜서 굉장히 소란했다. 그들을 물끄러미 바라보던 양소가 백학량을 불렀다.

"장군."

"예?"

"연놈들은 이 풍윤성엔 절대 발을 들여놓지 않을 게요. 장군도 한번 생각을 해보시오. 이렇게 소란스러운데 눈치채고도 남았을 거요. 따라서 이 근방 어딘가에서 야숙을 하며 눈치를 보고 있을 공산이 크오."

"그렇겠지요."

백학량도 소란함을 바라보면서 그런 생각을 하고 있던 참이었다. 묵묵히 기병들의 오고 감을 바라보던 양소가 백학량에게 말했다.

"내게 기병 오백 기만 내어주시오. 근방의 모든 구릉들을 모조리 수색해 봐야겠오이다!"

풍윤성 문루 위에서 곡대용은 먼 지평을 바라보고 있었다.

구릉 위로 차가운 빛을 뿌리는 달이 떠 있고, 지평엔 별이 가득 떠 있다. 지평을 흔들며 달려온 바람이 얼굴에 부딪칠 때마다 변방 특유의 말 오줌 냄새가 맡아졌다. 지평 곳곳엔 야인들이 피워놓은 듯한 모닥불들이 별처럼 뿌려져 있었다.

그 불빛들을 가리키며 풍윤성주 마광중이 설명했다.

"철장족(鐵漿族)이옵니다. 초원을 떠돌며 수렵과 목축으로 살아가는 무리들인데, 봄엔 요서(遼西) 지방으로 올라갔다가 가을에 내려옵니다. 구릉과 물가를 떠돌며 이곳에서 겨울 한철을 나고 다시 요서 지방으로 올라가는 생활을 반복하고 있사옵니다. 참 한심한 놈들입지요."

"수효는 얼마나 되나?"

"남녀노소 다 합쳐서 오천 명을 약간 상회하옵니다."

"오천 명이라면… 그 속에 병기를 잡을 만한 놈들의 숫자가 천여 명 정도 되겠구먼? 흠, 이번 일이 끝나면 바로 놈들을 토벌해라. 숫자를 반으로 줄여놓으란 말이다. 야인 놈들은 들개 떼와도 같다. 무리가 불어나면 겁도 없이 덤벼들지!"

"명."

마광중이 물러갔다.

곡대용은 문루에 기대어 관을 고쳐 썼다. 급하게 연경을 떠나온 피곤이 어깨를 내리눌렀다. 세상은 왜 이렇게 복잡한가. 백성들은 또 왜 이렇게 단순하며 물색을 모른단 말인가.

상관인 유근이 항상 하는 말이었다.

황조(皇朝)의 영광이 다하고, 제국의 창고가 빈 지 오랜 시간이 지났거늘… 황권이 전부 사례감의 손안에 있거늘 백성들은 주씨가 황제이어야만 한다고 생각한다. 원래부터 왕후장상의 씨가 따로 있는 게 아니거늘…….

곡대용은 피식, 웃었다.

어린 황제는 지금 이 시간에도 정사는 도외시한 채 주색잡기에 열중하고 있을 것이다. 황제의 주색잡기는 점점 돌이킬 수 없는 곳으로 내달리고 있었다.

황제는 나이 많은 나인들과 나이 어린 나인들, 유부녀와 처녀, 소녀를 가리지 않고 범했다. 그 넓디넓은 자금성 안에서, 골육상잔과 음모의 피비린내로 뒤덮인 황궁 안에서 황제는 안식을 취하지 못하고 점점 색마가 되어갔다.

황제는 국경도 가리지 않았다. 언젠가 유근을 수행해서 들어가 본 표방(豹房)은 환락의 극치였다. 옥문관 너머 사막을 통해 들어온 각종 장식들은 눈이 부서서 도저히 눈을 뜨지 못할 정도였고, 계집들의 종류도 무한했다.

눈동자가 파랗고 머리카락이 노란 색목녀, 이에 검은 물을 들인 왜녀, 눈매가 시원시원한 조선녀, 이마에 붉은 점을 찍은 법국녀, 진흙을 발라놓은 것처럼 검은 곤륜녀, 머리띠로 씨족을 구별하는 야인녀에 이르기까지 수십 종류의 계집들이 실오라기 하나도 안 걸치고 황제의 주위를 배회하고 있었다.

황금 화로에선 색욕을 일으키는 향이 활활 타오르고, 그 계집들의 사타구니 사이에서 풍기는 미묘한 향에 취해 그는, 양물 없는 환관임에도 불구하고 허리가 뻐근해졌었다. 유근이 정사에 관해서 황제에게 의견을 물어보자 황제는 색목녀의 음부 속에 박혀 있던 손을 빼 휘휘 저으며 다 귀찮다는 듯 이렇게 말했다.

"네 맘대로 처리해라. 정사(情事)의 일은 짐이 맡을 테니 정사(政事)의 일은 유 태감 네가 처리해라. 그만 물러가라. 정사의 정혈을 흠뻑 빨아먹었더니, 몹시 피곤하구나."

물러 나오는 길엔, 황제가 계집을 내리누르며 헉헉대는 소리가 달라붙었다. 그가 눈살을 찌푸리자 유근이 껄껄 웃었다.

"저자가 황제니라. 저자가 천한 떠돌이 객승 주원장의 피를 이어받은 자니라. 저를 옹위해서 제국을 일으킨 모든 명신, 명장들을 다 쳐죽인 그자의

피를 이어받은 자이니라. 골육상잔으로 황제가 된 영락의 저주를 물려받은
자이니라."

　황제를 대리해서 전권을 행사하는 유근에게 조신들은 머리가 땅에
닿도록 절을 해야 했다. 잘못한 글방의 코흘리개들처럼 단체로 벌을
서야 했으며, 매를 맞지 않으려고 뇌물을 바쳐야 했다. 이렇게 색마가
되어버린 황제 앞에서 유근과 그의 나날들은, 풍족했고 편안했다. 적
어도 연놈들이 나타나기 전까지는.
　곡대용은 주먹을 움켜쥐었다.
　"유 합하와 우리의 성세는 천명이므로 영원할 것이다!"
　그의 눈에 핏발이 섰다.
　양소와 백학량이 기병들을 몰고 성문을 빠져나가고 있었다.

제4화 북상(北上)
북쪽으로 올라가다

쏴아아…….

갈대들이 몸살을 앓고 있었다.

바람이 불 때의 지평은 격렬한 바다였다. 휘어졌다가 일어나고, 다시 휘어져 버리는 갈대들 위를 달빛이 굴렀다.

박린은 눈을 모았다.

바람결을 따라 수막이 심하게 흔들렸다.

철장족들이 잠드는 모양이었다. 광활한 지평을 밝히며 타올랐던 모닥불들이 점점 작아지고 있었다.

양과 염소, 초원과 강, 그리고 하늘만을 세상으로 알고 살아온 철장족들마저 잠들면 지평은 홀로 달빛을 슭아내며 출렁거리리라. 바람이 발해 만에서 실어온 소금기를 서리로 피워 올리며 홀로 흐느적거리리라. 그리하여 아침의 희망 찬 미명이 물들어올 때까지 지평은 홀로 적막하리라.

하지만 박린은 보고 있었다.

이제부터 홀로 적막해질 구릉과 구릉, 잡목 군락들, 가시덤불과 불개미집, 새들이 잠들어 있는 잡풀 더미의 어디쯤 매복해 있는 병사들의 예기, 그들이 세워놓은 창날과 만도의 번득임을.

"어험."

박린은 관도를 버린 다음에 거미줄처럼 무수하게 깔린 소로 중 하나를 택해서 천천히 걸어나갔다.

소로들은 모두 지평을 향해 나 있는 것 같았다. 걷다 보면 어느 소로든 지평에서 만나질 것만 같은 느낌이었다.

박린은 조선의 들과는 전혀 다른 지평의 광활함을 이해할 수 없었다. 지금 밟는 흙의 척박함을 이해할 수 없었고, 거칠 것 없이 불어오는 바람의 근원을 이해하기 힘들었다.

이런 땅을 부초처럼 떠돌며 살아가는 야인들을 이해할 수 없었다. 그들의 떠돎을 이해할 수 없었던 게 아니라, 그들의 삶을 이해하기 힘들었다. 땅의 척박함을 피해 떠돌지언정 버리지 못하는 이유는 무엇인가. 봄의 수레를 타고 떠났다가 가을의 수레에 실려서 다시 돌아오는 이유는 무엇인가.

"순환을 거듭하는 대자연의 섭리를 아는 걸 테지. 그런 걸로 보면 훌륭한 선생은 공맹(孔孟)이 아니라 대자연이로세. 이 말없는 대자연의 가르침 앞에서는 문득 문자의 한계를 느끼지 않을 수가 없도다."

어슬렁어슬렁.

박린은 계속 걸어나갔다.

마치 대자연과 동화된 것 같은 걸음걸이였다.

"어라?"

풍윤성 외군(外軍) 소속 소기(小旗:분대장) 탁발두(卓鉢杜)는 옆의 수하를 툭, 치고는 앞을 가리켜 보였다. 순간 갈대가 날리는 스산스러움에 취해 눈을 멀뚱거리고 있던 수하가 흠칫, 몸을 웅크렸다. 그의 뒤에 있는 병사들도 잽싸게 창과 만도를 움켜쥐고 허리를 숙였다.

"뭐야, 저거?"

"철장족인가?"

"사냥꾼 차림인데?"

그들이 주시하고 있는 곳.

달빛이 깔린 소로를 밟으며 이상한 녀석이 나타났다.

어슬렁어슬렁.

부채로 얼굴을 가려가며 가만히 쉬는 한숨.
끊는다 하면서도 못 끊는 것은 정이라네.
공연히 달을 보며 임 오시기만을 기다려…….

녀석이 흥얼거리는 당시(唐詩)는 익히 들어온 것이라서 낯설지 않았다. 정작 낯설었던 건 녀석의 차림이었다.

옷만 보면 녀석은 사냥꾼이 분명했는데, 등짐을 보면 병풍을 팔러 다니는 장사꾼 같기도 했다.

더욱 이상했던 건 녀석의 행로였다.

녀석이 밟고 있는 소로는 철장족들이 만들어놓은 것이었다. 즉, 철장족들이 생활에 필요한 물건들을 구입하기 위해 풍윤성을 들락거리는 길이었다. 따라서 곧장 가면 철장족들의 본거지에 도착하는 것이다.
그런데 철장족들은 끊임없이 이동하는 무리여서 병풍이 필요없었다.
　"저놈은 뭘까?"
　"혹시? 그 박린이란 놈이 아닐까?"
　"이 덜떨어진 녀석아! 그놈은 무리를 거느리고 있다고 했잖아? 근데
저놈은 혼자야."
　"끄음."
　풍윤성 외군 소속 병사 열한 명이 자신을 지켜보고 있는 걸 아는지
모르는지 박린은 천하태평이었다.

　오동나무 잎에 벌써 바람이 걸리니 가을인가.
　꺼져 가는 등불, 귀뚜라미 울음소리 심금을 울리는 밤.
　거 누구요, 나의 서러운 심정을 담은 시집을
　찬찬히 읽어주어 벌레 먹지 않게 만드실 이.

　구성지게 노래를 크게 부르며 박린은 병사들이 매복해 있는 덤불을
지나쳤다. 병사들은 어리둥절해서 멍하니 멀어지는 그를 바라보았다.
잠시 후, 그들은 앞을 바라보며 방금 지나간 녀석에 대해서 의견을 나
누었다.
　"뭐였을까, 그 녀석?"
　"성 밖에 사는 떨거지겠지."
　"음?"
　"철장족들과 친분을 나누는 녀석들이 꽤 되거든?"
　"흠흠, 그래? 근데 설마 박린이란 녀석은 아닐 테지?"

"당연하지, 임마. 쫓기는 놈이 제발 날 잡아가쇼! 하는 것처럼 저렇게 크게 노래 부르고 다닐 일 있냐?"

"그건 그렇지만… 끄음. 왠지 개운치 않단 말이야."

병사들이 고개를 돌려서 다시 박린을 바라보았을 때, 소로엔 달빛만 푸르게 흘러 다니고 있을 뿐 아무도 없었다. '이거 우리가 허깨비를 본 게 아닐까?' 하고 누군가 조심스럽게 말을 꺼냈다. 하지만 병사들은 아무도 대답을 하지 않았다. 그들의 신경을 번쩍! 뜨이게 하는 것들이 출현한 것이다.

두두두두—

풍윤성을 빠져나온 그것들은 횃불을 하나씩 든 기병들이었다.

기병들은 성 밖의 인가를 한 바퀴 돌아서 구릉을 누비기 시작했다. 족히 오백은 넘어 보이는 기병들이 구릉에 퍼지자 지평까지 환하게 물들었다. 바로 양소와 백학량이 지휘하는 기병들 오백 기였다.

"뭐야?"

"구릉을 수색하는 모양이지?"

"에이, 젠장! 오늘 밤은 잠자기 다 틀린 것 같네."

소기 탁발두가 눈을 가늘게 뜨며 몸을 굳혔다.

"정신 차려, 이것들아!"

이때 박린은 철장족들의 본거지를 둘러보고 있었다.

철장족들은 공동 생활을 하는 모양이었다. 그들은 통나무를 듬성듬성하게 쌓고 거기에 방패들을 죽 걸어놓은 것으로 안과 밖을 나누어놓았다. 안에는 커다란 모닥불 터를 중심으로 수레 위에 게르를 얹은 집들이 가득했고, 밖엔 양과 염소가 잠들어 있다.

번을 서는 철장족들의 눈들이 별처럼 반짝였다. 그들은 박린을 보고도 누구냐고 묻거나 다가오지 않았다. 자신들의 물건을 건들지 않으면 그냥 이렇게 지켜보기만 하는 모양이었다.

"어험."

박린은 성큼 안으로 들어섰다.

입구를 지키는 철장족의 창날이 앞을 가로막았다.

"누굴 만나려고 하십니까?"

서툰 한어(漢語)였다.

박린은 선량하게 생긴, 그러나 책임감으로 가득한 철장족 청년을 바라보았다.

"제일 큰 어른을 만나려고 하외다!"

청년이 대답했다.

"달이 중천입니다. 양들의 꿈자리가 넓고 깊습니다. 행여 잠의 기슭이 흔들릴까 두렵습니다."

"조용히 하겠소."

잠시 기다리라고 말하고 청년이 들어갔다.

곧바로 중앙의 가장 커다란 게르가 밝아졌다. 그 안에서 두런거리는 소리가 들리더니 게르의 입구가 열리고 머리를 길게 기른 사람들과 검은 빛깔을 지닌 개들이 쏟아져 나왔다. 모닥불이 피어올랐고, 모닥불 주위를 돌며 개들이 컹컹! 짖었다.

"바람 소리를 따라 걷다 보면 문득 큰 강을 만나게 된다네. 그곳에는 온갖 이해할 수 없는 것들과 보여지지 않는 것들이 가득 떠다니지. 강 너머의 지평에선 벼락이 하늘과 땅을 잇고, 구름 사이에선 천신들의 노랫소리가 들리네."

주름만 남은 손으로 모닥불을 헤치며 노인이 말했다.

손놀림을 따라 일어난 불티가 사방으로 흩어졌다.

까맣게 그을린 이마, 볼을 덮을 정도로 길게 자란 흰 눈썹, 그 아래의 옹골진 눈 속에 노인이 살아온 세월이 들어 있었다. 대자연과 함께 지평을 경영하며 살아온 노인의 세월은 무겁지도, 가볍지도 않았다. 세월만큼 쌓여진 지혜와 대자연을 향한 몰두, 가고 옴의 순리를 담은 노인의 눈이 건너왔다.

노인은 박린이 원하는 바를 알고 있었다.

"길을 잃어버린 모양일세."

"그렇습니다, 어르신."

"길은 세상에 사는 사람의 수만큼이나 많아. 끊임없이 이어지고 교차하면서도 한곳으로 모이지. 그게 사람의 길이기 때문이네. 하지만 초원의 길은 그렇지 않아. 양과 염소 떼들이 가는 길이라서 다 제각각이야. 여기엔 사람의 길이 없네. 우린 그저 양과 염소 떼의 뒤를 따라다니는 게야."

"……."

노인은 풍윤성을 잠시 바라보다가 말을 이었다.

"세상에 길을 내는 자들은 자신들이 낸 길이 영원할 줄 알아. 그 길을 지키기 위하여 성을 쌓지. 그 성을 보호하기 위해서 병사들을 조련시키고, 그 병사들을 조련하기 위해서 또 길을 낸다네. 그리고 그 길을 지키기 위하여 다시 성을 쌓는 악순환을 반복하는 게야."

박린은 고개를 끄덕였다.

노인은 대자연의 일부가 된 듯싶었다.

길게 흐르는 은하수를 바라보던 노인이 일어섰다.

"달이 기울고 미명이 번져 오면 우리 부족은 저 은하수가 밝혀놓은 길을 따라서 북쪽으로 올라갈 것이네. 이곳의 달은 이미 꽉 찼네. 지평으로 떨어져 내리는 일만 남아 있어. 달이 떨어져 내린 땅에서 주씨의 칼날이 솟아올라 올 게야. 그것들이 우리 식솔들과 가축들을 죽이는 걸 두고 볼 수 없다네."

노인과 사람들이 게르로 들어갔다. 개들도 모닥불을 몇 바퀴 맴돌다가 사라졌다. 박린은 불 꺼진 게르에 대고 허리를 숙였다.

노인이 풍윤성을 우회할 방법을 말해 준 것이다.

팡!

풍류무영 선세결이 펼쳐졌다.

"뭐야? 방금 뭐가 휙— 하고 지나가지 않았어?"

풍윤성 외군 소기 탁발두가 물었지만, 수하들은 구릉을 휘젓는 기병들의 횃불을 바라보고 있어서 아무도 대답하지 않았다.

팡, 팡!

거푸 선세결을 펼치는 박린도 기병들을 보고 있었다.

"이 인간이 도대체 어딜 간 게야?"

화노는 모닥불을 안고 비스듬히 누워 있다가 벌떡 상체를 일으켰다. 당최 어깨와 허리가 결려서 잠을 이룰 수 없다는 표정이었다. 화노가 어깨와 허리를 두드리며 부산을 떨어도 사람들은 조용했다. 왕씨 육 형제는 아예 코까지 골고 있다.

"케헴."

화노는 슬그머니 일어나서 인도와 우공에게 다가갔다.

인도와 우공은 잠들어 있지 않았다. 둘 다 멍하니 뜬 눈으로 하늘을 올려다보고 있었다.

"뭣들 해?"

화노의 물음에 인도가 대답했다.

"지난 세월을 보고 있네."

"잉?"

화노는 하늘을 보았다. 하늘엔 별게 없었다. 이쪽 지평과 저쪽 지평을 이으며 은하수가 흘러가고, 달은 별들이 지천인 지평으로 침몰하고 있다.

"아무것도 없잖아? 근데 뭐가 보이는 게야?"

"세월이 보이네."

"……?"

하늘에 눈을 박은 채로 인도가 중얼거렸다.

"우리가 살아온 세월이 보이네. 어렸던 날들과 젊었던 날들, 잠들었던 날들과 잠들지 못했던 날들, 분노했던 날들과 기뻤던 날들이 저 은하수를 타고 흘러가고 있어."

"……."

우공의 눈도 깊어졌다.

인도는 우공의 동공 속에 가라앉아 있는 별들을 보았다. 별들은 우공이 눈을 끔벅거릴 때마다 영롱해졌다.

"케헴!"

화노는 갑자기 변해 버린 둘의 마음을 이해할 수 없었다. 대마두면 대마두답게 처신을 해야지, 저런다고 옛날의 흉명이 달라지나? 웃기는 종자들 같으니라구, 라고 생각한 것이다.

화노는 내심 인도와 우공을 비웃었다.

‘망령이 든 걸지도…….’

혈사교는 뱀을 숭상하는 종파였다.

혈사교 경전인 사경(蛇經)에 의하면, 천지가 하늘과 땅으로 아직 분리되지 않았던 시절에 홀연히 생겨난 존재가 있었다고 한다. 그것은 자신의 긴 몸으로 경계를 삼아 하늘과 땅을 나누었고 만물을 창조했다. 그 존재가 바로 혈사(血蛇)였다.

그들은 피가 붉은 이유와 아침저녁으로 지평의 위쪽 하늘이 붉게 물드는 이유를 혈사에게서 찾았다. 혈사교도들에게 그 혈사는 천지간 만물의 운행을 주관하고, 영원과 복락을 내려주는 천신이었다. 그들의 처음은 당연히 미미했다.

하지만 대를 이어 능력자들이 나타나서 교세를 키웠다. 어떤 대의명분을 가지고 모였든, 종파가 커지면 노선의 차이에 따른 분파가 생긴다. 문제는 이렇게 떨어져 나간 분파들이 일으켰다.

홀로 생겨난 지혜의 존재 혈사가 피를 흠뻑 뒤집어쓴 혈사로 탈바꿈하는 것은 순간이었다.

떨어져 나간 분파들은 교세 확장을 위해 온갖 감언이설, 거짓된 기적, 노동력과 재산의 착취, 위협과 감금, 폭행, 청부 살인도 마다하지 않았던 것이다.

관의 토벌은 당연했다. 혈사교 각 분파들은 일부는 토벌되고, 일부는 지하로 숨었다. 분파들을 토벌하는 데 성공한 관군들은 혈사교 총단을 포위했다. 그들이 쏘아 보낸 화살들이 수십만 마리 황충이[蝗蟲:메뚜기] 떼처럼 쏟아져서 본전을 휩쓸었다.

이에 본전에서는 죽음과 비명, 피와 절망이 난무했다. 그러나 창칼을 앞세운 현실의 무력 앞에서 혈사의 기적은 일어나지 않았다. 혈사교 총단은 지하로 숨어들었다. 그리고 먼저 숨어 있던 분파들과 힘을 합쳐 다시 태어났다. 지혜의 상징인 혈사가 아니라 피의 상징인 혈사로 거듭난 것이다.

그런 사연을 안은 인도가 쓸쓸한 목소리를 냈다.

"사는 건 별게 아닌 게야. 당시엔 목숨 줄이 당겨질 정도로 간절했던 감정들도 지나고 나서보면 유치하기가 짝이 없어. 그런데 왜 당시엔 그 유치함이 보여지지 않았고, 가늠할 수도 없었을까. 왜 그렇게 간절하게 와 닿았을까?"

우공이 대답했다.

"마음 밭이 넓고 깊지 않았던 덕분일 게야. 우리의 눈이 다른 곳을 바라보고 있었던 까닭일 게야. 보이는 것만, 들리는 것만을 신봉해서였을 게야. 한마디로 철이 없었던 게지."

"케헴."

둘의 이야기에 화노는 가슴이 뜨끔해졌다. 돌이켜 생각해 보면 자신도 마찬가지였다. 보이지 않는 것은 보지 않았고, 들리지 않는 것은 무시했다. 보이는 것은, 그게 무엇이든 그림자를 가지고 있기 마련이었다. 들리는 것도, 그게 무엇이든 저음(低音)이 있기 마련이었다. 그 그림자와 저음을 외면했다. 전체가 아닌 일부만을 의지해서 세월의 가교를 성큼성큼 건너왔다.

화노는 인도와 우공 옆에 누워서 하늘을 바라보았다.

덧없이 늙어버린 세 노인의 주름진 눈매를 매만지며 은하수가 찰랑거렸다. 지평을 휩쓸면서 바람이 달려왔다.

쏴아아……

셋이 동시에 가만히 상체를 일으킨 것은 달이 지평에 반쯤 파묻혔을 때였다. 셋은 눈빛을 마주치며 고개를 기울였다. 달빛을 솎아내며 달려오는 바람 속에 뭔가 굉장히 이질적인 소리가 섞여 있었다. 냄새 역시 심상치 않았다.

인도가 속삭였다.

"기병들일세!"

우공이 지평 쪽으로 고개를 들었다가 내렸다.

"우리 쪽으로 다가오고 있어."

곤륜취검을 잡고 화노가 일어섰다.

"색도가 뭔지를 알려줘야 되겠네!"

2

박린은 몸을 하늘 높이 뽑아 올렸다.

공중제비 두 번에 한창 앞으로 달려나가고 있는 기병들의 후미가 잡혔다. 박린은 두 팔을 활짝 벌려 바람개비처럼 떨어져 내려서 기병을 덮쳤다.

"⋯컥!"

목이 돌아간 기병을 집어 던지고 박린은 안장을 밟았다. 펄럭펄럭, 달려온 바람에 옷고름이 뒤로 날렸고, 어깨를 흔들었다.

박린은 안장을 차고 다시 도약했다가 떨어져 내리면서 뒤에서 기병의 목을 움켜쥐었다. 손금 사이로 기병의 짧은 수염과 완강함이 느껴졌다. 기병이 도리질을 쳤다. 기수의 이상을 눈치챈 말이 앞발을 높이 쳐들고 엉덩이를 흔들며 오줌을 쌌다.

뚝!

완강한 도리질의 정점에서 기병의 목뼈가 돌아갔다. 그를 떨어뜨리자 고삐에서 해방된 말이 방향을 잃고 비스듬히 대열을 이탈해서 멀어져 갔다. 그때 박린은 풍류무영 선세결로 기병들의 어깨를 밟으며 선두로 향해 치달리고 있었다.

탓, 탓!

기병들의 견고한 철갑과 어깨가 꼭 나무토막 같았다.

'야숙터가 들키면 끝장이다!'

박린은 마음이 급했다. 기병들은 지금 둑이 터진 물살처럼 야숙터를 향해 달려가는 중이었다. 어떻게든 기병들의 방향을 바꾸어야 했다. 숫자상으론 오백 대 삼십이라 상대가 안 되지만, 전력으로 치면 일행들이 월등했다.

문제는 이런 숫자상 놀음이나 전력이 아니었다.

만약 싸움이라도 벌어지게 되면 풍윤성과 인근에 포진한 병사들 사만이 몰려온다. 그렇게 되면 일부는 죽고, 일부는 다칠 것이며, 또 일부는 사로잡힐 것이다.

물론 일행들이 죽여 버린 병사들, 다치게 한 병사들이 더 많을 것이지만, 중요한 건 그런 게 아니었다.

만사가 끝장이었다.

연경에 도착해 보지도 못하고 생을 접어야 하는 것이다.

물론 혼자 몸이라면 어떻게든 혈로를 뚫고 탈출할 수 있다. 하지만 혼자 몸이 아니었다. 이제 막 세상에 눈을 뜨기 시작한 젊은이들과 여태 살아온 삶을 반추하고 있는 노인들이 있는 것이다.

그 안에… 연연이 있다. 스승님의 한과 과거가 있다. 숙모 벽력선자의 눈물이 있다. 그리고 박린 자신의 목숨과 대룡(大龍)의 간절한 바람, 명나라와 조선 양국의 장래가 걸려 있었다.

"뭐냐?"

"뭐가 지나간 거냐?"

환관 양소와 우기장군 백학량은 대열의 뒤에서부터 조용히 일어나는 소란을 굉장히 의아하게 생각했다. 대열의 뒤에서 처음 일어났던 소란은 바로 등까지 밀려왔다. 두 사람은 소란의 정체를 알기 위해 뒤를 돌아보는 대신 입을 떡 벌리고 하늘을 바라보아야 했다.

"저게 뭐야?"

정신을 차리고 먼저 입을 다문 사람은 양소였다. 백학량이라고 그것의 정체를 알 리 없었다. 그들의 육 장(18m) 앞. 뒤쪽에서 긴 호선을 그리며 펄럭펄럭 날아온 그림자가 중력을 비웃기라도 하듯이 직각으로 천천히 떨어져 내리고 있었다.

"사, 사람이잖아!"

정말 사람이었다.

맨 상투에 담비피로 만든 머리띠, 기름진 수염, 담비피로 만든 투수(套袖)와 역시 담비피로 만든 각반(脚絆), 호랑이 가죽 허리띠를 착용하고 병풍을 짊어지고 있는 사내!

"워어!"

"워어!"

양소와 백학량이 동시에 말고삐를 잡아챘다. 순간 급하게 달려오던 중군과 후미가 갑자기 정지한 선두를 피해 앞으로 달려나가며 사내를 중심으로 커다란 원을 그렸다.

"너, 너!"

"너 이놈!"

양소와 백학량의 눈이 뒤집혔다. 녀석은 바로 자신들에게 갖은 행패를 부리고 유유히 산해관을 빠져나간, 박린이었다.

녀석이 양손을 벌리며 반갑게 웃었다.

"하하! 별래무양들 하시었소?"

"쉿!"

맨 앞에서 기어가던 인도가 뒤를 보며 손가락을 입에 댔다.

"잉?"

"큼큼!"

화노와 우공은 흠칫, 놀라 자라목이 됐다.

두 사람은 인도에게로 어기적어기적 기어가서 인도가 가리키는 구릉 밑을 내려다보았다. 달빛이 푸르게 지펴져서 환한 구릉 밑엔 수백에 달하는 기병들이 번쩍번쩍 하는 창과 만도를 쥐고 사내 하나를 포위하고 있다.

그 사내에게로 눈을 모았던 화노가 대뜸 인상을 구겼다.

"하여튼 저 인간은 인생에 절대 보탬이 안 돼요. 왜 저기 서서 우리 세 늙은이의 행사를 훼방 놓고 있느냐 이 말이야. 간만에 몸 좀 실컷 풀려고 작심했더니… 그걸 어떻게 알고 벌써 저기 가서 서 있느냐 이 말씀이지. 에잉!"

"이런 씨블. 저렇게 되면 우리가 손을 쓰면 안 되잖아?"

우공도 구시렁거렸다.

인도가 말했다.

“싸움 구경 하는 것도 괜찮지 뭐.”

하지만 셋은 한가하게 싸움 구경을 할 수 없었다. 우연인지는 몰라도 박린의 눈이 이쪽을 한 번 슬쩍 스쳐 지나간 것 같았다. 셋은 잽싸게 고개를 집어넣었지만, 아무래도 발견된 것 같은 불길한 느낌이 들었다. 역시 그랬다. 천천히 고개를 빼는 화노에게 박린이 던진 전음이 날아들었다.

“형님.”

“잉?”

“노인네들이 잠도 없구려?”

“큼큼!”

화노가 혼자 이상한 행동을 보이자 어리둥절해진 인도와 우공이 화노를 보았다. 그러거나 말거나 박린의 전음이 계속 날아와서 화노에게 달라붙었다.

“형님, 고난에 처한 이 아우를 도와주고 싶은 마음이 굴뚝같다는 건 알지만, 오늘은 사양하겠소이다.”

“케헴, 뭐, 뭐야?”

결국 인도가 화노의 어깨를 흔들며 물었다.

“이봐, 자네 갑자기 망령이라도 난 게야? 뭘 혼자 그렇게 중얼거리누? 정신 차려, 이 사람아!”

우공도 심각했다.

“어쩐지, 며칠 전부터 상태가 안 좋아 보이더니……. 에이, 씨불. 왜 하필이면 이런 순간에 망령이 난단 말인가? 누구 엿먹이려고 작심한 것도 아니고 말이야!”

둘의 얼굴이 화노에 대한 걱정으로 새까매졌다. 그러나 박린의 전음은 계속 들려왔다.

"어서 야숙터로 돌아가셔서 일행들을 깨우세요."

"으?"

"그곳에서 북쪽으로 오 리 정도를 가면 철장족들의 본거지가 나옵니다. 중간에 매복이 하나 있으니 조심하셔야 합니다."

"큼큼?"

"그들이 새벽에 이동한다고 합니다. 그들과 섞여 일단 북쪽으로 올라갔다가 적당한 곳에서 이탈, 옥전과 계주를 거치지 않고 바로 연경으로 내려갈 예정입니다."

"아, 알겠네."

그제야 화노는 박린이 없어졌던 까닭을 이해했다. 하여튼 재주는 좋은 녀석이었다. 바로 이런 방편을 만들기 위해서 밤새 돌아다녔다는 생각에 화노는 마음이 울컥했지만, 색도의 고고한 길을 걷는 도사로서 그걸 내색하면 도리가 아닐 것 같았다.

"케헴."

화노는 인도와 우공을 보았다. 두 사람은 화노 자신이 망령났다고 생각하곤 걱정에 휩싸여 있었다.

인도가 손가락 두 개를 눈앞에서 흔들었다.

"이봐, 화노. 괜찮아? 이게 몇 개로 보여?"

"……?"

"에이, 씨블. 걱정하지 말게나."

"……?"

"늙으면 망령나는 게 당연한 게지. 다른 사람들은 어떨지 몰라도 난 자네를 버리고 가지는 않을 게야. 조용히 묻어주고 제사도 꼬박꼬박

지내줄 테니까, 안심하라구."

우공의 말이 끝나자마자 화노가 버럭, 인상을 썼다.

"이 대마두들이 지금 뭔 소리들을 하고 있어!"

"으?"

"잉?"

"당장 일어나!"

파쾅!

갑자기 터져 나온 굉음에 말들이 한 길이나 위로 뛰어올랐다. 간신히 말을 다스려서 낙마를 면한 양소와 백학량의 얼굴이 납빛이 되었다. 녀석은 정말 만만치 않았다. 정확히 말하면 이해하기 힘들었다. 선비의 도리가 어떠니 저떠니 하며 한참이나 헛소리를 줄줄 늘어놓던 녀석이 한 손을 하늘로 쳐든 순간, 녀석의 손목에서 달무리와 흡사한 광환이 생겨났다.

양소는 그것의 정체가 옥영신공이라고 믿었다가 낭패당한 경험이 있으므로 극히 조심했다. 반면 백학량은 처음 보는 신비한 광경이었기에 어어, 하면서도 눈을 떼지 못했다.

"청죽수란 것이오."

녀석이 손을 휘휘 돌리며 빙그레 웃더니, 느닷없이 광환을 땅에 꽂아버렸다.

당장 둘레 일 장(3m), 깊이가 한 자(30㎝)나 되는 구덩이가 생겨났고, 날아올랐던 흙덩어리가 우수수수— 떨어졌다. 그 충격이 엄청났다. 어떤 덜떨어진 기병 녀석들은 너무 놀란 나머지 거꾸로 말고삐를 잡아챘다가 낙마하기도 했다.

녀석은 흙먼지와 티 검불이 내려앉자 돌아섰다.

그리고 흘깃 양소와 백학량을 보며 제의했다.

"내기합시다, 우리."

"뭐라?"

양소가 어리둥절해서 물었다. 내기고 뭐고 당장 창날을 날려 녀석을 잡아야 정상이었지만, 그도, 백학량도, 기병들도 방금 전에 본 녀석의 신위에 겁을 잔뜩 집어먹은 상태였다.

녀석이 말을 이었다.

"귀공들께선 말을 타고 달리고, 소생은 소생의 다리로 달리겠소. 도착점은 저기 보이는 지평까지! 귀공들께서 만약 소생을 추월한다면, 그 즉시 포박을 받으리다. 어떻소?"

"끄음."

양소가 아직도 멍해 있는 백학량을 보았다.

그러자 백학량이 얼른 입을 다물고 고개를 끄덕였다.

"좋다!"

녀석이 보여준 능력을 보니 어차피 포박은 글러 버린 노릇이었다. 그렇다면 굉장한 희생을 치르더라도 주살을 해야 하는데, 그것마저도 가능하지 않은 상황이었다. 녀석의 청죽수가 포위를 향해서 뿜어지면 기병들이 와르르― 무너질 테고, 그 틈에 녀석은 간단하게 포위를 빠져나갈 수 있는 것이다.

백학량이 말을 몰아 앞으로 나왔다.

"분명히 약조한 것이렷다?"

그는 다른 건 몰라도 말이라면 자신있었다. 그가 지금 탄 말은 힘과 지구력만 좋지 덩치도 작은 데다가 다리까지 짧아서 경주와 하등 상관이 없는 과하마가 아니었다. 연경에서 타고 내려온 오추마(烏騅馬)였다. 녀석이 아무리 빠르게 달린들 오추마를 앞지를 순 없을 게 틀림없었다.

아니나 다를까.

오추마를 본 녀석이 흠칫 놀란 표정을 지었다.

"어험. 이, 이 말로 내기를 하실 작정이오?"

"그렇다, 이놈!"

"끄음, 귀공의 생각이 정 그러하다면 별수없지요. 내기를 없었던 것으로 할 밖에."

"뭐라?"

"하지만 선비일언 중천금이라고 했으니… 험험, 내기는 그냥 지속하되 소생도 귀측께 한 가지 조건을 걸어야겠소."

일이 심상치 않게 돌아가자 양소가 눈을 빛냈다.

"말해 봐라!"

"만약 귀측께서 소생을 추월하지 못하면 어떻게 할 거요? 소생은 목숨을 걸었소이다. 그러니 귀측께서도 그에 상응한 조건을 걸어야 할 게요."

"끄음."

"흠흠."

양소와 백학량이 눈빛을 교환했다.

잠시 후, 양소가 아주 조심스럽게 대답했다.

"네놈을… 쫓지 않겠다!"

이런 제의를 할 수 있는 위치에 양소와 백학량은 있지 않았다. 장인 병필태감 유근을 제외하면, 지금 저 풍윤성에 들어 있는 곡대용도 이런 제의를 할 수 없는 것이다. 하지만 양소는 녀석이 승리할 거라고는 믿지 않아서 이렇게 아무렇게나 둘러댔다.

그런데 녀석이 뜻밖으로 나왔다.

"그딴 건 필요없소."

"으? 그럼?"

"연경에 있는 귀공들의 전 재산과 처첩을 거시오."

"뭐라?"

다시 한동안 눈빛을 교환하던 양소와 백학량이 어느 한순간 동시에 대답했다.

"좋다!"

"그럼 증명을 써주시오."

급히 휘갈겨 쓴 증명을 받으며 박린은 빙그레 웃었다.

사실 박린은 근심을 했었다. 연경에 도착하면 야숙이 불가능한 것이다. 그렇다고 객잔을 전전하면 대번에 발각될 게 틀림이 없었다. 그래서 미끼를 던졌더니 그 미끼를 덥석 물어버린 것이다.

턱밑이 어두운 법이었다.

이런 방식으로 연경에 도착해서 몸을 숨기고 있을 거점이 마련되었다. 이 거점에 전혀 문제가 없는 건 아니었지만, 그건 지금 걱정할 문제가 아니라 닥쳐서 해결해야 할 문제였다.

증명에 수결까지 넣은 이상 저들은 전전긍긍은 해도 고변은 꿈도 꾸지 못할 것이다.

왜냐하면 만고역적을 잡을 생각은커녕, 그와 한가하게 내기 따위나 하고 있었다는 게 발각되는 걸 절대로 원하지 않을 테니까.

내기도 문제가 아니었다.

풍류무영상의 어느 걸 펼치더라도 질 리 없었다. 하지만 박린은 내기에 질까 봐 매우 두려워하는 것처럼, 뒷머리를 긁으며 구시렁거렸다.

"오추마는 무쟈게 빠른 말인데… 어쨌든 별수없지 뭐."

박린의 굉장히 자신없는 구시렁거림을 들은 양소와 백학량이 씨익, 웃었다.

"어서 시작하자, 이놈!"

3

뿌우우… 뿌우우…….

나발이 울자 양과 염소 떼를 선두로, 마차에 실린 게르들의 긴 행렬이 지평을 향해서 천천히 움직였다. 뿌연 흙먼지와 티 검불을 뒤로하고 뱀처럼 구불거리며 앞으로 나아가는 행렬은, 마치 아침 노을 속으로 들어가고 있는 것처럼 보였다.

연연은 지평을 바라보았다.

뿌옇게 멀어지고 있는 지평과 함께 지난 삼 년간의 긴 여정도 끝나가고 있었다.

많이 아팠고, 많이 외로웠고, 많이 울었고, 많이 견딜 수 없었고, 더불어서 참혹했으며, 행복하기도 했던 지난 삼 년간의 긴 여정이 저 지평에서 막 돋아나기 시작하는 새벽 속으로 일몰처럼 꺼져 가고 있었다.

처음 영하를 출발했을 때의 막막함, 장성을 타고 동진해 올 때의 모래 바람, 그 펄럭거리던 바람 사이로 떨어져 내린 계절들, 끊임없이 이어지던 습격과 미행들의 아픈 기억도 멀어져 간다.

　요동에 도착해서 곽파를 바라보며 흘렸던 눈물, 하얗게 세어버린 곽파의 머리카락과 서리 내려앉은, 구부정한 어깨가 너무 안쓰러워서 울었던 기억들도 멀어져 가고 있다.

　이렇게 멀어진다는 건, 그게 무엇이든 그리움으로 채색되는 것 같았다.

　연연은 자신이 탄 게르를 묵묵히 따라오는 박린을 보았다.

　새벽이 다 돼서야 박린은 굉장히 핼쑥한 얼굴로 돌아왔다.

　물에 빠진 것처럼 흠뻑 젖어서 돌아왔다. 그리고 이때까지 아무 말도 없었다. 연연은 화노를 통해서 박린이 무엇을 하고 왔는지 알고 있었다.

　입가에 미소가 걸린다.

　둘이 처음 만났을 때를 떠올렸기에 걸려진 미소였다.

　달빛이 푸르게 엎질러진 초원에서 처음 만났을 때, 박린은 따뜻했었다. 연연 자신은 그걸 알지 못했다. 장군대에서 엎치락뒤치락했던 기억도 따뜻했다. 그 따뜻함도 알지 못했다.

　납치를 가장해서 옷과 장신구를 사주고, 목욕까지 할 수 있게 마음을 써주었다. 그때서야 어렴풋이 따뜻함을 알았다. 그렇게 시각이 바뀌자 정신없이 빠져 들어갔다. 막아놓았던 봇물처럼 툭, 터져서 품에 안겨 버렸다.

　박린은 연연 자신을 거부하거나 밀어내지 않았다. 더 따뜻하게 안아주었고, 온전히 몰두할 수 있도록 배려해 주었다. 그랬던 감정도, 속삭였던 이야기들도 다 멀어지고 있는 것일까.

　답은 쉽게 떠올라 주었다. 아니, 떠올라 주지 않았다.

　어떻게 잊을 수 있을까. 어떻게 잊어야 할까.

멀어질수록, 더욱더 가까워지는 이 은애를.

이 은애의 깊음을.

인연으로 우러난 물이 찰랑이는 우물 속으로 텀버덩, 같이 침몰해 버린 나와 저분의 두레박을.

연연은 입술을 질끈 깨물었다.

"아가씨, 우시옵니까?"

곽파가 넌지시 물어왔다.

"아, 아녜요, 파파."

곽파의 주름진 손이 건너왔다.

"울지 마소서. 이제 다 왔나이다. 열하(熱河:지금의 승덕)까지 북상했다가 고복구(古復丘)와 밀운성(密雲城)의 사이를 질러 연경에 당도할 것이옵니다."

눈물을 닦아주는 곽파의 손이 따뜻해서 연연은 목이 메었다.

"안… 가고 싶어요, 파파. 연경엘 안 가고 싶어요. 연연은 지금 이대로가 좋아요……. 못 먹어도… 못 살아도… 굶어도 그냥 이대로가 좋아요, 파파. 시간이… 시간이 이대로 영원히 정지해 버렸으면… 좋겠어요……."

"아가씨……."

곽파의 손이 연연의 들썩이는 등과 머리카락을 쓸어 내렸다. 곽파는 연연이 이루어지지도 않을 소원을 빌면서 울 수밖에 없는 까닭을 알고 있었다. 은애는 누구에게나 마찬가지로 다가오는 모양이었다.

곽파는 자신의 가슴을 깊게 베어버리고 지나간 척애를 생각했다. 아름다움은 세월과 함께 다 허물어져 버렸어도, 감정은 언제나 당시에 머물러 있었다. 은애는 가슴에, 뼈에 각인되기에 이렇게 질긴 건지도 몰랐다.

연연은 그저 울 뿐, 더 이상 말이 없었다.

곽파도 마땅히 해줄 말이 없었다.

연연은 꽤 오랜 시간이 지난 뒤에 울음을 그쳤다.

그리고 곽파를 올려다보며 씨익, 미소를 지었다.

"파파."

"예, 아가씨."

"제 머리를 예쁘게 땋아주세요."

"머리는 땋아서 무엇 하시게요?"

"그래도… 지금처럼 우중충한 것보담 낫잖아요?"

곽파는 대답하는 연연의 눈을 쫓아갔다.

"끄음."

저절로 신음이 나왔다.

연연의 눈동자 속엔 박린이 들어 있었다.

초원은 끝이 없었다.

이따금 무리 지어 서 있는 암석 군과 크고 작은 구릉들이 죽 이어진 곳을 만나기도 했지만, 그것들도 초원에 속한 것들이라서 낯설어 보이지 않았다.

매복해 있던 병사들이 다가왔다가 양과 염소 떼에 밀려서 분분히 물러서기를 거듭했다. 그들은 하나같이 꾀죄죄했고, 못 먹어서 누렇게 부황이 들어 있었다.

그들에게 철장족은 유별난 짐승들처럼 보이는 모양이었다.

그들은 함부로 욕설을 날리며 코를 싸매 쥐고 조금 따라오다가 이내 말을 돌려서 멀어져 갔다. 일부 병사들은 대열을 벗어난 양과 염소들을 휙휙— 화살을 날려서 잡아갔다. 그 자리에서 바로 퍽퍽, 도끼질해서 피와 뇌수를 빨아먹는 치들도 여럿이었다.

후미를 따라붙었던 치들은 철장족 처녀들을 희롱했고, 그들 중 어떤 자들은 갑주를 벗고, 바지를 내린 다음에 양물을 세워서 허공에 휘둘렀다. 그들은 필요 이상으로 많이, 괜히 웃었고, 그것도 시들해지면 아예 대놓고 용두질을 했다.

철장족들은 눈빛을 낮추고 무대응으로 일관했다.

해가 중천에 가까워지면서 병사들의 수가 늘어났다.

병사들은 한결같았다. 꾀죄죄했고, 못 먹어서 누렇게 부황 든 얼굴로 양과 염소를 잡아갔다. 도끼질을 해서 피와 뇌수를 쪽쪽 빨았고, 욕설을 퍼부었으며, 코를 싸매 쥐고 물러났다. 후미에서의 희롱과 패악도 여전했다.

철장족들의 무대응도 계속되었다.

광불과 화노, 인도와 우공이 분을 참지 못하고 콧김을 씩씩, 내뿜었지만, 진청자의 눈빛을 한 번씩 받곤 입맛만 쩝쩝 다셨다.

왕특과 요양휘, 야소는 칼까지 빼 들었다가 도로 집어넣었다.

사정은 왕란자두와 개구사치, 그리고 가율무지가 더했다.

혈사교 살수들이 덤벼들어서 말리지 않았다면 어떻게 됐을지도 몰랐다. 입술을 질끈 깨문 웅녀를 달래며 장향이 얼굴을 발갛게 붉혔다. 중화를 위해 행렬이 멈추자 병사들은 철장족들을 둥그렇게 둘러싸고 신기한 동물들을 구경하는 것처럼 눈빛을 빛냈다. 그들의 눈엔 턱없이 강한 자존심과 우월감이 들어 있었다.

게르에서 나온 노인이 병사들을 한번 둘러본 다음에 박린을 불렀다.

철장족처럼 머리를 풀어 내리고 염소 가죽 모자를 쓴 박린이 다가오자 노인이 빙그레─ 웃었다.

"보게나."

노인이 하늘에 떠 있는 흰구름을 가리켰다.

"우리네 사람들도 저것들과 다르지 않지. 잠시 생겨났다가 또 그렇게 사라지는 게야. 세상에서 영원한 건 없네."

염소 가죽 모자 아래로 흘러내린 백발과 양가죽 옷이 몹시 남루했지만, 노인의 옹골진 눈은 세상의 이면을 바라보고 있었다.

박린은 어젯밤 처음 노인을 만났을 때 느꼈던 감정을 다시 느꼈다. 노인의 눈엔 대자연이 들어 있었다. 역행하지 않는 순리가 들어 있었고, 끊임없이 순환하는 질서가 들어 있었으며, 그 순리와 순환 안에서 거듭나는 사계절이 담겨 있었다.

박린은 물었다.

"어느 방면의 고인이십니까?"

또 물었다.

"왜 소생을 도와주십니까?"

원래는 어젯밤에 물어야 했지만, 워낙 경황 중이었고 또한 기이함에 눌려서 미처 물어볼 수 없었다.

노인이 껄껄 웃었다.

"코마글린 타타비[庫漠奚族]."

노인의 얼굴이 환해졌다.

"코마글린 타타비는 우리 철장족 아버지들의 아버지들, 그 아버지들의 아버지들께서 지녔던 이름이지. 우리도 자네들처럼 당고르오르캄[檀君王儉]과 추모닌[朱蒙]을 모신다네."

"예?"

"고구려조를 마지막으로 놀란 새 떼처럼 사방으로 흩어졌지만, 까마득한 옛날에 자네와 난 안다(형제)였네. 자네 아버지의 아버지들, 그 아버지들의 아버지들께선 금으로 만든 물과 강을 찾아서 남쪽으로 내려가셨고… 우리 아버지의 아버지들, 그 아버지들의 아버지들께선 텡그리(天神)께서 거하시는 이 땅에 남으셨네."

박린은 요동이 조선의 본향임을 알고 있었다.

노인이 말을 이었다.

"난 우리 족속의 이르킨(족장)이자 테프 텡그리(대제사장)라네. 까마득한 옛날에 최초로 생겨나신 아버지들의 이야기와 텡그리의 말씀을 지키고, 먹으며 살아가지. 그래서일까. 자네를 처음 본 순간 텡그리께선 그 한없이 인자하신 음성을 들려주셨네. 자네와 족속들을 데리고 북쪽으로 올라가라고."

"……."

"한족들의 토벌이 시작된다는 것을 알려주신 게지. 더불어 자네가 혼자 짊어진 짐을 잠시 동안이나마 같이 들어주라고 내게 이르신 것이네."

"노인장께선 성함이 어떻게 되십니까?"

노인이 빙긋 웃으며 대답했다.

"우부루 아우란치[釪芙淚阿悟蘭齊]. 아녀자들이나 지닐 법한 이름일세."

아우란치 노인이 양고기 포를 내밀었다. 포를 입에 넣자마자 깔깔한 포의 내음이 입 안을 채웠다. 포가 지녔던 지난봄과 여름날의 햇볕이 씹혔다. 포에서 초원을 스쳐 지나간 바람과 비, 강물 소리가 우러났다.

중화를 마치고 행렬이 이동하자 병사들이 주먹질을 하며 야유를 보냈다. 행렬은 묵묵히 북쪽으로 이동했다. 푸른 하늘과 너른 땅, 흩날리는 갈대들, 거친 바람이 불어오는 대자연 속에서 행렬은 지평 속으로 빨려 들어가는 강처럼 편안했다.

세상의 보여지는 것들과 보여지지 않는 것들, 소리나는 것들과 소리나지 않는 것들, 천박한 것들과 천박하지 않은 것들을 가르며 행렬은 느릿느릿 계속해서 앞으로 나아갔다.

해가 기울면서 황금빛 노을이 초원을 덮었다. 바람이 세어졌고, 그렇게 세어진 바람이 양털과 염소 수염을 매만지며 지나갔다.

병사들은 끈질기게 나타났다.

북상을 계속할수록 더 남루하고 부황에 찌든 모습이었다.

그들은 흰자위만 남은 눈을 끔벅이며 양들을 때려잡았고, 염소의 목을 졸랐다. 양들이 깔려서 넘어질 때, 시커멓게 썩은 이를 모조리 드러내며 그들이 킬킬거렸다. 그들은 염소가 퍼덕거림을 멈추기도 전에 목을 따고 핏물을 빨아먹었다.

명색이 천자의 천병(天兵)일진대, 이해할 수 없는 광경이었다.

연연이 다가온 것은 그때였다.

박린은 눈이 부셨다. 그것은 연연 뒤에 엎질러진 황금빛 노을 때문이 아니었다. 머리카락을 곱게 땋아 주먹만한 크기로 말아서 귀 뒤에 상큼하게 붙이고, 연녹빛 눈망울을 반짝이며 다가온 연연 때문이었다. 비록 염소 가죽으로 만든 겉옷을 입고 있지만, 연연은 천상의 선녀처럼 아름다웠다.

"우리의 싱싱했던 날들이 저 장려한 노을과 함께 지네요."

말 머리를 나란히 하면서 연연이 양팔을 벌려 황금빛 노을을 끌어안았다.

"……."

박린은 지평에 눈을 주고 있었다.

"이랴!"

연연은 박차를 질러서 박린의 말과 머리를 나란히 했던 자신의 말을 서너 발자국 앞으로 이동시켰다. 그리고 몸을 돌리면서 한 발을 말 등에 올려놓고 뒤로 비스듬히 누워 박린을 바라보았다.

"선비님."

"어험."

"소녀를 좀 보세요."

박린이 지평에 묻어놓았던 눈을 빼서 연연에게로 돌렸다.

무심한 눈이었다.

다각다각, 말의 움직임에 몸이 흔들렸지만, 연연은 박린의 그림처럼 아름답게 휘어진 눈매와 맑은 눈망울, 그리고 고집스럽게 흘러내린 코와 선이 분명한 입술을 마음속에 꼭꼭 새겨 넣었다.

박린이 먼저 침묵을 허물었다.

"바람이 차갑소."

"괜찮아요."

"곧 어두워질 게요."

"괜찮아요."

"어험."

야생마 한 무리가 행렬의 측면을 지나서 지평 쪽으로 달려갔다. 그들의 등에 올라앉아 있던 바람 몇 줄기도 마른풀을 흔들며 달려왔다가 아득히 멀어져 갔다.

"다치지 마세요."

연연의 동공이 풀어졌다.

"전 선비님께서 다치시는 걸 볼 수 없어요."

"아프지 말구려."

박린이 말했다.

"소생은 낭자가 아파하는 걸 볼 수 없소."

"절… 은애하세요?"

"…은애하오."

박린이 다가와서 연연의 말고삐를 쥐었다.

연연은 몸을 돌려 바로 앉았다. 박린이 연연의 말고삐를 잡은 채 뛰어내렸다가 땅을 한 번 차고 도약해서 연연의 말에 올라탔다. 새가 땅을 스쳤다가 날아오를 때처럼 우아하고도 단아한 동작이었다. 연연은 박린에게 몸을 기댔다.

"넓고 따뜻해요."

"작고 아름답소."

둘은 서로의 심장 소리에 귀를 기울였다. 소리를 내서 말해야 상대가 알아듣는 게 아니었다. 많은 말들이 서로의 가슴에 쌓였다가 허물어지고 또 쌓여갔다.

황금빛 노을이 꺼지면서 하늘이 붉게 타올랐다. 바람이 불었고, 지평의 어느 곳으로부터 시작된 어스름이 밀려왔다.

박린은 연연을 안고 말고삐로 장단을 맞추며 노래를 불렀다.

해지는 하늘가에 앉아 세상을 둘러보네.

노래가 끝나자마자 달이 뜨기 직전에 잠깐 펼쳐진, 밤도 아니고 낮도 아닌 잿빛 세상이 다가와서 둘을 끌어안았다. 둘은 어둡지도 않고, 밝지도 않은 그 세상 속으로 흘러 들어갔다.

게르의 외곽을 훑고 바람이 지나가자 모닥불이 출렁거렸다.

이어서 먼 데 있는 갈대들이 거푸 쓰러지는 소리가 들려왔다.

바닥에 깔린 양털은 보드라웠고, 모닥불 위에서 보글거리는 차의 향이 깊었다.

박린은 연연을 자리에 눕혔다.

연연이 작고 여린 두 손을 들어서 박린의 볼을 감쌌다.

연연의 이마는 신열을 앓는 사람의 그것처럼 뜨거웠다.

입술과 입술이 닿고 눈썹과 눈썹이 닿았다. 연연의 침은 달았고 숨은 향기로웠다. 박린은 반듯하게 누워서 천장을 바라보았다. 연연이 상체를 일으켜서 박린의 가슴에 얼굴을 묻었다.

연연은 박린의 가슴을 쓸어 내리고, 박린은 연연의 머리카락을 쓸어 내렸다.

박린이 물었다.

"오늘 일을 후회하지 않겠소?"

“…네.”

“……”

“선비님께선 후회하실 건가요?”

“아니오.”

다시 입술과 입술이 닿았다. 연연의 숨이 거칠어졌다. 박린은 연연의 겉옷을 벗겼다. 잘 벗겨지지 않았다. 연연이 어깨를 들고 팔을 움직여 줬다. 그렇게 움직일 때마다 연연의 향기가 짙어졌다. 늦은 봄날의 구릉처럼 싱그러운 향기가 게르 안을 맴돌았다.

연연의 속옷은 잠자리의 날개처럼 얇았다. 뱀이 허물을 벗듯, 속옷이 떨어져 내렸다. 박린은 색선답지 않게 서툴고 떨리는 손을 연연의 등으로 가져가 젖가리개를 풀어냈다.

출렁—

“밉게 생겼죠?”

“아니오.”

게르 위로 달빛이 떨어졌다. 별들이 와글거렸다. 지평의 아득한 어느 지점에서 바람이 출발한 바람이 갈대들을 울렸다. 박린과 연연이 들어 있는 게르의 모닥불이 꺼졌다.

불꺼진 게르를 바라보며 곽파는 씁쓸한 미소를 머금었다.

평생 그녀를 아프게 했던 척애가 허물어지고 있었다.

그녀의 품에서 설사자가 짖었다.

왈왈!

4

철장족들과 헤어지고 이틀을 걸어 마침내 열하(熱河)에 도착했을 때, 이방인들을 환영하는 것처럼 첫눈이 내렸다.

눈은 칙칙한 갈색이었다.

거친 초원의 흙먼지가 하늘을 떠돌다가 눈을 만나서 색깔이 이 모양이라고 화노가 설명해 주기 전까지 박린은 눈을 신기하게 생각했다. 갈색 눈에 덮여서 열하는 조용했다.

온천이 많아서일까. 어디에나 뿌연 물안개가 있었다.

굵은 눈발이 뿌연 물안개 속으로 뚝뚝, 떨어졌다.

북쪽 몽골 고원에서 발원한 난하(蘭河), 그 길고 긴 강의 한 지류인 열하가 둥그렇게 돌아가는 고장. 그래서 지명도 열하가 되어버린 고장의 풍경은 느긋했고 편안했다.

그러나 몽골 언어와 요동 언어, 요서 언어, 그리고 토착 야인들이 서로의 삶을 부딪기는 과정에서 만들어진 특유의 언어가 굉장히 강렬했다. 일부는 알아들을 수 있었지만, 일부는 알아듣기 힘들었다. 알아듣지 못하는 말들은 웅녀와 왕란자두가 나서서 통역했다. 난해하기는 그들의 통역도 마찬가지였다.

물은 황토 때문에 불투명했고 짠맛이 났다. 음식은 입에서 불이 날 정도로 매웠고, 술도 목젖을 홀랑 태워 버릴 만큼 독했다.

언 몸을 녹이며 객잔 주인의 말을 들어보니, 이 고장은 그래도 온화해서 눈이 잘 안 쌓이는 편이란다. 위로 올라가든, 아래로 내려가든 허리까지 쌓이는 눈을 볼 수 있을 거라며 주인은 껄껄 웃었다.

"피처럼 벌건 눈[赤雪]도 내릴 때가 있수다. 그거이 펄펄 날리믄 사람 맘이 이상해지디요. 그 벌건 눈송이 너머에는 꼭 황천이 있을 것 같다는 생각이 든단 말이디. 그럴 땐 조용히 문 걸어 잠그고, 눈이 그칠

때까지 며칠이고 잠을 자디요. 긴데 참 이상하디? 꿈속에서도 그 빌어
먹을 눈이 펄펄 내리는 거야요, 사람 미치게스리……."

　며칠 더 묵으면 그 기막힌 눈을 볼 수 있을 거라고 주인이 권했지만,
일행들은 서둘러 길을 떠났다. 객잔을 나온 일행들은 백하(白河) 시장
에서 여행에 필요한 털옷 몇 가지와 게르, 소금과 건포, 물 포대와 말들
을 샀다. 몽골 상인들로 위장해서 남하할 생각이었다.

　인가를 벗어나자마자 바로 광활한 갈색 지평이 펼쳐졌다.

　이틀을 걸어 광활함을 벗어나자마자 낮은 구릉과 암산들이 드러났
다. 눈은 정말 지독하게 쏟아졌다. 구릉과 암산을 돌고 돌아 하루를 더
걷자 눈이 말의 무릎까지 쌓였다.

　바람이 거세지면서 눈송이가 굵어졌다.

　일행들은 눈도 피할 겸 해서 전나무가 빼곡이 들어찬 숲을 찾아 때
이른 야숙을 준비했다.

　그곳에는 먼저 온 사람들이 아홉 명이나 있었다.

　그들은 모두 연경에서 올라온 모양이었다. 말씨가 나긋나긋했고 좋
은 옷들을 입었다. 덩치들도 무척 우람했는데, 활과 유성추, 장검 같은
무기를 지니고 있었다.

　그들의 눈빛이 꼭 매의 그것 같았다.

　차림은 사냥꾼들이었지만, 사냥꾼들 특유의 야성이 맡아지는 대신
잘 정제되고, 잘 단련된 기세가 느껴졌다.

　"어디서 오십니까?"

　대충 자리를 잡고 모닥불을 피웠을 때, 그들 중 누군가가 물어왔다.
박린은 물음을 건넨 그 사람을 보았다. 그는 어느 대부호 집 자제같이
허여멀건하게 생긴 자였다.

쌍검을 엇갈려 멘 그자가 양손을 벌리며 웃었다.

"사해는 모두 동도라 했습니다. 이렇게 만난 것도 다 인연이 아니겠습니까?"

틀린 말은 아니었다. 이 넓은 세상에서 사람은 한 점의 티끌처럼 작은 존재였다. 인연의 이끌림이 아니라면 만나지도 못했을 게 분명했다. 박린은 그냥 웃어 보였다.

그자가 웃음을 지웠다.

"어허, 본인의 말이 말 같지 않은 모양이구려? 어디서 오시느냐고 물었으면 마땅히 대답을 해야 도리가 아니오?"

물음이 끝나자마자 그자의 동료들이 무섭게 이쪽을 노려보았다. 성급하게 검파를 잡은 치들도 여럿이었다. 어떤 자는 전통에서 살을 꺼내서 시위에 걸기도 했다.

"어험."

박린은 그들의 주변을 감도는 피비린내를 맡았다. 사람을 죽여야 삶이 살아지는 자들만이 지닌, 칙칙하고 선명한 피비린내. 칼날 위에서 살고, 칼날을 베고 잠들며, 칼날에 비친 풍경만을 세상의 전부로 알고 살아가는 부류들이 지닌 냄새였다.

"열하에서 왔네."

진청자가 대답했다. 장사로 평생을 보낸 늙은이처럼 진청자는 눈썹을 휘며 클클, 웃었다.

그자가 다시 물어왔다.

"어디로 가십니까?"

"밀운성(密雲城)엘 가네."

"끄음."

그자의 눈이 일행들을 샅샅이 훑다가 문득 연연에게 가서 박혔다. 연연은 면사가 달린 방립을 썼기 때문에 얼굴이 전혀 보이지 않았다. 또한 양가죽 목도리와 피풍을 몸에 친친 두른 상태라 몸매도 전혀 드러난 게 없었다. 웅녀 뒤로 연연이 몸을 숨기자 그자가 피식, 웃었다.

"흠흠, 우리 차림들을 보고 짐작은 하셨을 테지만……."

그자의 목소리가 거만해졌다.

"우린 그저 평범한 사냥꾼들이 아니오. 수배 중인 죄인들을 사냥하는 사냥꾼들이시지. 연경에서는 우리 황산구룡(荒山九龍)이라면 울던 아이도 울음을 뚝, 그친다오. 흉악한 강도와 사기꾼, 역적들은 우리의 별호만 들어도 오줌을 설설 지리지!"

말을 잠시 끊고 그자가 다시 이쪽을 훑어보았다.

그는 현상금 사냥꾼인 것이 자랑스러워서 못 견디겠다는 표정이었다. 누군가 감탄이라도 해주면 헤벌쭉 입을 벌리고 얼마든지 더 지껄여 줄 수 있다는 의지마저 내보이고 있었다.

"어험."

박린은 모닥불에 나뭇가지를 꺾어 넣으며 무대응으로 일관했다. 일행들도 모닥불 주변에 제각기 몸을 누이며 불을 쬐기에만 바쁠 뿐, 아무도 감탄을 해주지 않았다. 왕특이 불쑥 무슨 말인가 하려고 상체를 일으켰다가 요양휘의 제지를 받고 도로 누웠다.

"끙……."

전나무 밖에는 어스름을 실은 눈이 펑펑 쏟아지고 바람도 심상치 않았다. 전나무들의 발목을 베어버리며 바람이 지나갔다. 모닥불이 옆으로 누웠다가 일어났다.

"끄음."

그자의 눈이 아직 앉아 있는 박린에게 달라붙었다. 그자는 꼬깃꼬깃하게 접혀 있던 종이를 불빛에 비춰보면서 이쪽을 흘끔거리다가 동료들에게 종이를 돌렸다. 박린은 그게 뭔지 알고 있었다. 그 종이는 산해관 성벽에 붙은 것과 똑같은 용모파기였다.

그들을 한 바퀴 돈 용모파기가 그자의 손에 잡혔다.

바로 말이 건너왔다.

"이봐, 형씨."

박린은 빙그레, 웃었다.

"왜 그러시오?"

"당신… 얼굴 좀 더 들어봐."

박린은 얼굴을 더 드는 대신 일어섰다.

그자의 눈이 따라 올라왔다.

"어험, 조용히 나갑시다."

"뭐?"

"한판 붙고 싶어서 몸살난 모양인데."

"하!"

그자가 어이없다는 표정을 보이며 동료들을 둘러보았다.

동료들도 황당하다는 표정이기는 마찬가지였다. 박린은 그들의 표정을 뒤로하고 숲을 빠져나왔다. 박린의 실력을 잘 아는 일행들이 한 사람씩 상체를 일으켜서 박린의 뒷모습을 멍하니 지켜보다가 키득거렸다.

눈 내리는 장관을 바라보며 잠시 기다리자 그자를 위시해서 나머지 여덟 명이 숲에서 걸어나왔다.

그들보다 먼저, 그들 중 누군가가 쏴붙인 화살 한 대가 눈발을 뚫고 치달아왔다.

쓩—

맹렬하게 회전하는 화살이 일으킨 작은 돌개바람이 눈발을 휘어 감고 최대한 커졌다 싶은 순간, 박린은 손을 느릿하게 앞으로 내밀어 그 맹렬한 원심력의 한가운데를 잡았다.

탑!

화살이 잡혔다. 화살은 쇠로 만든 것이었는데, 보통 사람이 잡았으면 어깨뼈를 탈골시키고도 남았을 만큼 강력함 힘을 지니고 있었다. 손을 펴자 손과 마찰하면서 시뻘겋게 달아오른 화살이 치치직, 거리며 눈을 증발시켰다.

"더… 보고 싶으냐?"

박린은 낮게 물었다.

"아니, 저 자식이!"

"오라, 제법 한가락 한다 이거지?"

그자와 그자의 동료들이 참새 떼처럼 와글거렸다. 분분히 장검을 뽑아 올리고, 활에 살을 재어 넣으며, 철겸을 횡횡, 돌리며 녀석들이 박린을 포위했다.

"죽여!"

"발라 버려!"

연연은 숲의 입구에 앉아서 포위 속에 들어 있는 박린을 바라보고 있었다. 연연의 뒤엔 장향이, 그 뒤에 철탑처럼 서 있는 웅녀도 박린을 바라보고 있었다.

박린의 동작은 짧고 컸으며 경쾌했다.

쏟아져 내리는 눈송이들을 휘어 감고 들어간 발에 제일 먼저 활을 든 자의 목이 꺾어져 뒤로 돌아갔다.

철겸을 든 자는 명치가 탁한 공명음을 내는 순간에 뒤로 삼 장(9m)이나 날아갔다. 그자가 울컥 게워낸 핏물이 긴 호선으로 하늘을 수놓았다. 유성추를 든 자도 박린이 슬쩍 내민 손바닥에 안면이 함몰돼서 제자리에서 주저앉았다.

삼절곤을 휘두르며 저돌적으로 달려들어 갔던 자는 박린이 차버린 삼절곤을 가슴에 박고 세 걸음쯤 물러서다가 고목처럼 넘어갔다.

퍽, 퍽!

일월도를 든 자와 월아산을 든 자가 피를 뿜어내며 눈밭에 몸을 뉘었다. 그 뒤를 단창을 든 자와 용조를 든 자가 따랐다.

동료들이 수수깡처럼 분질러지자 쌍겸을 든 자가 허겁지겁 등을 돌려 달아나기 시작했다. 그러나 허벅지까지 쌓인 눈을 헤치며 달아나기란 쉽지 않았다.

넘어지고 구르면서 달아나는 그자를 묵묵히 바라보던 박린이 왼손을 쳐들었다.

팡!

천룡통을 차고 나온 편전이 섬광을 발했다.

편전을 꽂고 벌레처럼 버르적거리는 그자의 등으로 눈이 쏟아졌다. 그자의 동료들도 펑펑 쏟아져 내린 눈송이 속으로 침몰했다. 그 중심에 목석처럼 서 있는 박린의 머리와 어깨에도 눈이 쌓였다.

'후유.'

연연은 한숨을 내쉬며 손바닥에 흥건히 괴어 있는 땀을 소매에 문질렀다. 자연스레 철장족 게르에서 박린과 함께 보냈던 밤이 떠올라 얼굴이 붉어졌다.

그날 밤.

박린은 뜨거웠지만 격하게 다가오지 않았다. 다감했지만 칭얼대지 않았다. 부드럽기도 해서 나아감과 들어감, 끊음과 맺음 사이의 간격이 보이지 않았다. 땀이 나누어지고, 살아온 세월이 합쳐졌다. 무엇을 잃어버리는 일은 동시에 무엇을 얻는 일이었다.

주었다는 의미는 받았다는 의미이며, 더불어 나누어 가졌다는 의미였다. 그날 밤, 연연은 바다를 보았다. 끊임없이 밀려오는 파도를 보았고, 그것들이 새하얀 포말로 부서져 내리는 소리를 들었다. 그리고 언젠가 박린이 실을 퉁겨서 보여주었던 묘향산도 보았다. 댕기머리 시절의 꼬맹이 박린도 보았다.

박린이 땀에 흠뻑 젖은 그녀의 머리카락과 몸을 닦아주었다.

그의 손길이 꽃을 다루는 장인의 손처럼 섬세했다.

그녀는 눈물이 나왔다.

엉엉, 소리 내서 우는 그녀를 안고 박린은 이렇게 말했다.

"부인을 가슴에 새길 거요. 뼈에 새길 거요. 죽어서도 잊지 않을 거요. 언제까지나 오늘만을 생각할 거요."

박린도 눈밭에 서서 그날 밤의 약조를 생각하고 있었다.

그날 밤 연연은 작고 여리기만 하지 않았다. 화로처럼 뜨거웠고, 잉어처럼 매끄러웠으며, 봄날의 구릉처럼 향기로웠다.

누구에게 들었을까.

옷을 다 벗기자 들고 있던 하얀 비단 수건을 엉덩이 아래 깔았다. 그렇게 완벽하게 준비했으되, 그녀는 세상에 처음 발을 디딘 아이처럼 부끄러워했고, 서툴렀다.

달아올랐다가도 이내 차갑게 식어버렸고, 팔딱거리다가도 이내 움직임을 멈추고 조용했다. 차갑게 식어버린 몸에 불을 다시 지피는 일과 조용해진 감정을 다시 팔딱거리게 만드는 일은 그가 그녀에게 좀 더 다가가기 위한 과정이었다.

그 모든 과정을 다 거쳐 마침내 그녀의 문을 열었을 때, 그녀는 진저리를 치면서도 으스러져라 그를 끌어안았다.

그때 그는 그녀의 안에서 그녀가 살아온 세월을 보았다. 모래 바람만 배회하는 영하의 노을 속에서 오래도록 서쪽을 바라보았던 그녀의 어머니를 보았고, 햇빛에 그을려 눈과 이만 새하얀 그녀의 어릴 적 시절도 보았다. 그녀의 뒤로 펼쳐진 황량한 사막도 보았다. 눈 맑고 수염 긴 염소들이 메에메에, 우는 소리도 들었다.

일이 끝나자 그녀가 피 묻은 비단 수건을 감추면서 울음을 터뜨렸다. 그녀는 아이처럼 손가락으로 눈물을 찍어내며 엉엉 울었다.

옷을 입혀줄 때, 그녀는 이렇게 말했다.

"버틸래요. 목숨에 새기고 버틸래요. 몸이 가루가 되는 한이 있어도, 머리가 백발이 되어도 버티면서 기다릴 거예요. 당신이 당당하게 자금성 오문을 밟고 들어와서 절 납치해 갈 날을."

박린은 머리와 어깨에 쌓인 눈을 털고 빙그레— 웃었다.
그의 입에서 나직한 말이 흘러나왔다.
"군자불기(君子不器)……."

새벽이 되자 눈이 그쳤다. 말의 배에까지 닿는 폭설이었다.

남행에 차질이 생겼다. 관도가 눈에 파묻혀 보이지 않았던 것이다. 날씨도 굉장히 쌀쌀해서 새 한 마리 날아다니지 않았다.

전나무 숲에서 하루를 쉬며 대책을 상의해 봤지만, 누구도 뾰족한 대책을 내놓지 못했다. 그렇다면 그냥 어림짐작으로 내려가자고 왕특이 입을 열었다가 장작빈에게 한 소리 들었다.

"이 말똥녀석아! 그따위 헛소리나 나불거리지 말고 그 쇠머리 좀 굴려봐라."

"크험!"

"말이 배까지 닿는 눈을 헤치고 얼마나 갈 것 같으냐? 이 코를 베어 갈 듯한 날씨에 삼십 리나 갈 것 같으냐? 어림없다, 이놈아! 말보다 먼저 사람이 동사해 버릴 게야. 장남이 저렇게 머리가 안 돌아가니 네 형제들 앞날이 뻔하다. 에잉!"

"뭐요?"

왕특이 뭐라고 성질을 부리려다가 참았다.

"끙……."

장작빈의 힐난을 끝으로 아무도 말을 하지 않았다.

말 많던 화노도 묵묵히 모닥불만 바라보고 있을 뿐이었다.

그때 장향을 흘끔흘끔 훔쳐보며 육도로 손톱을 정리하던 요양휘가 갑자기 눈을 빛냈다.

"화노 형님!"

"잉?"

화노를 비롯한 모두의 눈이 요양휘의 입술에 달라붙었다.

요양휘는 장향을 바라보며 잠시 어흠, 어어, 하며 목소리를 가다듬더니 굉장히 근사하게 들리는 목소리를 냈다.

"에, 밀운성에는 제가 아는 녀석들이 꽤 근무하고 있습니다. 연경에서 매우 가까운지라 군문에서는 밀운성 근무를 이른바 노른자위 근무라고 말한다, 뭐 이런 말씀입지요. 배경 좋은 녀석들만 밀운성에서 근무를 할 수 있다, 이겁니다. 에, 따라서 수문위장이며 위사장 녀석들은 거의 제 후배 녀석들이고, 천소장군 몇몇은 제 선배님들입니다. 다들 배경이 어마어마하게 좋습니다. 실력도 꽤나 있고 머리도 팽팽 잘 돌아……."

"이 녀석!"

화노가 귀를 후볐다.

"도대체 뭔 소리를 하려고 그렇게 말이 긴 게야? 본론만 말해. 그래서 어떻게 하자는 게야?"

찔끔해진 요양휘가 대답했다.

"이, 일단 밀운성까지만 가자… 뭐, 이런 말……."

"어떻게?"

장작빈도 요양휘에게 눈을 부라렸다.

"저 눈을 뚫고 가자고?"

장작빈의 손가락을 죽 따라갔던 요양휘의 시선이 딱딱하게 굳었다. 숲 밖에는 또다시 갈색 눈이 내리고 있었다. 정말 주먹만큼 굵은 눈이었다. 바람도 거세져서 천지가 다 갈색이었다.

"문제는 바로 저 눈이란 말이다, 이 말똥녀석아! 또한 저 아래 쌓인 눈과 바람인 게야. 그러니까 밀운성의 네 잘난 인맥이 중요한 게 아니라, 어떻게 밀운성까지 가느냐가 중요한 거란 말이다!"

"끄음."

장작빈이 수염을 씰룩거렸다.

"저 녀석은 그래도 왕씨 장남 말뚱보다 머리가 조금 나았었는데, 헴 헴. 같이 어울려 다니더니 더 심한 말뚱이 됐네?"

요양휘가 얼굴을 붉히며 장향을 보았다.

장향이 피식, 웃어 보이자 요양휘는 사색이 되었다.

사실 그는 연연을 마음에 두었다. 하지만 진청자와 광불, 곽파가 무서워 감히 접근을 못하다가 장향이 합류하자마자 장향의 그 씩씩함과 시원스러움에 또 끌렸다.

그뿐이었다. 여전히 마음은 사랑스럽고도 작은 연연에게 가 있었다. 그랬던 마음이 결정적으로 돌아서게 된 계기는 의외로 쉽게 찾아왔다. 노하평에서 연연이 박린과 입을 맞추는 꼴을 본 것이다. 요양휘는 연연을 깡그리 잊어버렸다. 때마침 그때까지는 보이지 않았던 장향의 매력이 보여지기 시작했다.

어쨌든 요양휘는 장향에게 자신의 괜찮음을 알려주려고 했다가 좌절당하자 손사래를 치면서 말을 더듬었다.

"자, 장 소저. 나, 난 단지 하나의 의견을……."

은애는 남들은 다 알고 있어도 정작 당자는 모르는 모양이었다.

장향은 가볍게 웃음을 지우고 모닥불에 눈을 박았다.

요양휘도 끄음, 소리를 내면서 죄없는 모닥불만 헤집었다.

두 사람을 보면서 왕오와 왕육이 키득거리다가 조용해졌다.

그 다음엔 왕이와 왕삼이 왕사를 툭, 치면서 키득거리다가 조용해졌다. 한동안 어색한 침묵이 모닥불 주위를 흘렀다.

박린은 문득 철장족의 이르킨이자 테프 텡그리, 아우란치 노인을 생각했다.

박린은 조용히 일어섰다.

금방 연연의 눈이 따라붙었다.

박린은 진청자에게 말했다.

"백부님, 지리에 훤한 현지인을 찾아봐야겠습니다. 그라면 무슨 방법이 있을 겁니다."

박린이 데려온 현지인은 칠흑처럼 까만 얼굴에 눈썹이 송충이처럼 굵었다. 대나무로 만든 설피(雪皮)를 신고 곰 가죽옷을 입었는데, 허리춤에 매단 올무를 봐선 사냥꾼이 분명했다. 그는 이 숲에서 한 이십 리 정도 떨어진 통나무집에 기거하는 사냥꾼이었다.

원래 집은 연경인데 겨울에만 이곳으로 올라와 사냥한다고 했다. 그렇게 얻은 짐승의 가죽과 말린 고기, 뼈를 봄에 연경 시장에 내다 팔아 삶을 꾸려 나가는 사람이었다.

"여긴 곰과 호랑이, 늑대, 여우와 같은 큰 짐승들이 굉장히 많아요. 그놈들을 잡으면 제법 돈이 됩니다. 그놈들은 하나도 버릴 게 없어요. 가죽은 벼슬살이하는 분들이 사 가시고, 고기와 뼈는 약포(藥圃)에서 비싼 값을 주고 사 갑니다. 산토끼 같이 작은 것들은 별 재미가 없어요. 그런 것들은 제가 식량으로 먹지요."

그는 식량을 찾으러 나왔다가 박린에게 발견된 모양이었다.

박린은 그에게 백하 시장에서 구입한 암염(巖鹽) 한 덩어리를 내밀었다. 암염의 맛을 본 그의 입이 찢어졌다. 그가 머리를 조아리며 뭐든지 물어보라고 탕탕 큰 소리를 쳤다.

그에게 남하하는 방법을 묻자 그는 한참이나 일행들을 둘러보더니 자신없게 말했다.

"말을 버리고 설피를 신고 걸어가시는 방법이 제일 좋긴 한데… 흠,

그렇게 간다고 해도 손발이 시려서 한 시진 이상은 걷지 못해요. 다행히 겨울 초입이라 아직 강물이 얼지 않았을지도 몰라요. 얼지 않았다면… 뗏목을 만들어서라도 내려갈 수 있어요.”

근방에 난하의 한 지류인 상백하(霜白河)가 있는데, 이 물길이 밀운성을 우회해서 연경에 닿고 동쪽으로 흘러서 당산(唐山)에 이른 다음 발해만으로 흘러 들어간다는 것이다.

“문제가 있다면 물길을 잘 아는 사공이 있어야 한다는 겁니다. 생각보다 물굽이가 화급하고 거칠어요.”

“우헤헷! 그러니까 자네 말은 사공만 있으면 된다, 이 말이 아닌가?”

인도가 나섰다.

사냥꾼이 대답했다.

“예, 바로 그 말씀입지요.”

“그럼 됐네, 이 사람아!”

팡!

인도가 사냥꾼의 등을 후려쳤다.

“예?”

“지금 이렇게 눈이 펑펑 오는데 어떤 미친 녀석이 뗏목을 몰겠나? 보아하니 자네는 연경까지의 지리를 소상하게 알고 있는 것 같은데… 으음. 사공질은 영 관심이 없나?”

깜짝 놀란 사냥꾼이 도리질쳤다.

“다, 당연합지요. 사, 사냥꾼이 왜 사공질을 하겠습니까요?”

“크크… 못할 것도 없지.”

우공이 나서서 흉측한 인상을 구겼다.

사색이 된 사냥꾼은 아까 박린에게 받은 암염을 집어 던지고 냅다 달아났다가 장작빈이 내던진 발초곤에 목이 감겨서 끌려왔다. 그가 손사래를 치며 벌벌 떨었다.

"수, 수심이 턱없는 곳도 있어서 거, 거기에 걸리기라도 하면 꼼짝없이 동태가 되어버릴 겁니다요."

"동태라?"

화르륵—

인도의 화염장이 타올랐다.

"우헤헷! 그거라면 노부가 이걸로 책임질 테니 아무 염려 하지 말게."

"으으……."

"자넨 지금부터 사공이야. 사냥꾼이 아니란 말이지. 사실 사냥꾼과 사공은 다르지 않아요. 둘 다 목숨을 내놓고 달려들지 않으면 안 되는 직업이란 말이지. 아무튼 사공을 하기 싫다면 지금 바로 이야기를 해. 당장 노릇노릇하게 그슬려 줄 테니까. 우헤헤헷!"

"부탁합니다."

박린은 사냥꾼에게 금편(金片) 몇 개를 내밀었다. 벽산구에서 가져온 금편이었다. 사냥꾼으로서는 평생 벌어도 안 될 만큼 큰 가치였다. 사냥꾼은 진땀을 뻘뻘 흘리는 외중에도 금편을 깨물어서 진짜 금인지를 확인했다.

"좋시다, 까짓거!"

확인을 마친 사냥꾼이 매우 비장하게 외쳤다.

5

다행이었다. 상백하의 물은 아직 얼지 않았다.

설사 얼었다고 해도 그걸 모조리 깨고 뗏목을 띄워야 한다고 벅벅 우기기라도 할 것처럼 사냥꾼은 열의가 대단했다.

사냥꾼은 일행들이 해온 나무를 숙련된 솜씨로 토막 내서 뗏목을 만들기 시작했다.

"어이, 거기 이마가 새까만 아저씨!"

사냥꾼이 주로 잔소리를 퍼붓는 대상은, 어수룩하게만 보이는 왕씨 육 형제였다. 그는 왕씨 육 형제의 생김을 무척이나 마음에 들어하는 눈치였다.

"당신 말이야, 젊은 인간이 그렇게 농땡이 부리면 안 돼. 어서 그 밧줄을 가져오라구. 어라? 그런 눈으로 쳐다보지 말라구. 나도 다 먹고살자고 하는 짓이니까 말이야. 으라차차!"

"당신, 진짜 사냥꾼 맞어?"

왕특을 비롯한 왕씨 육 형제도 사냥꾼의 털털함을 마음에 들어하는 눈치였다. 그들은 농담을 주고받으면서 부지런히 뗏목을 만들었다. 나흘이 지나고 중화 때가 되자 마침내 선실까지 갖춘 뗏목 세 척이 완성되었다. 일행들은 선실에 불을 피우고 짐을 실었다. 사냥꾼은 정말 사공일지도 모르는 솜씨를 부려서 세 척의 뗏목을 차례로 물에 띄웠다.

"다들 아시겠지만, 뗏목은 배와 마찬가지요. 즉, 위아래로 흔들리고, 좌우로 흔들린단 말이지. 더구나 이곳은 물살이 화급해서 동시에 위아래, 좌우가 흔들려요. 사정이 그러니 뱃멀미깨나 할 것이오."

아래로 급히 흐르는 물살 위에 올라탄 뗏목들은 따로 노를 젓지 않아도 됐다. 과연 상백하는 격류였다. 반나절이 지나기도 전에 일행들은 모두 기진맥진했다. 그건 내공이 있는 사람들이나 없는 사람들 모두가 마찬가지였다.

사냥꾼이 어디서 났는지도 모르는 생쌀을 한 줌씩 쥐어주며 모두에게 말했다.

"토악질이 나오거든 마음을 차분히 가라앉히고 반듯하게 누워서 이 쌀을 씹으시오."

격류를 지나자마자 물길이 넓어지면서 격류도 잔잔해졌다.

사냥꾼이 멀리 산 정상에 걸린 봉화대를 가리켰다.

"여기서는 저기 보이는 저 산의 반대편이라 전혀 안 보이지만, 저 봉화대 너머가 바로 그 유명한 밀운성이오. 옛날엔 유명한 명장들과 아름다운 기녀들을 많이 배출했지만, 지금은 아부만 잘하는 치들이 이 상백하를 굽어보면서 오매불망 연경으로 돌아갈 날만을 기다리는 곳이지요."

사냥꾼의 말에 일행 모두의 시선이 요양휘에게 쏠렸다.

요양휘는 장향에게 무슨 말인가를 열심히 지껄이고 있다가 어리둥절한 표정으로 일행들과 사냥꾼을 번갈아 쳐다보았다.

"요 형, 당신의 배경 좋고 머리 좋은 후배와 선배들이 저 밀운성에 가득하다며?"

왕오의 말에 일행들이 픽픽, 웃자 이번에는 사연을 모르는 사냥꾼이 어리둥절해서 요양휘와 일행들을 바라보았다. 요양휘는 왕오와 사냥꾼이 그러거나 말거나 하던 일에 열중했다.

"에, 구월산이라면 달이 아홉 개나 뜨나 보구려."

"픔! 그게 아니죠. 달이 아홉 개나 뜨는 산이 세상 어디에 있어요? 화산엔 달이 몇 개씩이나 뜨나요?"

요양휘는 멋쩍어하지도 않고 빤히 장향을 바라보았다.

“소저께서 자란 산이 구월산이라니까 그냥 해본 말이오. 흠흠.”

장향이 말했다.

“구월산의 원래 이름은 아사달이었대요. 아사는 조선의 옛말로 아침이고 달은 산이죠. 여기서 달은 일단 한문으로는 월(月)이니까 월산(月山)이 되었겠죠?”

“흠, 그런 사연이 있었구려.”

요양휘는 대충 대꾸했다. 그에게 지금 중요한 것은 구월산이 아니었다. 장향이 누굴 따라왔는지를 아는 이상, 연경이 가까워진다는 것은 곧 이별이 가까워짐을 뜻한다.

그렇다면 어떻게든 이 애타는 마음을 전하고, 장향의 처분만을 기다려야 하는 상황이었다.

눈에 뭐가 씌어서 그렇게 보이는 건지도 모르겠지만, 요양휘는 보면 볼수록 장향이 새로웠다. 전족 때문에 비정상적으로 발달된 엉덩이를 살랑거리며 비틀걸음을 놓는 연경 여인네들과는 차원이 다른 것이다.

“연경은 살기 좋은 곳이라오.”

“그래서요?”

“번국(藩國:제후의 나라)의 왕도(王都)와는 비교도 할 수 없을 만큼 번화하고 물건도 없는 것이 없소. 연경은 하늘 아래 제일이오. 배경과 돈만 있으면 극락이오.”

“풉!”

“왜 웃소?”

“그냥… 이요.”

“흠흠.”

“근데 왜 제게 그런 말씀을 하세요? 소녀는 천자의 나라와는 비교도

할 수 없는 한낱 번국의 계집이에요. 혹시 절 마음에 두고 계신 건 아니시죠? 그래서 연경에 눌러 앉아라, 이런 말씀을 하고 싶으신 건 아니시죠?"

"끄, 끄음. 그, 그럴 리가 있소? 본인은 그저……."

요양휘는 말을 잇지 못했다. 잠시 동안의 잔잔함이 끝나고 다시 격류가 시작되었기 때문이다.

위와 아래, 좌와 우가 비틀리며 뗏목이 크게 요동쳤다. 새하얀 물보라가 튀어 올랐고, 우렁우렁하는 물소리가 천지를 울렸다.

상앗대를 잡은 사냥꾼이 모두에게 소리쳤다.

"여기가 그 유명한 밀탄협(密彈峽)이오! 칠십 리 내내 이런 격류가 쉼없이 이어져요. 고생깨나 할 거요!"

깎아지른 듯한 천 길 절벽이 격류의 양쪽으로 이어졌다. 절벽의 이마 어림에 햇빛이 비쳐서 절벽을 벌겋게 물들였다. 일어서는 물결과 휘어지는 물결 사이에서 팔뚝만한 잉어들이 물결을 거슬러 올라가고 있었다. 격류에 얼비친 그것들의 비늘과 뱃살이 태초의 빛인 양 현란하게 반짝였다.

"어마!"

뗏목이 정면에 돌출된 바위를 피해서 크게 움직이자 장향이 튕겨졌다. 이건 요양휘가 기다리던 바였다. 그는 진작부터 자하신공을 온몸에 고루 분산시켜 놓고 장향이 튕겨지기만을 기다리고 있었던 것이다.

"흠흠."

장향의 어깨를 잡은 그의 입이 슬그머니 찢어졌다.

웅녀는 선실에 앉아서 뗏목 끝에 서 있는 박린을 바라보았다.

뗏목 위로 물결이 한 자나 퍽퍽, 솟구쳐 올라오는 상황이었다. 크게 일어섰을 때의 물결은, 날개를 활짝 벌리고 날카로운 이빨을 선명하게 드러낸 백룡(白龍) 같았다. 그 거대한 백룡 앞에서 인간이란 존재는 금방이라도 부서져 버릴 것처럼 보였다.

그러나 박린은 위태해 보이지 않았다.

보통 사람 같으면 뗏목의 흔들림과는 정반대로 몸을 움직이기 마련인데, 그는 뗏목이 흔들리는 방향으로 몸을 움직였다. 뗏목이 좌측으로 기울어지면 그도 좌측으로 기울어졌고, 우측으로 기울어지면 그도 우측으로 기울어졌다. 물결이 뗏목을 차서 팅겨 올라도 뗏목과 발 사이의 간격이 없었다. 그는 뗏목의 일부분이 된 것 같았다.

'무슨 생각을 하시는 걸까?'

병풍처럼 세워진 암벽, 빙빙 돌아가는 하늘, 백룡처럼 사납게 울부짖는 물결을 바라보시면서 무슨 생각을 하고 계신 걸까.

그녀의 에르텐(보석)은 산해관을 지나면서부터 일행들의 이야기에 귀를 기울이거나 혼자 어딜 갔다 오는 방식으로 말수를 줄였다. 그녀는 에르텐에게서 생전 처음으로 절제의 빛남을 느낄 수 있었다. 절제는 감정을 잘라 버리는 게 아니었다. 그래서 단순해지고, 그로 말미암아 거칠어진다는 게 아니었다.

진정한 절제는 감정을 안으로 사려 넣는 것이었다. 안으로 넣어서 스스로 깊어지는 것이었다. 그 깊음에서 생겨난 울림이 가득 찬 상태가 바로 그녀의 에르텐, 박린이 가진 절제였다.

"선생, 소녀는 알 수가 없어요."

불뇌가 누렇게 뜬 얼굴로 벽을 잡고 다가오자 웅녀가 중얼거렸다. 그녀의 중얼거림은 너무 낮아서 뱃멀미에 시달리는 불뇌가 알아듣기엔 무리였다.

"카함! 바, 방금 뭐라고 말씀을 하셨는지……."

"저분이 소녀에게, 우리 납족에게 주어진 에르텐이 틀림없다면… 저와 선생은 저분께서 바라보시는 방향을 바라볼 수 있어야 하잖아요? 그런데 소녀는 저분께서 바라보시는 방향을 종잡을 수 없어요."

잠에서 덜 깬 사람처럼 웅녀가 웅얼거렸다.

"……."

불뇌의 눈이 웅녀에게서 박린에게로 넘어갔다가 되돌아왔다.

"……."

"……."

잠시 침묵이 이어졌다.

뗏목을 잡고 와릉와릉, 울부짖는 물결의 파고가 높아졌다. 수염을 배배 꼬며 생각에 잠겼던 불뇌가 입술을 삐쭉거렸다.

"대랑, 저 치는 지금 물을 바라보고 있질 않소?"

"끄응."

웅녀는 어이가 없었다. 불뇌는 왕란자두 일행, 그리고 왕씨 육 형제와 배짱이 맞아 어울려 다니더니… 같이 바보가 된 모양이었다. 웅녀가 그렇게 생각하거나 말거나 불뇌는 생쌀을 오물거리면서 구시렁거리기에만 바빴다.

"에잉, 나잇살깨나 처바른 자가 이 무슨 생고생인가. 애들도 아니고 말이지. 어떻게 된 게 만나는 것마다 죽을 고비니 심장이 오그라들어서 견딜 수가 없구먼. 말년이 편안해야 하는데… 꼭 미친 말을 잡아탄 것 같아서… 어, 어이쿠!"

뗏목이 크게 회전하자 불뇌는 웅녀를 끌어안고 부들부들 떨었다. 격류에 빠지기라도 한다면 정말 뼈도 못 추리는 것이다.

그러나 그의 신장(神將), 천금야저 웅녀는 미동도 하지 않고 박린만을 바라보고 있었다.

초원을 누비며 사냥과 목축으로 평생을 살아온 자들에겐 격류가 명조의 토벌군보다 더 두려웠다. 깊이를 알 수 없어 두려웠고, 움직여서 두려웠고, 변화가 많아서 두려웠다.

뗏목은 길길이 날뛰는 물결 앞에서 낡은 마차처럼 삐거덕거렸다. 왕란자두는 선실 구석에 머리를 박고 부들부들 떨었다.

용맹을 자랑하던 개구사치도 선실 기둥을 끌어안고 수없이 천신을 외쳤다. 가율무지는 아예 밧줄로 몸을 꽁꽁 묶고 용을 쓰고 있었다.

"에이, 쓸모없는 것들!"

선실 밖에서 안으로 들어온 인도가 인상을 구겼다. 뗏목의 출렁거림에 인도는 술 취한 자처럼 비틀거렸다.

"일어나, 이 겁쟁이 녀석아!"

인도를 따라온 우공이 왕란자두의 엉덩이를 냅다 후려쳤다.

왕란자두가 대꾸했다.

"내, 냅두쇼!"

"뭐?"

"형님들이야 무공이 있어서 버티지만, 난 무공이 없쇠다. 어떻게든 살아야 할 게 아뇨? 괜히 상관이셔."

"에라이, 이 자식아!"

우공은 왕란자두를 한 대 더 치려다가 입맛을 쩝쩝 다시며 손을 내렸다. 그럴 만도 하다고 생각했기 때문이다. 거친 초원만을 세상으로 알고 살아온 평생이 아닌가. 평범한 물도 아니고 엄두가 나지 않는 격류 앞에서 벌벌 떠는 게 당연했다.

우공은 인도를 불렀다.

"이보게."

인도가 대답했다.

"왜 그러나?"

"이제 하루만 더 가면 연경이지?"

"그럴 게야. 사공 녀석이 그렇게 말했어."

"끄음."

잠시 사이를 두었던 우공이 입술을 비틀었다.

"크크… 난 벌써부터 몸이 근질근질하다네."

"우헤헤헷! 나도 마찬가지야."

"그나저나 저 녀석은 뭘 하고 있는 게지?"

우공이 뗏목 끝에 서 있는 박린을 가리켰다.

인도가 대답했다.

"흉계를 짜고 있을 게야."

"으? 흉계?"

"유근이란 놈을 어떻게 분질러 버릴 것인가… 에 대해서 말이지. 저 녀석에게 걸린 이상 유근은 산 목숨이 아니야. 우헤헤헷!"

십호도 박린을 보고 있었다.

그는 이번 일만 끝나면 고향으로 돌아갈 생각이었다. 오는 동안 인도와 우공에게 말해서 허락을 받아놓았다. 그는 고향에서 아이들을 가르치며 살리라 다짐했다.

사람을 숱하게 죽인, 피 묻은 손으로 아이들을 가르친다는 게 마음에 걸렸지만, 글방 선생은 그가 평생 동안 꿔오던 꿈이었다.

그는 아이들의 초롱초롱한 눈망울로 자신에게 묻어 있는 피가 바래지거나 씻겨지는 걸 원치 않았다. 다만 그 피의 무게로 인해서 자신이 더욱 힘을 내 아이들을 가르칠 수 있기만을 기원했다.

집을 떠나서 혈사교와 함께했던 날들에 대한 미련은 없었다.

그렇다고 후회도 없었다. 미련이나 후회 같은 감정들이 생겨나는 것은, 속을 알고 보면 애증에서 우러난 집착이었다.

수십 년을 함께 해왔는데 왜 그러한 감정들이 없을 것인가.

하지만 십호는 없었다.

원해서 살아오지 않았기에, 저 격류에 이 뗏목이 떠내려가듯, 의지 없이 떠밀려서 살아온 세월이었기에.

십호는 생각했다.

'저자는 지금 무얼 바라보고 있는가?'

위태위태한 뗏목의 끝에 서서, 물보라를 맞으면서 무엇의 이면을 저렇게 깊이 바라보고 있는가.

십호는 피식, 웃었다.

박린을 쫓아다니면서 숱하게 겪은 골탕이 떠올랐다.

골탕들은 어이가 없었고, 분노가 치밀어 올랐으며, 이해하기 힘들었다. 뻔히 보이는 함정에 빠져서 허우적거릴 때는 정말 박린을 찢어 죽이고 싶었다. 하지만 노하평의 격전이 끝나고 함께 길을 걸으면서 박린은 참 많은 것들을 보여주었다.

제일 좋았던 것은 강요하지 않는 부드러움이었다.

그는 가리켜 보이지 않는 미덕을 지니고 있었고, 우기지 않는 여유를 보여주었다. 그는 그저 그림을 그려줄 뿐이었다.

그렇다고 설명을 빙자해서 판단에 관여하지도 않았다.

십호는 박린의 그런 면들이 좋았다.

그런 면들은 세상의 이면을 바라볼 능력이 없으면 주어지지 않는 것들이었다.

"어흠."

십호는 박린이 지금 바라보고 있을 세상의 이면이 궁금해졌다.

'격류가 끝나면… 자연스럽게 보여질 테지.'

격류의 울부짖음 속에서 밤이 왔다. 암벽 사이로 달이 흘렀다. 찬바람이 불었고 눈이 내렸다. 뗏목 위로 튕겨 올라왔다가 돌아가지 못한 물이 하얗게 얼었다. 얼음 위로 내려앉은 별빛이 깊어졌다. 사냥꾼이 부지런히 상앗대를 놀리며 말했다.

"아침이면 연경에 당도하오!"

제5화 파국(破局)
남은 이야기, 새로 시작하는 이야기

연경(燕京)은 광활한 화북평야(華北平野) 북부(北部)에 자리잡은 명조의 심장으로 동쪽엔 소오대산(小五臺山), 서쪽엔 군도산(軍都山), 북쪽엔 연산(燕山)이 병풍처럼 둘러싼 황도(皇都)였다.

박린 일행은 새벽녘에 상백하를 벗어나 연경의 중심부로 흘러가는 영정강(永定河)의 물길을 타고 연경으로 스며들었다.

*   *   *

눈에 덮인 자금성은 태곳적 짐승이 엎드려 있는 모습이었다.

영락제가 명조의 영원불멸을 기원하며 장인 십만 명과 일꾼 백만여 명을 투입, 무려 십삼 년이란 긴 세월 동안 쌓아 올린 황궁(皇宮)은 새벽이 왔는데도 아직 한밤중이었다.

방금 교대를 마친 금군들은 추위를 피해 기둥 뒤로 몸을 숨기고, 나인들과 환관들 몇이 종종걸음으로 어디론가 달려갔다.

그들이 낸 발소리가 태화전(太和殿)의 어둡고도 긴 회랑을 울렸다. 태화전에 모여 있는 사람들의 얼굴은 딱딱하게 굳어 있었다.

그들은 모두 여덟 명이었는데, 체형은 제각각이었지만 얼굴이 창백하고, 입술이 붉으며, 수염이 없다는 공통점을 지녔다.

이들이 바로 작금 명조의 하늘을 움켜쥐고 흔드는 여덟 명의 환관, 즉 팔호(八虎)였다.

"모두 벙어리가 됐나?"

황제의 옥좌인 금련보좌(金蓮寶座)에 앉아서 아래에 꿇어 엎드려 있는 일곱 환관을 향해 버럭 소리를 지른 자는 유근이었다.

그가 불면증에 시달려서 벌게진 눈을 부릅떴다.

"누가 나서서 무슨 말이라도 해봐라! 박린이란 놈과 연연이란 년은 어디 있느냐? 산해관과 풍윤성 사이에서 없어졌다면, 도대체 어디로 꺼졌단 말이냐?"

"끄음……."

"음음."

신음 소리만 낼 뿐 누구도 입을 열지 못했다.

"이런 젠장!"

유근은 기가 막혔다. 연놈들을 잡기 위해 기울인 노력이 아무 보람 없이 허물어진 것이다. 그간 산해관을 비롯한 요동 지역의 전 병사를 풀어 풍윤성 일대를 이 잡듯이 뒤졌고, 모든 관문을 틀어막았다. 이 과정에 동원한 병사만 해도 족히 이십만이 넘었다.

뿐만 아니라 동창, 서창, 진무사, 내행창의 고수들을 몽땅 풀어서 인근의 촌락들과 나루, 관도를 철저히 봉쇄했다.

하지만 연놈들은 잡혀주지 않았다.

하루에도 수백 건씩 비슷한 연놈들을 보았다는 고변이 들어왔고, 지금도 들어오고 있지만… 기껏 병사들을 몰고 달려가 보면 아니었다. 현상금에 눈이 어두운 자들이 부린 농간이거나 장난이었다. 이 과정에서 그 죄질이 무거운 자들 오백사십팔 명이 기군망상(欺君罔上)으로 효수되었다.

이 대대적인 검거 선풍에 걸려든 탈옥수들, 탈영병들, 수적들과 산적들이 일천육백삼십칠 명이었다.

"으음."

유근은 부복해 있는 칠호들을 하나씩 호명했다.

"장영!"

진무사를 관할하는 장영이 쿵, 소리나게 머리를 찧었다.

"예, 합하!"

"너와 진무사는 무얼 했느냐?"

"하, 합하!"

"나는 새도 충분히 떨어뜨릴 만큼 기민하고 날샌 아이들 사백 명을 데리고 무얼 했느냐 이 말이다!"

장영이 벌벌 떨었다.

유근의 눈이 그 옆으로 돌아갔다.

"나상!"

"네네, 하, 합햐!"

"넌 내행창의 아이들을 데리고 뭐 했느냐? 네가 추천한 장강수로 총채주, 진염백은 왜 연놈들을 주살하지 못했느냐? 그놈은 지금 어디서 무얼 하고 있단 말이냐?”

“하, 합햐! 지, 진염백은 샤, 샤라졌냐이다. 그의 행방을 수소문 중에 있샤와서……”

나상이 식은땀을 줄줄 흘렸다.

다음엔 금의위를 총괄하고 있는 고봉이었다. 그는 호명이 나오기도 전에 머리부터 찧었다.

“합하! 이 미천한 것은 북행전의 대종사를 달래서 돌려보내느라고 저, 정신이 없었나이다.”

“끄음.”

다음은 동창을 총괄하는 마영성이었다.

“마영성.”

“예, 합하!”

“넌 몸에 기름기가 빠져 총기가 흐려진 모양이구나.”

“하, 합하! 시간을 조금만 더 주신다면 반드시……. 강북상련을 동원해서 어떻게든 움직여……”

“듣기 싫다! 다음 구취!”

“예, 합하!”

“너와 너의 서창은 모두 장님들만 있느냐?”

“끄음. 주, 죽을죄를 지었사옵니다.”

다음 차례가 곡대용이었다. 곡대용은 친히 풍윤성까지 가서 병사들을 총지휘했다. 하지만 결과는 안 하느니만 못했다. 그가 머리를 찧자 유근은 그 다음 환관을 보았다.

그는 사례감 밀영들의 총수인 위빈(魏彬)이었다.

“위빈!”

"예, 합하!"

유근은 이때까지와는 달리 눈빛을 낮추었다.

"넌 어찌 생각하느냐? 연놈들이 과연 연경에 들어왔을까?"

유근의 이런 변화는 당연한 것이었다. 유근은 다른 환관들이 지니지 못한 위빈의 무공과 명석한 두뇌를 깊이 신뢰했다.

위빈이 대답했다.

"다른 곳에서 발견되지 않았다면… 지금쯤 연경에 들어왔을 것이옵니다. 워낙 능력이 뛰어나고 변화에 능한 자들이라서……."

"끄음."

유근이 신음을 흘렸다.

위빈이 잠시 사이를 두었다가 말을 이어 나갔다.

"정말 그랬다면 전처럼 뒤를 쫓는다는 일이 쉽지 않사옵니다. 합하께서도 아시다시피 연경은 고관대작들의 집이 즐비하옵니다. 또한 권세있는 자들도 많사옵니다. 그들 중 대부분은 합하께 불만을 가진 자들이옵니다. 그들이 수색에 협조할 리 없사옵니다!"

"허면?"

유근이 옥좌에서 몸을 기울였다.

위빈이 대답했다.

"밀영들을 몽땅 풀어 모든 고관대작들의 집을 낱낱이 감시하겠나이다. 특히 합하께 반감을 가진 자들의 집에 드나드는 치들을 중점적으로 살펴 반드시 좋은 결과를 보여 드리겠나이다!"

"좋다!"

굉장히 흡족한 얼굴로 위빈을 바라보던 유근이 문득 생각난 것처럼 장영을 불렀다.

“장영.”

“예, 합하!”

“자넨 배에 기름기가 너무 많이 끼었어.”

“하, 합하!”

장영이 부르짖었지만, 유근은 고개를 흔들었다.

“아니야, 자넨 이제 늙은 물소가 된 게야. 고집 세고 게으르며 먹을 것만 탐하는 미련퉁이가 된 게지. 갈 때가 된 게야.”

장영은 태화전을 물러 나온 뒤에 잠시 서 있었다.

코를 베어갈 듯 매운 바람이 불어왔다. 낮게 가라앉은 하늘에서 이따금 눈송이 몇 점이 쏟아졌다.

그는 다리가 휘청거려서 도무지 걸을 수 없었다.

그와 같이 나온 다른 환관들이 그에게 조소를 보내며 멀어졌다. 그런 것이 바로 그들의 습성이었다.

그들은 자신들과 처지가 다른 자들에겐 기꺼이 한 몸이 되어서 싸우지만, 자신들끼리도 피나는 경쟁을 일삼는 것이다.

“…자넨 이제 늙은 물소가 된 게야.”

유근이 그에게 한 말은, 좋게 해석하면 반성과 근신을 하라는 것이었고, 나쁘게 해석하면 쓸모가 없어졌다는 의미였다.

천변귀수를 감시하는 임무를 성큼 맡았던 게 실수였다.

박린이란 녀석을 광인이라고 믿었던 것이 더 커다란 실수였다. 중간 회합 때 녀석이 광인이 아님을 정정했지만, 그땐 이미 걷잡을 수 없이 일이 커진 상황이었다.

'젠장!'

장영은 주먹을 움켜쥐었다. 유근을 도우며 살아온 지난날이 떨어져 내리기 시작하는 눈송이들 속에서 아련히 살아 올라왔다. 그에게 개보다도 못한 취급을 받으면서, 갖은 비굴함을 겪으면서 살아온 날들의 기억은 굉장히 쓰라렸다.

"두고 보라지!"

반란군들이 목전에 당도한 것처럼 연경 시내가 삼엄해졌다.

골목마다 갑옷 입은 병사들이 삼삼오오 짝을 지어 말을 내달리고, 대로는 증명을 휴대한 자들만이 나다닐 수 있었다.

시장에 철시 명령이 떨어지고, 객잔마다 완전 무장한 병사들이 조를 짜서 포진했다. 박린과 연연의 용모파기도 수만 장이나 뿌려져 눈 쌓인 지붕을 넘나들었다.

어른들은 용모파기에 쓰여진 죄명을 의아해하면서도 반역도배 박린과 황상시해미수범 연연의 연관성을 이야기하며, 조용히 사태의 추이를 지켜보았다.

아이들은 용모파기를 접어 딱지치기를 하며 놀았다.

그렇게 원일(元日:1월1일)이 지나고 큰눈이 몇 번이나 더 내렸다. 사람들의 기억 속에서 박린과 연연은 점차 희미해져 갔다.

어떤 사람들은 사례감이 백성들을 겁주려고 공갈을 친 거라고 이야기하기도 했다.

자금성 역시 아무 일도 일어나지 않았다.

황제는 여전히 표방에서 몽롱한 색향에 취해 엉터리 장생도(長生道)

와 금단법(金丹法)을 읊조렸고, 유근은 태화전에 앉아서 공경(公卿)들에게 황명을 남발했다.

겨울이 깊어졌다.

시장이 열리고, 객잔에 상주하며 행패를 일삼던 병사들이 철수했다. 용모파기가 젖은 눈 속에서 짓밟혔다. 이제 사람들은 아무도 용모파기를 눈여겨보지 않았다. 아이들의 딱지치기도 시들해져 갔다. 연경은 다시 번화해졌지만, 연경의 하늘은 암울한 황조가 드리운 피폐함과 곤궁함이 얼룩져 있어서 항상 낮게 내려앉아 있었다. 그런 하늘 아래, 흉흉한 소문이 꼬리를 물고 일어났다.

동성(東城)의 한 우물에서 뱀이 잡혔는데, 뱀의 머리가 다섯 개라는 것이었다. 그 머리들을 자세히 살펴보니 중앙의 머리가 황제의 얼굴과 굉장히 흡사해서, 그걸 본 나인들이 거품을 물고 혼절했다가 영영 깨어나지 못했다는 것이었다.

서성(西城)의 어느 지붕 위에서는 밤마다 흰 여우가 나타나서 우는데, 그 소리가 어찌나 처량한지 경계를 서던 병사들이 슬픔을 이기지 못해서 날마다 칼을 물고 한 명씩 자살한다고도 했다.

황제의 집무실인 태화전의 기와가 벼락을 맞고 떨어졌는데, 그 기와 깨진 모양이 꼭 유근의 얼굴이라는 것이었다.

사람들은 이제 곧 주씨의 명조가 멸망하고 유씨의 새 황조가 설 것이라고 조심스럽게 추측했다.

눈은 지치지도 않고 계속 내렸다.

박린 일행도 행방이 묘연했다.

2

박린 일행은 이때 사례감에서 산해관으로 파견했던 환관 양소의 집에 머물고 있었다. 우기장군 백학량에게 모든 죄를 뒤집어씌우고 겨우 목숨만 보전해서 돌아온 양소의 놀람은 상상을 초월했다.

박린 일행이 자기가 아무렇게나 한 약조를 믿고, 정말 찾아오리라고는 상상도 하지 못했기 때문이다.

양소는 정신을 수습한 후에 기꺼이 박린 일행의 손발을 자처했다. 이미 파직된 마당이었다. 그것도 결정적인 실수로 팔호 중 하나인 곡대용의 눈 밖에 난 이상, 영원히 매장이었다.

이렇게 된 원인을 따져 보면 박린 일행을 돕지 않고 도리어 밀고를 해야 정상이었지만… 양소는 약간 다르게 생각했다.

자신이 약조한 증명과 수결을 박린이 지니고 있으니, 밀고를 해도 잘해야 본전이었다. 물론 박린이 지닌 증명과 수결이 위조된 것이라고 우길 수도 있었다.

하지만 당시 그 자리에 있었던 자는 우기장군 백학량만이 아니었다. 백학량은 문제가 아니었다. 분노한 곡대용에 의해 목이 잘렸으니까. 그러나 그 말고도 무려 오백 명이나 되는 기병들이 있었다. 그들 중 하나라도 증언하면 자신은 죽음을 면치 못할 게 분명했다. 그렇다면 방법을 달리해야 한다.

생각은 이렇게 복잡했지만, 결론은 단순 명료했다.

'으음, 이 기회에 팔호를 제거한다면… 다시 출세길이 열리는 것이지. 그들과 그들의 수족들이 없어지면 황궁엔 환관이 씨가 마를 게야. 잘만하면 나도 장인병필태감이 될 수 있다는 게지.'

양소는 박린 일행에게 편안하고 풍족한 도피처를 제공했을 뿐만 아니라, 생쥐처럼 집과 시장을 들락거리며 각종 정보를 물어다 주었다. 양소의 집에선 밤마다 유근을 처단하기 위한 회의가 열렸다. 사례감의 밀영총수 위빈은 그걸 알지 못했다.

원래 등잔 밑이 어두운 법이었다.

설마 같은 환관의 집에 박린 일행이 숨어 있을 거라고는 생각하지 못했다. 따라서 위빈의 밀영들을 비롯하여 장영의 진무사, 나상의 내행창, 고봉의 금의위, 마영성의 동창, 구취의 서창, 곡대용의 병부는 고관대작들의 집에만 온 신경을 쏟아 붓고 있었다.

박린이 움직인 것은 정월이 다 지나고 이월도 중순을 넘어섰을 때였다. 그는 전혀 의외의 방향으로 움직였다.

새벽.

대도독부 부위 차림을 한 요양휘의 안내를 받으며 연연과 진청자, 광불과 곽파가 양소의 집을 빠져나왔다. 그들은 쏟아져 내릴 듯 초롱초롱한 별빛을 의지해서 안화왕(安和王) 주진파(朱眞播)의 왕부(王府)로 말을 달렸다.

두두두두——

"제길!"

장영은 오늘도 다른 날과 다르지 않게 유근에게 면박을 들었다.

유근은 이번에도 늙은 물소를 빗대며 장영을 몰아세웠다.

뿐만 아니라 전답과 노비 일부를 표방에 귀속시키라고 윽박질렀다. 그에겐 그렇게 냉혹했어도, 그의 오랜 경쟁자인 나상에게는 사슴 열 마리와 금으로 만든 화로 한 개를 내렸다. 유근은 그가 이번 실패의 원인이라고 믿는 눈치였다.

유근 앞에서, 나상은 대놓고 그를 힐난했다.

"이봐, 장영. 쟈네가 처음에 광인이니 뭐니 헛소리만 얀 했어도 녀석은 국경을 넘자마자 뱌로 죽었을 거야. 쟈네는 녀석의 기이함에 왠지 모르게 끌렸어. 그래서 녀석이 어떻게 나오냐… 굉장히 흥미로워했지. 쟈넨 쟈네의 호기심으로 합햐의 눈과 귀를 갸린 게야, 씨불!"

장영은 하늘에 맹세코 억울했다. 녀석의 행동이 하도 기이해서 호기심을 가진 건 사실이었으되… 내색하지도, 판단하지도 않았다. 있는 그대로만을 보고했다.

녀석에게 정작 호기심을 가졌던 사람은, 그래서 일을 이 지경까지 몰고 간 장본인은 바로 유근이었다.

유근은 그 녀석 이야기를 할 때면 마치 신기한 귀뚜라미를 들여다보는 것처럼 눈을 반짝거렸다. 그리고 오호! 라고 감탄사를 내뱉으며 낄낄낄 웃었다. 그렇게 유근은 새로운 놀이거리를 찾아낸 아이처럼 즐거워했다.

"교활한 늙은이 같으니라고! 그 죄가 있으니까 날 당장 내치지 못하는 게야. 알아서 내가 물러가 주면 정말 모든 책임을 내가 뒤집어쓰는 게 되지."

물러나지 않고 버텨도 사정은 다르지 않을 것이다. 유근은 나상을 위시한 나머지 육호를 움직여 갖은 핍박을 해올 게 뻔했다.

유근의 바람대로 물러나도 문제였다.

오랜 세월 동안 그와 치부를 나눠온 사이가 아닌가. 며칠 안 가서 사약을 받거나 역모죄를 뒤집어쓰고 참수될 게 분명했다.

"젠장, 젠장!"

장영은 방 안을 맴돌며 이 난국을 빠져나갈 묘책을 생각했다.

유근이 천하를 거머쥐고 있는 이상, 별다른 묘책이 있을 리 없었다. 답답해진 그는 문득 그 박린이란 녀석을 떠올렸다.

지금 어디 있는 것인가?

"연경 어디쯤에서 유근을 지켜보고 있을 텐데……."

그는 그 녀석이 어디선가 툭, 튀어나와서 유근의 목숨을 댕강 잘라 버리는 광경을 상상했다.

하지만 어떻게 그 어중이떠중이들을 데리고 유근을 도모할 것인가? 밀영들의 오선(五線)이나 되는 호위를 어떻게 뚫을 것인가?

만약 그런 일이 일어난다면 그건 기적이었다.

"그런 기적이 일어나지 않는 한 나의 고민도 끝나지 않지. 나의 비참한 죽음 역시 피할 수 없을 게야."

장영은 종을 불러 술상을 봐오게 했다.

목을 죄어오는 하루하루가 지옥과도 같아서 술에 대취하지 않고는 잠들 수 없었다. 잠들면 목이 잘리는 꿈을 꾸었다.

"어떻게 얻은 영화인데, 어떻게 얻은 권세인데……."

장영은 술을 마시며 끊임없이 중얼거렸다.

술이 오르자 그는 시렁 위에 올려놓은 고승(高勝)단지를 바라보았다. 고승단지는 그의 양물(陽物)을 말려서 넣어 놓은 항아리였다.

"어흑!"

장영은 갑자기 설움이 복받쳐 올라왔다.

"후회하느냐?"

제기랄! 그때가 언제인데 지금도 이렇게 생생하게 들리는 건가.

양물을 자르겠다고 찾아간 곳에서 두 사람이 달려들어 그의 하의를 까 내리고 그가 움직이지 못하도록 양다리를 잡았을 때,

그는 천장을 검게 채색한 핏물을 보고는 정신이 아득해졌었다.

시퍼런 칼을 든 도자장(刀子匠) 늙은이가 정면에서 그를 내려다보며 다시 물었다.

"후회하지 않을 자신이 있느냐?"

장영은 몸서리를 쳤다. 당시의 섬뜩함과 두려움이 그를 엄습했다. 후회하지 않아… 절대 후회하지 않아… 후회할 수 없어……. 장영은 그때처럼 머리를 흔들며 중얼거렸다.

그러자 술 취해서 바라보는 등롱의 저 너머, 어둑어둑한 그늘에서 당시의 광경이 생생하게 펼쳐졌다.

"후회하지 않을 겁니다!"

그의 대답이 떨어지자마자 도자장의 조수가 무릎걸음으로 다가와서 그의 입에 저마포로 싼 막대를 물렸다. 비명을 지르지 못하게 하려 함이었다.

다시 두 명의 조수가 다가와서 그의 어깨를 한쪽씩 붙잡고 그가 움직이지 못하도록 내리눌렀다. 조수들의 눈이 기괴하게 빛났다. 다음에 도자장의 시퍼런 칼이 그의 양물과 음낭을 후벼 팠다.

눈 깜짝할 사이에 벌어진 일이었다. 고통이 상상을 초월했다.

양물과 음낭이 잘라진 자리에서 피가 분수처럼 치솟아서 천장을 적셨다. 그 피를 도자장이 저마포로 내리누르며 끝이 막힌 구리 관을 그의 요도에 집어넣었다.

"그럼, 삼 일 후에 보세."

도자장이 방을 나갔다. 조수들도 다 나가고 방엔 그 혼자만이 남았다. 방바닥이 불에 달궈진 철판처럼 설설 끓었다. 고통은 그의 정신을 아주 먼 곳으로 데려갔다가 다시 데려다 놓기를 거듭했다. 심한 갈증이 일어났지만, 물을 마실 수 없었다. 입술이 하얗게 탔다. 그렇게 삼 일을 버텼다. 도자장이 요도에 삽입했던 구리 관을 뽑아내자마자 엉덩이가 척척해졌다. 그걸 본 도자장이 썩은 이를 내보이며 낄낄낄 웃었다.

"다되었네. 자넨 이제부터 사내도 아니고 계집도 아닐세!"

장영은 거푸 고개를 흔들었다. 술을 마실수록 정신이 맑아졌다. 밖엔 바람이 심하게 부는 모양이었다. 문풍지가 떨리고, 눈가루를 실은 냉기가 밀려와서 무릎을 휘어 감았다.

장영은 무릎을 감싸 안고 등롱 뒤에 나타난 사람에게 말했다.

"물러가거라, 아직 술이 남았다."

그가 대꾸했다.

"어험, 이보우, 장 형."

"넌… 누구냐?"

장영이 눈을 모았다.

그러자… 등롱 뒤에 나타난 사람, 박린이 말을 이었다.

"술이란 요물이라오. 마음을 달래주지도 못하면서 갈증을 더 나게 만들지요."

　유근의 세월은 넉넉했다.

　권세는 황제를 대신했고, 창고엔 황금 이백오십만 냥, 은 오천만 냥을 비롯한 각종 보물이 그득해서 이걸 모두 돈으로 환산하면 명조 일년 세수의 몇 배였다.

　하지만 유근의 세월은 몹시도 불안했다.

　전대에 환관으로서 영광을 구가했던 인물들 대부분이 비참한 죽음을 맞았기 때문이다.

　유근은 마음이 급했다.

　박린과 연연이란 존재 때문에라도 빨리 결단을 내려야 했다.

　유근은 심복인 이부상서 장채(張綵)를 불러 반란을 상의했다.

　장영은 묵묵히 사례감과 태화전을 드나들며 유근에게 다시 신임을 얻었다.

　유근은 결심이 서자 칠호들을 모두 불러 모았다.

　"박린이란 놈과 연연이란 계집이 일으킬 풍파가 너무 크다. 이대로 앉아 있다간 우리 모두 죽임을 당하고 말아!"

　"……."

　장영은 묵묵히 유근의 말을 들었다. 유근의 어조는 꿈을 꾸는 듯했는데, 눈빛이 시뻘겠다. 그는 제정신이 아니었다. 환관이 되자마자 옳고 그름을 오직 개인적으로만 해석해 온 그였다.

　그는 박린과 연연이 일으킨 불면증의 정점에 서 있었다.

　권력과 금력의 어마어마함에 취한 그에게 나아감과 들어옴의 때가 바로 보일 리 없었다.

"어차피 작금의 황제는 허수아비에 지나지 않는다. 또 대를 이을 아들도 없다. 따라서 황제가 갑자기 죽어버리기라도 하는 날에는 황족 중의 하나가 황제가 될 것이다. 그리되면 우리는 또 처음부터 다시 시작해야 한다. 그러니 이번 기회에 황제를 죽여 없애고 내가 황제가 되어야겠다!"

이 자리에서 거사 날짜는 상의되지 않았다.

장영을 비롯한 칠호들은 유근에게 만세를 외치며 결의를 다졌다.

며칠 후, 유근은 자신의 친형을 독살했다. 조문을 핑계로 공경대신들을 모이게 한 다음, 죽이기 위한 계책이었다.

거사 날짜가 조문 날로 정해졌다.

장영은 퇴궐해서 즉시 박린을 불렀다.

"날짜가 정해졌소."

"예상대로 움직이는구려."

박린은 양소의 집으로 돌아오자마자 안화왕 주진파의 왕부에 있는 연연에게 기별했다.

때가 되었소. 일어나시오!

이튿날.

연연을 앞세운 안화왕 주진파가 유근의 타도를 목적으로 거병했다. 사태가 심상치 않음을 안 유근은 즉시 거사를 미루고, 도어사(都御使) 양일청(楊一淸)과 장영을 현지에 파견해서 사태를 수습하려고 했다. 안화왕의 거병은 유근의 거사 날짜를 일단 지연시키면서, 그를 함정으로 몰아넣기 위한 것이었으므로 쉽게 수습되었다.

　　황제와 유근은 출사를 마치고 돌아온 장영과 도어사 양일청을 위해 주연을 베풀었다. 진귀한 음식들과 현금 소리, 가인(佳人)들의 노래와 춤 속에서 주연은 절정을 향해서 치달았다.

　　유근의 운명도 절정을 향해서 치달았다. 유근은 장양이 거푸 건넨 술에 대취해 황제 앞에서 술잔을 집어 던지고 의관을 벗어 던지는 등의 만용을 부렸다.

　　"태감, 무례하외다!"

　　고지식한 성격의 도어사 양일청이 소리쳤다.

　　"……."

　　장영은 금군들의 부축을 받으며 주연장을 나가는 유근을 조용히 바라보았다. 그리고 분을 삭이지 못하는 양일청에게 격문 한 통을 내밀었다. 격문은 연연이 기록한 것으로서 유근의 열일곱 가지 죄목이 꼼꼼히 나열돼 있었다.

　　"황상께 고하시오. 그 밖의 일은 소생이 고하리다!"

　　양일청이 격문을 황제에게 보이며 유근의 죄를 고했다.

　　뒤이어 장영은 유근이 반역을 꾀하고 있다는 사실을 구체적인 증거를 들어가며 고했다.

　　둘의 고함이 끝나자 술에 취한 황제가 피식피식, 웃으며 손을 내둘렀다.

　　"반역? 유 태감이? 거 재미있구나. 어서 황제를 하라고 해라! 유 태감이 황제를 한다면 짐은 유 태감을 모시는 환관이 되겠노라. 멋대로 하라고 어서 전하라니까?"

　　예상하지 못했던 황제의 반응에 양일청은 당황했지만, 장영은 당황하지 않았다. 장영은 술 취한 황제를 들쳐 업고 태화전으로 내달렸다.

그곳에… 연연과 박린이 와 있었다.

그날 밤.

태화전 안에선 선제(先帝:홍치제)를 그리워하는 황제의 울음소리가
간간이 새어 나왔고, 새벽까지 불이 켜져 있었다. 태화전 밖에선 황제
의 울음소리에 선제가 화답하는 것처럼 눈송이가 펄펄 날렸다. 그렇게
세상의 모든 인연들 위로 눈이 쏟아져 내렸다.

유근은 날이 밝자마자 박린의 일행들에게 즉각 체포되었다.

술이 덜 깬 유근이 정신을 못 차리고 살쾡이처럼 날뛰며 위엄을 부
렸지만, 웅녀의 주먹 한 방에 개구리처럼 엎어져서 혼절해 버렸다.

유근의 집에서 나온 물건들은, 산더미처럼 쏟아져 나온 갑옷과 무기
들만이 아니었다. 황제의 옥새가 무려 스물다섯 개, 궁패(宮牌)가 오백
사십이 개, 옥대(玉帶) 스무 벌, 황금 이백오십만 냥, 은 오천만 냥, 그
밖의 각종 보석들과 산호석 칠십 개가 쏟아져 나왔다.

황명에 의해 수색을 담당했던 일행들은 벌린 입을 다물지 못했다.
특히 장작빈은 이 엄청난 보물에 감동해서 눈물까지 몇 방울 흘렸다.
유근은 능지처참되었다.

박린은 이렇게 스승의 한을 푼 다음, 황제에게 독대를 청하고 대룡(大
龍)의 서한을 전달했다. 황제는 그 자리에서 박린에게 무슨 약조를 한
가지 했는데, 그게 무슨 약조였는지는 오랜 시간이 지나도록 확인되지
않았다.

*　　　　　*　　　　　*

애라하에 가을이 왔다.

왕오는 나무 그늘에 앉아서 손님들을 기다리다가 눈을 번쩍, 빛냈다. 왕오는 한창 잠에 빠져 있는 왕육을 흔들어 깨웠다.

"야, 어서 일어나!"

엉금엉금 일어난 왕육이 눈곱을 떼어내며 왕오가 가리킨 방향을 보았다.

"뭐야, 저거?"

왕오가 대답했다.

"조, 조선… 거, 거지 같은데?"

"으?"

거지는 차림이 매우 괴상했다. 그는 조선 양반들이나 쓰는 커다란 갓을 쓰고 도포를 입었는데, 갓은 찌그러져서 형태만 겨우 남아 있었고, 도포는 소가 씹어 놓은 것처럼 쭈글쭈글했다. 그리고 허름한 병풍을 짊어지고 있었다.

"어?"

왕오와 왕육의 얼굴이 한순간 환하게 펴졌다.

"아이고, 박 형!"

"어험, 별래무양들 하셨는가?"

거지는 바로 박린이었다.

손을 잡고, 끌어안는 등의 인사를 마친 후에 왕오가 물었다.

"여긴 또 왜?"

"연경에 볼일이 있다네."

순간 박린의 소매에서 설사자가 머리를 내밀었다.

왈왈!

"그때는 워낙 경황 중이라서 깜빡했네. 아, 글쎄, 이 녀석의 배필인 옥토끼를 연연 낭자에게 주고 왔지 뭔가? 그래서 옥토끼를 데리러 가는 길이라네."

"에이, 솔직하게 말하면 어디가 덧나나?"

왕육이 코를 후비면서 흐흐, 웃었다.

왕오도 피식피식, 웃었다.

"박 형, 지금 연연 소저를 데리러 가는 길이지?"

"어, 어험."

애라하는 일 년 전처럼 푸르렀다.

왕육은 부지런히 노를 저었다. 물오리 떼가 퍼드드득, 날아올라서 배를 한 바퀴 돌고 건너편에 다시 내려앉았다.

박린을 바라보는 왕오의 눈이 게슴츠레해졌다.

"박 형, 그때 말이야. 다 같이 돌아올 때… 흠흠, 우리가 그 웅녀란 여인네의 객잔에서 하룻밤을 묵었잖아?"

"험험, 그, 그랬지."

"그날 밤 자다가 소피가 마려워서 문득 깼거든? 근데 박 형이 없더란 말이지. 난 박 형도 소피를 누러 갔으려니… 생각하고 신경도 안 썼어. 근데 소피를 누고 돌아서는데 뭔가 이상한 광경이 보여지더란 말이지. 우히힛!"

"어, 어험."

난처해하는 박린에게 왕오가 불쑥 손을 내밀었다.

"잉?"

왕육이 맹한 표정으로 박린과 왕오를 번갈아 쳐다보다가 왕오에게 물었다.

"형, 뭘 봤는데?"

왕오의 나머지 한 손도 박린에게 내밀어졌다.

"에, 본인의 입을 막으려면 오늘은 뱃삯을 좀 두둑이 주셔야 되겠어. 우히히힛! 물론 올 때도 마찬가지야. 날 서운하게 대하면 연연 소저에게 다 말해 버리는 수가 있다구."

"어, 어험. 에라이, 순 날강도 같으니!"

박린은 마지못해 고개를 끄덕였다.

꽤 많은 돈을 받고 손을 내린 왕오가 조금 심각해졌다.

"참, 박 형. 우리 장남이 그 길로 인도와 우공 노인네를 따라간 거 알지? 아, 글쎄… 며칠 전에 연락이 왔는데… 기가 막혀서 원."

"으?"

"그 살벌한 노인네들의 공동 제자가 됐다는 거야, 우리 머리 나쁜 장남이 말이지. 박 형은 믿어져?"

"험험, 그럼 산채는?"

왕육이 대답했다.

"야소 녀석과 말똥구리 노인네, 왕이 형이 맡고 있어."

"으음."

잠시 침묵이 흐른 뒤에 왕오가 또 심각해졌다.

"요양휘 알지? 그 가짜 관원 말이야."

"……."

"그 녀석이 봉황성에 와 있어. 진짜 관원이었던 모양이야. 얼마 전에 번쩍번쩍하는 갑옷을 입고 기병 오십 기를 죽 거느리고 여길 왔었어."

"그래?"

"그 녀석이 우릴 보자마자 대뜸 위협부터 하는 거야. 자기는 봉성장

군 장약기 공 휘하의 천소호장군인데… 까불면 국물도 없다나? 아이,
참 내… 더러워서.”

“으음.”

“여름엔 왕란자두 노인네도 만났어.”

“잘 지내시겠지?”

“응, 거기 대장이 열네 번째 첩을 들였는데, 그 계집의 장신구 때문
에 어딜 갔다 오다가 잠시 들렀다고 하더구먼. 술을 한잔 받아주었더
니 박 형이랑 어울려 다니던 때가 좋았다고 눈물을 찔끔거리다 갔어.”

……

박린을 내려주고 왕오와 왕육은 산채로 올라갔다.

그리고 장작빈과 왕이에게 박린을 봤다고 이야기했다.

잠시 후, 산채에서 전투의 시작을 알리는 북이 울렸다.

둥둥― 둥― 둥!

“야, 당장 애들을 집합시켜! 장가들러 가는 길인데, 곱게 보내줄 수
야 없지! 어서 왕특 형한테도 연락해라!”

박린이 황제와 한 약조는 그로부터 정확히 팔십일 년이 흐른 후에
이행되었다. 당시의 황제 만력제는 선제들로부터 은밀히 전해 내려온
유훈에 따라 임진왜란을 맞은 조선에 대병을 파병했다.

〈끝〉

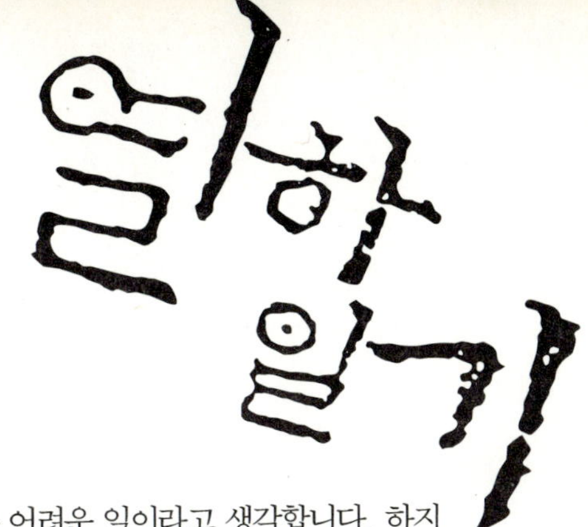

　　무협에 역사를 접목시키는 일은 어려운 일이라고 생각합니다. 하지만 한번 해보고 싶었습니다. 의욕만 가지고 시작한 일이어서 이렇게 '끝' 자를 찍어놓고 보니 많이 어색하고, 부끄럽습니다. 다음에는 조금 더 엄중히 접근해야겠다는 생각을 합니다. 한 개의 이야기를 맺음 할 때마다 이 이야기를 위해서 애를 써주신 분들의 노고를 깊이 기억합니다.

　　한국 무협의 가장 큰 태두이신 금강님, 청어람 출판사의 서경석 사장님과 문혜영 부장님. 그분들을 도와주셨던, 제가 아직 성함을 모르는 여러분, 고무림(http://www.gomurim.com)의 독자님들.

　　위의 분들께 열하일기의 모든 공을 돌립니다.

　　과는 저의 책임입니다.

　　추신:

　　1. 안화왕 주진파의 거병과 유근의 사망 년도는 1510년입니다. 그런데 이 글에서는 1516년으로 잡았습니다. 이 점 착오없으시기를 바랍니다.

　　2. 유육과 유칠의 난은 1510년에 일어나서 1512년에 종결되었습니다. 이 난의 연도를 제외한 나머지 배경이며, 전개의 양상은 이 글과 같습니다.